A corazón abierto

Seix Barral Biblioteca Breve

Elvira Lindo
A corazón abierto

© Elvira Lindo, 2020
© Editorial Planeta, S. A., 2020
Seix Barral, un sello editorial de Editorial Planeta, S. A.
Avda. Diagonal, 662-664, 08034 Barcelona (España)
www.seix-barral.es
www.planetadelibros.com

© Imágenes del interior: Miguel Sánchez Lindo

Canciones del interior:
pág. 124: © *Amapola*, de Manuel M. Ponce
pág. 143: © *Chiquitina*, de Augusto Algueró
pág. 176: © *Mirando al mar*, de Jorge Sepúlveda
pág. 258: © *Yo te diré*, de Jorge Halpern y letra de Enrique Llovet
pág. 302: © *How Deep is your love*, ℗ 2017 Barry Gibb, The Estate of Robin Gibb
    and Yvonne Gibb, bajo licencia exclusiva de Capitol Music Group,
    interpretada por Bee Gees
pág. 359: © *La violetera*, de José Padilla, con letra de Eduardo Montesinos
pág. 366: © *María de la O*, de Manuel Quiroga, con letra de Salvador Valverde
    y Rafael de León.

Primera edición: marzo de 2020
ISBN: 978-84-322-3636-5
Depósito legal: B. 4.440-2019
Composición: Moelmo, SCP
Impresión y encuadernación: CPI (Barcelona)
Printed in Spain - Impreso en España

Para mis hermanos,
Inma, Manuel y César,
con cariño y gratitud
por tan buena compañía,
tantos años.

¿Pero no son
Todos los Hechos
Sueños
Tan pronto como los
Hemos Superado?

EMILY DICKINSON

MANUEL, A LOS NUEVE AÑOS

Mi hermana y yo sentadas frente a ellos: mi padre y su compañero de habitación. Manolo y Clemente. Los dos muy formalmente sentados en las sillas de polipiel marrón del hospital, con la bandeja a modo de pupitre, esperando la cena. La imagen tiene un aire escolar, a pesar de la vejez de ambos y de que los dos respiran enchufados a una bombona de oxígeno. Mi padre está repeinado como no lo he visto nunca, salvo en esas fotos de joven que le mandaba con una dedicatoria amorosa a mi madre. Una enfermera le ha tomado afecto, a pesar de que se está portando muy mal, y le peina con colonia cada mañana. Los rizos, ya muy ralos, se le quedan como engominados en caracolillos en la nuca y le refuerzan aún más sus duras facciones, que obedecen a un gesto espantado, el de un animal que estuviera aterrado. Lo está. Es consciente de que la muerte le ronda y de que no va a hacer nada por evitarla. En cuanto le den el alta volverá a fumar y a beber, y cualquiera de estos días, lo sabe, morirá por un ataque de asfixia. Le da más miedo morir en soledad que morir; por eso, se ha aferrado a su compañero de habitación, Clemente, y entre los dos han generado un ambiente de camaradería insólita.

Clemente es un tipo alegre, obeso, un viejo con la melena aflequillada de un yeyé de los setenta o de un mosquetero en decadencia. Vive en un albergue. Hace tiempo, dice, que su negocio de cocinas quebró y, según su versión, al arruinarse el Rey Midas, como él mismo se denomina, su mujer y sus hijas le abandonaron. La última novia, a la que él llama cariñosamente *la Polaquita* por ser Polonia su país de origen, con la que vivía antes de que los desahuciaran, tampoco ha hecho acto de presencia en los tres días que llevamos visitando a mi padre. Clemente se ha integrado perfectamente en nuestra familia porque a eso nos acostumbró mi padre desde niños: a aceptar a los desconocidos con los que él entablaba relación, nos gustaran o no. Él ha sentido siempre devoción por los compañeros de barra, por las fugaces amistades que se hacen en los bancos de la calle, por los camareros, los boticarios, los vendedores, los operarios y los porteros, por los primos lejanos, por toda aquella persona con la que pueda mantener una conversación superficial que llene de palabras el silencio. Nunca le ha importado el origen o el estatus del individuo, ni tampoco ha exigido que fuera interesante. Ante todo, mi padre busca compañía, y sea por el alivio inmediato que siente al tener a alguien con quien charlar y contentar su espíritu expansivo, se enreda con cualquiera. Es la imagen más poderosa que de él tengo archivada en la memoria: mi padre acodado en una barra, envuelto en humo, con la copa y el cigarro en una mano y la otra libre y gesticulante, su risa brotando brusca y rota, o su ira, cuando de pronto el desconocido le ha llevado la contraria y se convierte en su enemigo.

La falta de oxígeno le impide a mi padre explayarse con frases largas y, por primera vez en su vida, tiene que dejar que su interlocutor hable más que él. Mi hermana y yo escuchamos, como hemos hecho siempre, escuchar y desconectar. Así fue nuestra vida familiar: mientras él monologaba, los cuatro hijos íbamos enriqueciendo nuestro mundo interior, y ésa debe de ser la razón por la que tenemos una tendencia singular a abstraernos que nos hace parecer personas despistadas. Clemente ha conocido a Manolo en sus horas más bajas, así que es él quien toma las riendas: es todo un experto en hablar con los tubos del oxígeno entrando por las fosas nasales, y nos cuenta, como si se tratara de una travesura, que la noche pasada se han desvelado, los dos, y han sentido hambre, los dos, y han llamado los dos a su timbre respectivo, consiguiendo que la enfermera, harta de ellos, les trajera un yogur y unas galletas, algo de chocolate. Con frecuencia, para referirse a mi padre, Clemente dice «aquí, el colega» o «aquí donde lo veis, esta noche, el colega», y nosotras asistimos atónitas a esa expresión de confianza castiza hacia un hombre tan autoritario como es Manolo Lindo. No creo que nadie se haya referido jamás a él como «aquí, el colega»; de hecho, su gesto es de contrariedad, como si no le hiciera gracia que delante de sus hijas le rebajaran de categoría. Pero el colega, por nombrarlo a la manera de su compañero de cuarto, no tiene apenas voz, y de alguna manera Clemente compensa su falta de tacto siendo protector con él, poniéndose a su servicio, algo en lo que mi padre ha sido siempre experto: encontrar a alguien que se preste a estar a su servicio.

Clemente es, en esta pareja, una especie de secretario. Nos transmite lo que ha dicho la doctora, si realizó su visita mientras no estábamos, y tiene a recaudo en su mesita el móvil de mi padre, para llamarnos a casa si es que «el colega» se encapricha con que le hagamos algún recado. Mi hermana ya se ha acostumbrado: si suena el teléfono a las nueve de la mañana, es Clemente, que dice que mi padre quiere que le llevemos al hospital un talonario nuevo del banco de Santander. No sabemos para qué quiere los talonarios en el hospital, pero estamos convencidas de que si no se los llevamos se alterará como si fuera un niño. También

Clemente llamó la otra noche porque mi padre quería que le trajéramos el pegamento de los dientes. Es ahora cuando hemos descubierto que mi padre tiene dos dientes postizos. Siempre se había jactado de conservar una gran dentadura, al contrario de casi todos los integrantes de aquella generación infraalimentada que fue la de los niños de la guerra. Y su agenda de Manolito. Clemente volvió a llamar, que no se os olvide la agenda de Manolito, por favor, que la necesita. Es una agenda escolar, para niños de primaria, que se publicó en 1996 sobre mi personaje, y es en ella donde tiene anotados caóticamente todos los teléfonos y las direcciones que le importan. Nuestros teléfonos, nuestras direcciones, y las de aquellas personas, amigas, jefes, compañeros nuestros que podrían ayudarle a localizarnos si es que no le contestábamos al teléfono. Le hemos regalado varias libretas de teléfonos, pero él se niega a deshacerse de esta agenda infantil en la que él mismo ha escrito en las esquinas de las páginas las letras del abecedario.

Clemente es, desde hace tres días, uno más en nuestras vidas y, nos guste o no, hemos de asumirlo, como tantas veces hemos aceptado alternar con alguno de los pesadísimos compañeros de barra de mi padre o cualquiera de esas mujeres con las que ha mantenido una relación confusa que nos provocaba incomodidad.

Hay algo escolar en la escena, sí. Visten sus camisones hospitalarios como si fueran babis. No llevan calzoncillos. Tienen los puños sobre la mesa porque están impacientes por que llegue la cena y al oír el carro con las bandejas aproximarse por el pasillo, los dos, instintivamente y movidos por la emoción, abren las piernas. Mi hermana y yo nos hemos encontrado por sorpresa con la perturbadora visión de los genitales, aplastados y rojos, de los dos colegas, frente a nosotras. Nos levantamos, impulsadas por el resorte del pudor, y ya nos quedamos de pie todo el tiempo, intercambiando una sonrisa nerviosa de vez en cuando, evitando cualquier posibilidad de encontrarnos de nuevo con una de esas imágenes que una prefiere olvidar. Mi padre siempre ha sido impúdico, con una inclinación tozuda a exhibir la mitad del culo cuando estaba en la playa o a mostrar gran parte de los calzoncillos, tal y como llevan los jóvenes ahora los pantalones, como si estuviera deseando que de una vez por todas se le cayeran y provocar una situación incómoda. Son excentricidades que se han ido agudizando con el tiempo y que le han llevado a ponerse la corbata como si fuera una bufanda o a abrocharse torcida una chaqueta. Desafiando, para que le llames la atención, y seguir haciéndolo con el aliciente de sacarte de quicio y de subvertir las normas. Conserva un espíritu de desobediente infantil. En los últimos meses, he descubierto que, si en vez de corregir su voluntaria negligencia, me acerco a él y sin decirle nada le abrocho con cuidado los botones o le hago el nudo de la corbata, se rinde, se esponja, se siente cuidado y ya no se rebela.

La cena llega y los dos se la comen vorazmente, entre jadeos porque se ahogan, sin dejar ni rastro en el plato, chupando los huesos, con la impaciencia de los perros, como si aún fueran niños de posguerra.

Clemente es el gracioso de esta aula hospitalaria, el ocurrente, el chinche; poseedor de una sabiduría mundana no al alcance de cualquiera. Afirma que el pollo del Hospital Gregorio Marañón es de lejos el mejor de los que se sirven en los centros sanitarios de Madrid. Mi padre, sofocado, pero sin resignarse a no dar su opinión, apostilla, «con diferencia». Y Clemente añade «y eso que el de la Beata es también excelente, pero no llega a este nivel ni de coña. Nivelazo». Mi padre asiente con la cabeza y con un hilo de voz dice que en la Clínica del Rosario también se come muy bien. El jubilado de oro y el sin techo unidos por este singular recorrido gastronómico.

Clemente recuerda entonces cuando era viajante de comercio y rememora un tour por los restaurantes de carretera que hay entre La Coruña y Madrid. Mi padre, que también recorrió España para hacer balances y auditorías de Dragados, aporta no pocos nombres. Ambos, enumerando tanto el nombre del restaurante como su especialidad culinaria, parecen una pareja de concurso, una de aquellas que aparecían en el *Un, dos, tres* mientras sonaba de fondo el segundero que sumaba emoción a la emoción.

Mi padre, que desde la nada prosperó en el escalafón de su empresa a fuerza de tesón y talento para los números, visitaba con su cartera de auditor las grandes obras que había a un lado y otro de España, y yo, que le acompañé cuando murió mi madre en alguno de estos viajes por hacerle compañía, veía cómo imponía su presencia. El hombre del maletín aparecía en la recepción del hotel y allí estaban esperándole los administrativos de la obra. Más que un auditor mi padre adquiría entonces un aire de comisario que llega a una pequeña ciudad para detectar un posible delito y señalar a su autor. Y así fue más de una vez. Implacable, podía alargar una reunión hasta la madrugada para provocar la confesión de quien había metido mano en la caja y llegar a un acuerdo con él. Más tarde, leyendo las novelas del comisario Maigret de Simenon, he encontrado muchas similitudes en la manera en que mi padre y Maigret abordaban el interrogatorio final. Había una comprensión por parte de ambos, comisario y auditor, hacia quien había cedido a la tentación; en el caso de mi padre era como si él mismo, al frente de las cuentas de una gran empresa durante muchos años, hubiera estado siempre sacudido por una lucha interior. «¡Jamás me llevé ni un duro!», solía decir. Y yo le contestaba que aquello no tenía ningún mérito, dado que la gente, por regla general, no roba. Él se desesperaba por demostrar que ser honesto era excepcional en un país podrido por la corrupción. Algo sabía.

Pero de alguna forma caló en mí esa peculiar piedad hacia los ladrones. Mi padre le solía contar a mi madre en voz muy baja, para que calibrara la magnitud del caso en el que andaba metido, cómo llegaba a un acuerdo con el empleado arrepentido, de qué manera éste ponía a disposición de la empresa sus bienes, y luego se marchaba con una carta de recomendación en la mano para ser contratado en otra empresa. Mi padre guardó alguno de aquellos expedientes durante toda su vida, como si fueran la prueba de sus méritos laborales. En sus últimos años de vida, cuando comenzaron a aflorar en España tantos casos de corrupción, solía decir: «Hoy en día la gente se suicida poco». En su opinión, muchos políticos deberían haberse quitado la vida para no marcar la vida de sus familias. El peor castigo para un delincuente, según su peculiar sistema moral, no era la cárcel sino la vergüenza social y, aficionado como era a defender cierta violencia y a decir barbaridades, solía alabar la decisión de esos empleados japoneses que al ser pillados en un renuncio deciden tirarse a las vías del metro. De alguna manera debieron de calar en mí esas consideraciones tantas veces escuchadas, porque cuando veo a alguien en el banquillo de los acusados me estremezco al imaginar la vergüenza que estará pasando, y no puedo evitar, por mucho que el pueblo clame justicia, sentir una piedad que en esta sociedad punitiva no todo el mundo comprende. Y sí, pienso que en caso de enfrentarme a una pena de cárcel contemplaría la salida fatal pero digna del suicidio.

A mí me da lástima que el locuaz Clemente, el hombre que vive entre el albergue y los hospitales, impida con su charlatanería que mi padre abra la boca. En realidad, nosotros lo hemos escuchado siempre a la manera en que los súbditos escuchan a los dictadores. Sometidos como estuvimos de niños a sus opiniones prolijas sobre cualquier asunto, ahora padecemos una derivación del síndrome de Estocolmo. Toda la vida esperando a que mi padre dejara de ocupar abusivamente el tiempo de los demás con su discurso interminable para sentir pena ahora que está obligado al silencio.

En estos dos últimos años, la vejez le tiene amargado; de su boca sólo salen comentarios apocalípticos. Y qué esperábamos, es un hombre de mundo al que la salud le ha arrebatado su hábitat natural: los bares y la calle, los muchos kilómetros que a diario se hacía entre su barrio y el centro, cruzando los puentes que atraviesan la M-30. Pero esa ira permanente que ha borrado por completo su carácter animoso también ha permitido que aflorara el pasado en una versión más cruda, porque él nos lo había presentado siempre envuelto en un humor que disipaba cualquier sombra de dramatismo. Así era él y así nos acostumbró, o nos obligó, a ser a nosotros. La ironía ha cubierto todas las pesadumbres familiares convirtiéndolas en un catálogo de anécdotas humorísticas. Ha sido su habitual manera de sobrellevar la culpa de otros y de aliviar la suya. Un día llegó a decir: «ese día en que mamá se marchó de casa... Ese día. Tuvo su gracia también, ¿eh?». Me miró buscando mi aprobación, pero yo contesté secamente, qué gracia, no tuvo gracia, papá, no la tuvo, fue trágico para nosotros, sus hijos, le dije con dureza. No quise que en mí encontrara complicidad alguna. En contadas ocasiones nos atrevíamos a ponerle un límite a su fabulación. Le hemos permitido inventar, reinventar la vida anterior a nuestra llegada al mundo, pero con el tiempo se nos ha hecho más trabajoso dejarle que edulcorara aquellos capítulos traumáticos de los que fuimos testigos.

Mi padre es viejo. No tiene carácter de viejo, por eso anda cabreado. Antes podía tumbar a cualquiera con el vino y el whisky y hacer que todas las reuniones familiares se desarrollaran en el interior de una densa nube de humo. Desde que la enfermedad le impide caminar o hablar sin ahogarse ha comenzado a narrar las mismas historias de siempre pero en una versión tan diferente que es como escuchar a un hombre distinto. Como suele ocurrirles a los viejos, se ha sumergido de lleno en el universo de su infancia, y el niño que él antes describía como un Huckleberry Finn, un pícaro audaz que sorteó sin dificultad las penurias de la guerra y la posguerra, se está revelando ahora, en su relato de hombre viejo, como una criatura desamparada que si bien sobrevivió a todo aquello, quedó marcado para siempre por heridas profundas.

Pienso ahora con inquietud en que si se hubiera muerto antes de que le invadiera este estado de amargura no hubiéramos conocido este otro yo, tan celosamente censurado. Hubiéramos recordado tan sólo, si se hubiera muerto entonces, al tipo de resistencia sobrehumana, como él solía presentarse, al que presumía de ser invencible. Ahora soy consciente de que su fortaleza era, sin lugar a dudas, física, pero no psicológica. Habiendo sido instruido en el desdén por el débil, adquirió la pericia de ocultar su dolor desde niño. ¿Cómo va a empatizar con el dolor de los demás aquel a quien no se le ha permitido mostrarlo? Con la negación de la debilidad se jugaba algo tan sustancial como su propia supervivencia.

El hombre del camisón hospitalario de lunares, el del gesto de animal aterrado y la respiración entrecortada llegó a Madrid por primera vez en 1939, pocos meses después de que terminara la guerra. Tenía nueve años. Era hijo de un capitán de la Guardia Civil sin carácter y de una madre extremadamente fría, autoritaria. Mi padre insinuaba que en alguna ocasión mi abuela levantó la mano a su marido. Esa madre consideró que para aligerar la carga familiar tenía que librarse durante un tiempo de uno de sus hijos y así lo hizo con el mediano, mi padre, que era además un crío agotador, temerario, proclive a las fechorías. Lo mandó a la ciudad más dura, inhabitable y destruida de España, aquella con la que se había cebado el ejército del general rebelde por ser la capital paradigma de la resistencia, hasta el día en que ese pueblo fue vencido por el hambre y las ruinas.

No sé desde qué punto del país llegó mi padre, porque la residencia de mis abuelos cambiaba con frecuencia, pero observando el expediente de servicio de mi abuelo creo que debió de partir desde Río Tinto. Llegó escoltado por una pareja de guardias civiles subordinados de su padre. Esa imagen me devuelve otra del año 1971, porque yo también viajé en tren a la misma edad, los nueve años, con una pareja de la Guardia Civil desde Ávila. Había pasado una temporada en la casa cuartel, donde mi tío era entonces teniente coronel. Recuerdo las miradas que de soslayo nos dedicaban los compañeros de vagón, los viajeros de la estación de Atocha y luego los del metro. En mi candoroso optimismo llegué a casa diciendo que la gente me había tomado por algo parecido a una princesa que, escoltada por los guardias del tricornio, regresaba a su barrio tras una larga ausencia. Mis hermanos, los niños, siempre dispuestos a devolverme a la realidad, no me dejaron columpiarme en mi fantasía, y aseguraron que la gente me miraba como a una niña quinqui, como a la hermana pequeña del Lute.

Sé que mi padre estaba solo cuando llamó al timbre de una tía, pariente de mi abuela, que vivía en la Plaza del Campillo del Mundo Nuevo, al final de la lengua descendiente que traza Ribera de Curtidores en mitad del barrio de La Latina. Tampoco conozco el nombre de la tía, porque mi padre siempre la llamó la Bestia, por el mal trato que le dio.

Mi padre había dado muestras de su carácter nervioso (ahora se diría hiperactivo) desde muy niño. Él solía decir de sí mismo que había sido una buena pieza, un bicho, merecedor de las bofetadas que le propinaba mi abuela. Pero hubo razones poderosas que alimentaron su tendencia alarmista y paranoica. Habiendo dado a su padre por muerto en la guerra, allá por el 38, vio aparecer, mientras jugaba una mañana en la plaza del pueblo en el que vivían, a un hombre que se le antojó una aparición, un tipo tambaleante, amarronado, que se cubría los hombros con una manta. Hubiera jurado que era un fantasma o el mismo hombre del saco que venía a llevárselo por alguna trastada que aún no había recibido su castigo. En aquellos interminables segundos en que el hombre tardó en llegar hasta él pensó que iba a raptarlo o a matarlo. Al tenerlo cerca lo reconoció: era su padre. De la impresión, se le cayó el pelo, y fue durante un tiempo un niño calvo al que con el tiempo le volvió a crecer su precioso y abundante pelo rizado. En su nueva melena brotó un mechón blanco, un lunar, que le daría un aire de galán desde la niñez.

Sólo un año más tarde, el niño que viera a su padre regresar del mundo de los muertos, sin haberse recuperado aún del susto, fue apartado de la vida familiar y enviado a Madrid: una boca menos, una criatura salvaje e incontrolable puesta en manos de una mujer que no tenía hijos. Mi padre llamó a ese timbre de la Plaza del Campillo del Mundo Nuevo, la misma plaza a la que tantos años después yo acudía con su nieto Miguel, mi hijo, cuando éste contaba los mismos nueve años, a cambiar cromos de Bola de Dragón los domingos en los puestos del Rastro. Mi mano agarraba la mano del niño con firmeza y aprensión porque era inquieto, propenso a despistarse, y a mí me atormentaba que pudiera perderse como yo me había perdido a los cinco años en el pueblo. Nadie consideró entonces, en aquel 1939, que el niño que era mi padre pudiera extraviarse o perderse para siempre en la jungla urbana. La consideración que se tiene de la edad de las criaturas cambia, pero la herida que deja en ellas el desamparo ha sido la misma siempre.

Nunca se me ha ocurrido preguntarle a mi padre cuál era el edificio en el que fue acogido durante aquellos meses. Creo que alguna vez dijo que su cuarto, más bien un trastero, era interior, y que su cama no era más que un colchón viejo en el suelo.

La tía a la que él llamaba *la Bestia* era enfermera en el Hospital de Maudes, que había sido centro de auxilio para soldados republicanos y se convirtió después en hospital de heridos del ejército nacional. La tía se levantaba temprano y el niño se quedaba solo con una sola misión que cumplir: acudir a las colas del auxilio social. Allí, guardando una fila de menesterosos, estaba el niño solitario esperando la comida que le correspondiera a la tía. Después, sin nada que hacer, sin amigos ni vecinos que se ocuparan de él, el crío vagabundeaba por la ciudad en ruinas. Por la tarde, acudía a buscar a la Bestia, porque los niños quieren querer y se arriman tozudos incluso a aquellos que les hacen daño para esquivar la soledad y conquistar su cariño. Recordó siempre el dolor de los heridos de guerra, sus espantosas mutilaciones y el olor de la sangre, porque tenía un olfato muy desarrollado y acercaba siempre su gran nariz a las cosas y a las personas para entenderlas mejor. De vez en cuando, el niño recibía una paliza. Él siempre ha considerado, en un extraño esquema moral que arrastra desde la niñez, que mientras su madre tenía derecho a pegarle, las palizas de su tía no eran legítimas. A su madre jamás le reprochó lo severa, incluso cruel, que había sido con él. Comprendo que también era una justificación a algunas bofetadas que mi hermana y mis hermanos recibieron.

Como mi padre ha supuesto para mí una presencia tan imponente, la de uno de esos hombres a los que siempre les falta espacio para gesticular, me resulta difícil imaginarlo pequeño, flaco, cabezón, infraalimentado, mal abrigado, pobre, desasistido. Trato de visualizar a aquel niño de nueve años y se impone en mi memoria la primera foto que tengo de él, unos años después, de pie, ante una pizarra escolar, y es tan guapo y tan alto para su edad que no encaja en la imagen de un niño desamparado. Como siempre ha sido expansivo, refractario a la reflexión y al silencio, tengo que hacer un esfuerzo para seguir los pasos de ese niño que se levanta solo en una casa helada, que tal vez no se viste porque no se desnudó la noche anterior, que sin lavarse y sin desayunar, sale a la calle, al corazón del Madrid derrotado y popular, y, habiéndose aprendido el camino tras dos o tres mañanas de haber seguido a su tía unos pasos por detrás, sube solo por la calle Mira el Río Baja, llega a la Plaza Mayor, la cruza hasta alcanzar la Puerta del Sol, camina por Preciados hasta la Gran Vía y va siguiendo el rastro, atento como un zorrillo, dejado involuntariamente por la Bestia. A veces, en el entramado pueblerino del centro madrileño, se pierde, tiene un momento de alarma, pero enseguida se atreve a preguntar y algún paisano vuelve a encarrilarlo, sin extrañarse nadie, en el Madrid de pobres, huérfanos y lisiados, de qué hace un niño solo preguntando por un destino que está tan lejos, en la Glorieta de Cuatro Caminos. Como es muy avispado, y su mente no descansa hasta que cae rendido al sueño, pronto se construye su propio mapa mental al que va añadiendo calles, y poco a poco se aventura a probar nuevos caminos y desde la Glorieta de Atocha, asombrado por la anchura de las avenidas, camina entre los enormes árboles del Paseo del Prado, tan insignificante él en ese paisaje urbano monumental como lo fueran Hansel y Gretel en el bosque amenazante. Fuerte y audaz mi padre como los niños de los cuentos, con un miedo que en vez de resultarle paralizante lo anima a no quedarse quieto jamás.

No llama la atención de nadie. En el Madrid en el que Franco acaba de imponer con rencor su bota hay muchos niños que deambulan por las calles, que ya no volverán a la escuela nunca, que perdieron a sus padres y pasan sus últimos días de infancia como golfillos hasta que su madre logre colocarlos en un taller o en una tienda. Pero su peculiaridad, lo que le distingue, es ese deambular solitario, sin contar con otros compañeros para idear travesuras. Con el propósito de no llamar la atención, procura caminar rápido como si fuera a hacer un recado, como si tuviera un objetivo. Y así, con esos aires de determinación, caminó desde entonces por la vida. Su objetivo es su condena, porque llega al Hospital de Maudes, se sienta en la entrada, y mientras espera a la tía enfermera, ve entrar y salir a los lisiados que dan grima y lástima; a veces, requerido por ella, penetra en ese edificio del horror y huele la enfermedad, escucha lamentos y no piensa en nada o piensa que la vida es así, con esa aceptación excepcional de los niños. Si en ese momento alguien le diera un juguete, se sentaría en el suelo y jugaría como si la desgracia contagiosa que le rodea fuera el marco natural de la existencia.

Pero llega el día en que su capacidad de aceptación se agota. Ocurre, ese hartazgo, tras una de las palizas de la Bestia, que en mi mente se presenta como una celadora de complexión enorme, y entonces traza un plan. Lo estudia hasta el último detalle porque, aunque impulsivo, es un niño con tendencia al cálculo, que organiza los pasos a dar como un jugador de ajedrez y no permite que nada se escape a la planificación. Una mañana se levanta, se mira en el pequeño espejo del cuarto de baño para el que tiene que ponerse de puntillas y estudia su mirada: si adopta un gesto serio le pueden echar tres años más de los que tiene. Se moja los rizos con agua para dar una impresión de honorabilidad y se abrocha hasta el último botón de la camisa, convencido de pasar por el joven que aún no es y con una sensación de optimismo que no sentía desde que llegó hace ahora cinco meses.

Va a uno de los bares de la plaza, al bar en donde su tía suele dejar recados y las llaves. Imposta su voz infantil para que parezca adolescente y le dice al dueño que su tía le ha dicho que le preste un duro, que en cuanto vuelva del hospital se lo devuelve. El tío pone mala cara, pero se lo da. Con el duro dentro del puño y su caja de cartón en la otra, la misma con la que llegó y que contenía una muda, un jersey y poco más, sale alegre para la estación de Atocha. Por el camino para en un ultramarinos y compra una manzana. No es una decisión espontánea: él ha pensado que tiene que llevar algo de comida para no desfallecer. Llega a la estación y compra un billete. El billete, sorprendentemente, no es para el pueblo desde el que llegó y en el que viven sus padres. Nunca se me ha ocurrido preguntarle por qué el billete no fue de regreso a casa, pero intuyo que no quería aparecer a los ojos de su madre como un fracasado.

Había oído que tenía familia en Aranjuez. Familia de su padre. Pensó que si preguntaba por alguien de su apellido, singular y escaso, alguien le ayudaría a dar con ellos. Tenía noticia de esos parientes, hermanos de su padre, por las cartas que de vez en cuando llegaban a casa, sabía que tenían huertas, y esa palabra, *huerta*, sonaba en su mente como la promesa del edén.

34

Se puso de puntillas y pidió el billete como si hiciera el trayecto todos los días. Quién iba a extrañarse entonces de que una criatura tan tierna viajara sola. Había críos perdidos o medio desamparados por todo el país. El tren se puso en marcha y así, en marcha y con la protección que concede tener un propósito en la vida, se comió su manzana mirando el paisaje. Los otros pasajeros sacaban tarteras pobretonas pero con olores sabrosos que atormentaban su estómago acostumbrado a la escasez. Había un murmullo continuo de conversaciones. Y sintiendo la felicidad de estar acompañado y la seguridad de estar a punto de encontrar un hogar se quedó dormido.

Llegó a aquel pueblo que le pareció luminoso y acogedor comparado con Madrid. De pronto, la vista se le llenó de colores. Había oído que su tío trabajaba de guardia en el ayuntamiento y allí acudió. Dijo el nombre del hermano de su padre como si preguntara por alguien que llevara esperándolo mucho tiempo. No lo había visto nunca. Y tal cual deseaba, ocurrió. Avisaron al tío y el tío acudió a por él y se lo llevó a casa. Si su madre se había quitado una boca de en medio, su tía Clotilde añadió otra a su mesa. Una mesa llena de primos y unas ensaladas de tomate de la huerta resumían su idea de final feliz; esa combinación de mesa concurrida y platos donde mojar pan siguió siendo siempre la forma de calmar su desasosiego interior.

La vida no suele ser tan generosa, pero a él le ha hecho sentir bien el centrarse en sus golpes de suerte y ocultar el lado sombrío, y así nos ha contado la historia, la suya: como una sucesión de desafíos a la contrariedad de la que siempre salía victorioso.

El milagro es que la familia del apellido peculiar lo acogió. Era gente sencilla del campo, generosa, con la austeridad a la que obliga la pobreza, pero con fruta y hortalizas que llevarse a la boca. Alimentaron al niño, que en los siguientes meses creció y casi se convirtió en el adolescente que deseaba ser. Escribieron a su madre, que ya sabía por la tía que el niño, el dichoso niño, desobediente, irritante e irritable, se había escapado. La culpa cayó sobre sus pequeñas espaldas, como era de prever, y este capítulo se recordó como una enorme trastada en el expediente de mal comportamiento que le precedía. Él mismo prefiere retratarse antes como un simpático villano que como una víctima. Y así le he visto yo, casi hasta ahora mismo, hasta este presente en el que lo observo ataviado de paciente de hospital público, incongruente dentro de un camisón de lunares.

La piedad que experimento no está provocada por su estado de salud, o no sólo. Todos sabíamos que su carácter adictivo acabaría por castigarlo. Ha ocurrido lo previsible, y morirá según lo previsto, ahogado por el humo que lleva tragando desde los doce años. Esta compasión que él no quiere provocar y que yo siento proviene de una idea que hace tiempo me ronda. Yo, que tantas veces he escuchado, escrito y venerado las historias del exilio español, que compadecí a los que tuvieron que irse, a los que hubieron de forjarse una nueva vida lejos de su tierra y fueron desposeídos de lo que era suyo, veo ahora en él a uno de los desgraciados que hubieron de quedarse, olvidar el trauma de la guerra que marcó su niñez y sacar adelante un país de mierda. El escaso victimismo de una generación que concentró toda su energía en no pasar necesidad, prosperar y procrear ha hecho que jamás se contemplara una reparación, que ni tan siquiera sus hijos prestáramos demasiada atención a lo que muy de vez en cuando nos contaban, más como una peripecia que como una desgracia.

Toda esa bilis contenida por mi padre, reprimida mientras se esforzaba en sobrevivir y prosperar, está siendo expulsada como un estertor antes de dejar este mundo. Lo puedo ver por primera vez como es y como fue: un niño solo en una ciudad ruinosa y salvaje, sacudido por las bofetadas de aquella a quien apenas conocía y sin entender el motivo de los castigos. ¿Qué podíamos esperar de él sino un desprecio a la debilidad y una exigencia áspera de firmeza?

Sólo en su pavor enfermizo a la soledad podíamos entrever las consecuencias de un trauma que aún late en su interior.

Muchos años después, cuando tantas cosas nos habían pasado, la larga enfermedad y la muerte de mi madre, el matrimonio rápido de mi padre, en menos de un año, con una mujer alegre y adinerada, quiso el destino que su nueva esposa viviera en la calle Maudes, y que su terraza diera al hospital en el que había trabajado la Bestia. Y como se trata de una calle muy pequeña, cuando nos asomábamos a la terraza parecía que estuviéramos dentro del jardín que rodea a ese peculiar edificio diseñado por Antonio Palacios, para servir como hospital de jornaleros. Ahora, libre su espacio de la tragedia, es una sede más del ayuntamiento. Alguna vez, en los años en los que mi padre estuvo casado con su segunda mujer, charlábamos acodados a la baranda y mirábamos los torreones. Él decía, sonriendo: la de veces que habré esperado yo, ahí mismo, en la entrada, a mi tía.

Nunca vi una sombra de amargura o tristeza en ese recuerdo. Es ahora, en esta imagen que se me presenta de viejo escolar peinado con colonia por la enfermera, ahora, al percibir que el pasado lo perturba en toda su crudeza y que no puedo hacer nada por evitarlo, cuando veo a mi padre de niño.

Ayer por la mañana sucedió algo que me atormenta. A Clemente se lo habían llevado para hacerle alguna prueba. Se había despedido de nosotras, mi hermana, mis sobrinas, yo, alegremente, pero temeroso de que le dieran el alta porque prefiere estar hospitalizado que durmiendo en el albergue, donde asegura que hay que ser muy astuto para que te respeten y no meterte en broncas. Clemente dice que no puede quejarse porque a él lo quiere todo el mundo. ¿Verdad, colega?, le pregunta a mi padre. Y mi padre asiente, asiente con mucho convencimiento, como si pasara las noches con él en el albergue municipal. Cuando Clemente desaparece, mi padre intuye que algo no nos cuadra con respecto a su compañero de cuarto y nos dice en un hilo de voz para zanjar un asunto que aún no ha sido expresado:

—Es un tío extraordinario, y se porta muy bien conmigo. Tenéis que portaros bien con él. Es un ser íntegro, y eso, con los asuntos turbios que hay en este hospital, es de agradecer.

Asuntos turbios. Papá, le decimos, qué asuntos turbios. Mis sobrinas oyen la expresión, *asuntos turbios*, y se ríen. Su risa le irrita. Le irrita que no le tomemos en serio, que no demos crédito a lo que dice. Habla tan bajo que las cuatro nos acercamos para escucharlo. Nos habla de sus días en la sala de cuidados intensivos. Nos dice: lo he visto todo. ¿Todo? Sí, lo he visto todo desde la ventana. ¿Qué ventana? No había ventana, papá. He visto cómo llegaban las furgonetas al patio trasero y unos tíos, que debían de ser colombianos, descargaban droga. Cocaína, cocaína en piezas como ladrillos. Este sitio es una tapadera, nos dice, está podrido, reina la corrupción. Comenzamos a reírnos pero la risa se nos quiebra. Él se irrita al advertir que vamos a discutirle aquello de lo que tan seguro está.

Veo a la doctora caminar por el pasillo y salgo a su encuentro. Le cuento lo que mi padre está diciendo, le pregunto si no habrá perdido la cabeza. Durante estos días pasados le hemos pedido varias veces disculpas por el comportamiento de un padre que parece un niño, que exige, que se queja o que no contesta, que se niega a cumplir el compromiso de no fumar cuando vuelva a casa. Prefiere prescindir de la bombona de oxígeno, porque junto a ella no podría fumarse un cigarro, y quiere morirse envuelto en una nube de humo. La doctora no parece enfadarse por la irritabilidad del enfermo, tampoco se extraña de sus fantasías. Son lógicas, me dice, algunos ancianos no pueden soportar la impresión de despertarse en una sala rodeados de tubos. Tu padre, prosigue, entró en delirio y estuvo atado. Esas historias que hoy cuenta irán poco a poco desapareciendo.

Vuelvo a la habitación. Me acerco, y le digo: papá, no te preocupes más, en este cuarto estás seguro. Y le beso en la cabeza. Le besa mi hermana. Mis sobrinas. Y él cierra los ojos. Es probable que esté comenzando a dudar de lo que recuerda, pero al menos le tranquiliza el ser creído, el que sus palabras no provoquen risa sino comprensión. Está tan fatigado.

Clemente vuelve, locuaz y optimista: aún seguirá en el hospital unos días más. Marchaos tranquilas, yo me ocupo. Ahora con la cena, aquí, el colega, seguro que se anima. Y nosotras nos alegramos de que mi padre esté en las mejores manos. Siempre supo elegir bien a sus amigos.

DOÑA SAGRARIO

Tener una abuela es aconsejable. Tener dos, un exceso. Dos abuelas en acción pueden convertir a cualquier ser humano en un perfecto idiota. Yo sólo tuve una, la otra murió cuando mi madre era niña. Por desgracia, la que murió era la buena. O al menos de esa manera me hicieron recordarla toda mi infancia. La abuela buena se murió dejando tras de sí ocho huérfanos y un halo de santidad. Yo crecí creyendo ser la nieta de una santa, así que cuando rezaba pidiendo algo, porque si he rezado en mi vida he sabido siempre concentrarme en deseos muy concretos, en vez de dirigirme a la Virgen le hablaba a mi pobre abuelita muerta, la de la cara pepona, de la cual sólo había una foto tan antigua que a mí se me antojaba el retrato de una mujer de otro siglo. No me faltaba razón: por lo joven que murió, tuve una abuela santa y decimonónica.

Yo intentaba parecerme a la buena, porque se hablaba mucho en la familia de la extraordinaria belleza y de la dulzura de esa abuela muerta que causaba en el pueblo de mi madre una gran sensación. Me encerraba en el cuarto de baño, que es donde me pasé, actuando encima del váter, el cincuenta por ciento de mi infancia, me retiraba el flequillo tieso de la cara e inflaba los mofletes, a ver si me encontraba algún remoto parecido con la joven antigua de la foto. Pero nada, no había manera; mi rostro infantil, de parecido asombroso al que ahora tengo, era alargado, de barbilla puntiaguda, nariz rotunda y ojos grandes, melancólicamente inclinados hacia abajo. La dolorosa verdad es que, al menos físicamente, yo me parecía más a la abuelita mala. Nadie me lo dijo abiertamente, pero en ocasiones oí de refilón a mi madre comentarlo en voz baja con alguna de mis tías. Mi madre cuchicheaba cosas, guardando una distancia prudencial para no herirme, pero provocó con su mal disimulo que se me despertara una discreta paranoia, y la habilidad para enterarme de lo que se comenta a mis espaldas. Sobre todo si es malo.

Como me suelen impacientar las descripciones físicas de los personajes en las novelas, y me aturdo si el escritor da cuenta de manera prolija de cómo es el rostro de un personaje, resumiré el rostro de mi abuela (mala) con un ejemplo de la pintura universal: se parecía al Papa Inocencio X que retrató Velázquez. En mi memoria se pierden los contornos, transformándose el papa humanísimo de Velázquez en el fantasmal de Francis Bacon. Se trata de hacer sólo un pequeño esfuerzo cambiando el género, no demasiado, porque mi abuela tenía una cara de señor histórico: basta con privar a Inocencio X del bonete papal que lleva en el cuadro y en su lugar calzarle una melenilla rala y peliblanca, con un corte a lo Cristóbal Colón, para que aparezca mi abuela retratada.

La melena corta y recta acentuaba aún más la barbilla picuda de mi abuelita mala. Aseguran que a cierta edad una persona tiene la cara que se merece y ésa es la razón por la que durante medio siglo yo he trabajado a diario y a conciencia por alejarme de un parecido tan poco favorecedor: mi carácter ha potenciado la dulzura de unos ojos algo tristones para convertirlos al menos en melancólicos y esa sonrisa infantil que con bastante frecuencia me viene a los labios consigue elevar mis rasgos, borrando el rastro de una abuela que casi nunca sonreía y que, cuando lo hacía, transformaba los rasgos de su cara de manera opuesta a como lo hace la mayoría de la gente, que suele mejorar cuando sonríe: mi abuela arrastraba los labios hacia abajo y la prominente barbilla sobresalía unos centímetros hacia delante, de tal forma que pasaba de encarnar a un papa a asemejarse a las ilustraciones clásicas del avaro Mr. Scrooge, algo del todo coherente con su carácter porque, como el clásico personaje de Dickens, mi abuela también practicaba una tacañería orgullosa, sin sombra de complejo. En resumen: el rostro era de Inocencio X; el peinado, de Cristóbal Colón, y el gesto, de Scrooge, a la manera de las primeras ilustraciones del libro de Dickens, que han fijado la idea física que nos hacemos de los avaros.

Algo bueno tendría la abuela mala, te preguntarás con razón porque desconfías de las descripciones en exceso negativas. Desde luego, poseía un sentido exacerbado del ahorro, astucia, perspicacia, fortaleza, inteligencia, valentía, agudeza, determinación y una envidiable salud que le duró hasta el último aliento. Porque el miedo a la muerte no la rindió ni la transformó como a Scrooge, mi abuela se murió siendo ella íntegramente. Carecía de bondad, pero hoy, cuando ya está tan perdida como la abuela buena en la bruma del pasado, debo admitir que las santas, salvo en contadas y renombradas ocasiones, dan para ilustrar estampas, pero muy poco de sí literariamente; en cambio, esas ancianas a las que jamás llamaríamos ancianitas porque se van de este mundo sin habernos provocado un ápice de piedad, esas viejarracas que amedrentan a sus nietos, son dignas de aparecer en una de esas antologías de cuentos de miedo que roban el sueño a los niños, o en estas páginas que la nieta escribe para explicarse a sí misma por qué se sintió atraída siempre por un personaje que le provocaba tanto temor.

A mi padre no le hubiera gustado ver a su madre descrita como una mala pécora. Lo sé. Aprovecho que no está para contarlo. No ha sido algo calculado, pero no soy la primera escritora que se arranca a contar cuando ya nada importa. Mi padre reivindicó siempre la figura materna, a su manera peculiar, porque jamás trataba de justificar sus mezquindades. Como suele hacerse cuando se quiere mejorar a quien no inspira ternura alguna, él defendía su carácter, lo respetaba, ensalzaba esa fortaleza agresiva, justificaba una violencia que tan pocas veces se atribuye a las madres, y aún menos a las abuelas. La admiraba tal cual era. Valoraba su crudeza, incluso su crueldad, su valentía.

Mi padre era muy poco dado a perder el tiempo rememorando la infancia. Solía centrarse en una narración exhaustiva de la vida presente y laboral, como si hubiera aparecido por generación espontánea dentro de un archivador de Dragados y Construcciones, pero las escasas veces en que se animaba a contar un recuerdo te dejaba temblando. Cuando recordaba alguna de las muchas ocasiones en que su madre le había cruzado la cara de niño, acompañaba el relato de grandes carcajadas, añadiendo luego que era la única pedagogía posible para el chiquillo endemoniado, rebelde, temerario, proclive a meterse en broncas que él fue. De pequeña, esta comprensión de mi padre hacia la agresividad materna y esa descalificación de sí mismo me provocaba mucha inquietud. No sabía cómo encajarla. De adulta, me resultaba irritante. Ahora siento una amarga comprensión hacia su actitud porque sé que él seguía el empeño natural de los hijos de querer a sus madres o a sus padres aunque éstos no hayan hecho nada por merecer ese amor.

Si mi abuela no estaba dispuesta jamás a socorrerlo económicamente era, aseguraba mi padre, porque estaba guardando el dinero, con muy buen criterio, para la herencia. Mientras había madres, continuaba, que entregaban atolondradamente todo lo que tenían a sus hijos, malcriándolos, animándolos a derrochar de manera insensata, quedándose ellas casi en la indigencia, mi abuela era esa mujer que guardaba el patrimonio a buen recaudo. Era un amor para la posteridad. ¿Quién no amaría a una madre así, con ese elogiable amor prospectivo?

Durante toda mi infancia escuché conversaciones sobre esa herencia que algún día habría de ser de mi padre y luego nuestra. No se evitaba en casa de mi abuela, como suele hacerse en cualquier familia española, hablar de dinero delante de los niños: era mi abuela misma la que hablaba abiertamente del asunto, provocando unas tertulias espesas y tensas con sus hijos, todos varones, todos fumadores y bebedores, todos ellos severos con el mundo y mansurrones ante la matriarca. Eran tertulias envueltas en humo y coñac Fundador que los nietos escuchábamos inmersos en el silencio reflexivo y atemorizado de los niños de antes, como si en alguna de aquellas veladas de horas y horas fuera a decidirse y a certificarse en un documento el futuro de cada uno de nosotros. Acostumbrada como estaba a escuchar sin derecho a réplica, trataba de imaginarme cómo sería ser inmensamente rica. Al fin y al cabo, aquél parecía según todos los indicios mi destino. Si era ser como mi abuela, que al fin y al cabo era la que poseía la fortuna, tendría que regentar aquella casa de huéspedes del barrio de Ciudad Jardín, en Málaga, y vivir con la mano extendida para que me dejaran la mensualidad aquellos hombres que unas veces salían, buenos días, y otras entraban, buenas noches.

Mi abuela se llamaba Sagrario. A punto estuvieron de llamarme Sagrario, pero por una vez mi madre impuso su criterio y me bautizaron con el nombre de mi abuelita buena. Un nombre puede cambiar un destino y evitar un desastre. O será que yo crecí pensando que el nombre de mi abuela santa me había protegido de ser la réplica de la mujer que se parecía a Inocencio X, lucía la melena de Colón y sonreía como Scrooge. Pero el temor que provocaba esta señora severa, a sus hijos, vecinos y nietos, no excluía que tanto mis hermanos como yo sintiéramos por ella una gran fascinación. El culpable, como siempre, era mi padre, que, persuasivo y autoritario, nos había convencido de que la abuela Sagrario, valiéndose tan sólo de su astucia, había conseguido amasar una gran fortuna de la nada llevando con gallardía esos pantalones que a mi abuelo, un guardia civil sin carácter, le quedaban grandes. Yo la admiraba como admiran los niños aquello que temen y no comprenden, con la misma curiosidad medrosa con la que se observa a un animal salvaje que te puede morder. Seducida por la versión paterna, anhelaba el momento de volver a verla durante el largo viaje que todos los veranos emprendíamos hacia el sur.

Por el camino, mi madre iba cumplimentando la lista de todas las cosas realmente necesarias que la abuela no tendría en la fresquera cuando llegáramos. Mi abuela era rica pero se murió sin tener frigorífico. En la fresquera de la abuela no habría leche ni huevos ni colacao ni fruta ni carne ni pescado ni queso. Pero esa certeza, a pesar de la insistencia de mi madre por desacreditarla, no hacía mella alguna en nuestro ánimo. Nos daban igual los pormenores. Con la absurda arbitrariedad de los niños, reforzada por mi padre, nuestro único deseo era que en el aparador guardara el celebrado paquetito de galletas Artinata. Un paquete de galletas, uno solo al año, que recibíamos como si fueran hostias consagradas, como si no hubiéramos comido una puñetera galleta en nuestra vida. A la queja anticipada de mi madre, que no sentía por la suegra la menor simpatía, mi padre respondía, soñador, enunciando el tesoro que nos esperaba:

—Las galletas de la abuela.

Muchos años después, cuando mi marido se hubo convertido casi en un hijo de mi padre, hasta el punto de ser un buen glosador de sus muchas extravagancias, me señaló algo que yo había percibido sin saber darle forma: los varones de mi familia, sólo los varones, además de dejar por sistema las frases sin terminar, tendían a omitir el verbo. Eran poseedores de un discurso enunciativo que sólo aquellos que los conocíamos muy bien estábamos capacitados para desentrañar. Cuanto más bebían y fumaban en las sobremesas, y bebían y fumaban sin descanso, más desaparecían los verbos de las frases, como si en la espesura del alcohol y el humo las neuronas encargadas de transportarlos se hubieran adormecido.

Cuando mi padre enunciaba «las galletas de la abuela», estaba claramente llevándole la contraria a mi madre, compitiendo deslealmente con ella, haciéndole saber que a pesar de que en la fresquera de su madre no hubiera lo básico para alimentar a una familia numerosa no había que perder de vista el valor simbólico de los detalles. El detalle, en una mujer de naturaleza patológicamente roñosa, era haber comprado un paquete de veinte galletas que consumiríamos ansiosos sus herederos la primera tarde y que ya no volvería a reponerse hasta el siguiente año. Mi padre nos engatusaba, nos trastornaba el juicio, nos volvía tontos y complacientes.

El viaje, desde la presa del Atazar, en la sierra pobre de Madrid, hasta Málaga, era tan largo que nos daba tiempo a dormir, a sudar, a comer, a vomitar, a cantar y a pelearnos, hasta que mi padre paraba el coche y repartía unos cuantos tortazos indiscriminadamente, tanto si los merecíamos como si no. El viaje era tan pesado que mis hermanos me expulsaban del asiento de atrás y yo, como era la pequeña y los mayores decidían por mí, me veía obligada a cruzarme España compartiendo asiento delantero con mi madre. Si mis padres discutían —ocurría con bastante frecuencia—, mi madre me colocaba entre ellos dos, y ahí me veía yo, espachurrada y con el cambio de marchas hincándoseme en la rodilla. A veces mi padre confundía mi pequeña rodilla con el pomo de la palanca de cambios y hacía con ella un viraje. Mi madre le iba encendiendo a mi padre los cigarrillos para que él pudiera fumar sin perder su dosis de humo entre un pitillo y otro, lo cual la convertía en algo más que una fumadora pasiva. Lo extraordinario era que, cuando estaban peleados, ella me pasaba el cigarro a mí y yo se lo pasaba a mi padre. Como si estuviéramos compartiendo un porro. Ese pequeño acto de confianza que depositaban en mí a costa de su enfado me halagaba. En una ocasión en que mi madre me había dejado sus enormes gafas de sol y yo me sentía personaje, mundana, niña de incógnito, me acerqué el cigarro a la boca poniendo la boquita de piñón, como así hacía mi madre en las bodas. Mi padre, que tenía ojos con visión de trescientos sesenta grados, como los camaleones, soltó el volante para darme un pescozón. Las gafas salieron volando. «Ya no te las vuelvo a dejar», dijo mi madre. A partir de los diez años, ir sentada en una esquina del asiento materno, convirtiéndome en barrera divisoria de mis padres, me acabó resultando humillante. Me utilizaban a veces para comunicarse entre ellos, como si fuera una traductora, y yo intentaba ser literal para no acabar recibiendo por las dos partes.

Cruzábamos la meseta habiendo comenzado el viaje a las seis de la mañana, para que a mi padre no le agobiara el calor. Jamás sintonizaba la radio porque lo distraía. En cambio le encantaba que sus hijas cantaran y lo hacíamos a dos voces. Éramos niñas de coro en el colegio y nos sabíamos muchas canciones estúpidas, himnos escolares y villancicos. Desde el momento en que emprendíamos el viaje, al amanecer, él comenzaba a fumar y yo a vomitar. Durante muchos años tuve una fobia a viajar en coche que parecía incurable. Mis hermanos, los chicos, decían que yo vomitaba para hacerme la víctima. Mi madre llevaba varias toallas, aunque yo solía avisar con treinta segundos de anticipación: el tiempo necesario para que mi padre pegara un frenazo por esas carreteras comarcales en las que uno podía viajar durante horas sin ver un alma, salvo un pastor o un soldado y muy de vez en cuando. Recuerdo el mareo, el ansia, la mano de mi madre sobre mi frente, mis ojos mirando la cuneta. Las cunetas. Las cunetas de toda la geografía española. Un médico al que en una ocasión le contaron mis padres esta tendencia mía a vomitar incluso antes de montarme en el coche describió el fenómeno como algo «psicológico». Es la primera vez, a los nueve años, que oí esa palabra. Lo mío era psicológico. No sabía lo que quería decir, pero la interpreté de inmediato por el sentido que le dieron mis padres, «esta niña es muy maniática». Jamás se le hubiera ocurrido a nadie, en esa época, que una criatura tuviera razones para marearse, y menos antes de que el coche se pusiera en marcha, tan sólo por el hecho de levantarse al amanecer y sin desayunar enfrentarse al olor de la gasolina y el tabaco. Todavía hoy no lo he superado. A veces, mi padre caía en la cuenta de que tal vez no estábamos respirando debidamente y abría las ventanillas. En invierno, irrumpía el aire helado, el sudor se me helaba y se mezclaba extrañamente con el ansia y la tiritona.

A casa de mi abuela íbamos sólo en verano. Jamás pasamos con ella unas Navidades. Tal vez porque esas fechas señaladas la hubieran obligado a realizar un dispendio al que no estaba dispuesta. O porque no sentía melancolía alguna al verse sola. Mi abuela no sabía lo que era la melancolía, era demasiado calculadora. Incapaz de estar triste. Ni tampoco alegre. También puede considerarse esto como una ventaja. Tenía la actitud y las virtudes de una camaleona: observadora, quieta, de movimientos lentos. Si algo interesante pasaba por delante de ella era capaz de sacarle provecho, de tender la mano como el reptil extiende la lengua. Mi abuela, al contrario que Scrooge, nunca recibió la vista del fantasma de las Navidades Futuras para que reconsiderara su ruindad.

Recuerdo que hubo un agosto en concreto, tendría yo unos ocho años, en el que al parar en un bar de Despeñaperros oímos en la radio que los integrantes de la banda de El Lute andaban ocultos en el barrio de Ciudad Jardín, el de mi abuela. Desde entonces, uno de mis hermanos, que se llama Lolo como el hermano del Lute, nos asignó a cada uno el nombre de uno de los quinquis de la banda. Evidentemente, él era el Lolo; mi otro hermano, el Lute; mi hermana, la Charo, y a mí me tocaba ser el Toto. El hecho de que me hubiera correspondido aquel mote bobo y masculino les hacía morirse de risa.

Aunque yo me esforzaba por integrarme en el juego, consolándome con la idea de que siempre era mejor ser el Toto en esta vida que no ser nadie, la sospecha de que una banda de atracadores anduviera merodeando la casa de mi abuela me aterrorizaba. Además, mi abuela había convertido aquella casa preciosa de Ciudad Jardín en una pensión donde las habitaciones se encontraban en la buhardilla o en el sótano, y no tenía escrúpulo en albergar a quien fuera siempre que se le pagara por adelantado. El hecho de ser la viuda de un capitán de la Guardia Civil no hacía de ella una mujer puritana, ni tradicional; tampoco es que fuera una moderna. Simplemente, amoldaba la ley a sus intereses contractuales. Mi abuela era una persona fuera de toda época, amoral, que no inmoral: sus reglas estaban invariablemente sometidas a su beneficio económico, y jamás obedecían a un sesgo político o religioso. De tal forma que no hubiera sido del todo extraño habernos encontrado a la banda del Lute dando las buenas tardes al cruzar el salón camino de las habitaciones. Mi padre la veía perfectamente capaz y así lo iba advirtiendo desde que tuvimos noticia de que la banda del delincuente más célebre de los últimos años del franquismo rondaba el barrio de su madre. Eso sí, decía mi padre, si se retrasaban un día en el pago, ya entonces les amenazaría con llamar a la Guardia Civil.

Mi padre había heredado en cierto sentido y a su manera esa ausencia de juicios morales y sentía una absoluta fascinación por los ladrones. Tanto es así que cuando años más tarde tuve la oportunidad de entrevistar a Eleuterio Sánchez, el Lute, convertido después en un hombre libre y cultivado, le transmití la admiración que sentía por él mi progenitor, aunque no me atreviera a contarle la verdad completa por respeto, porque lo que valoraba mi padre no era su extraordinario proceso de reinserción sino lo anterior, la peripecia vital protagonizada por el ladrón de medio pelo, el quinqui que acaparó tantas portadas de la prensa franquista por las repetidas huidas de la Guardia Civil. Mi padre, hijo de un capitán, se ponía por sistema del lado del delincuente, como si hubiera en él una tendencia secreta a transgredir las normas que se viera satisfecha con las fechorías de otros.

Cuando entrábamos en la ciudad, mi padre enunciaba:

—Málaga.

No decía:

—Ya estamos en Málaga.

Su mente, plagada de enunciados, emitía los títulos que abrían capítulos diferentes en nuestras vidas. Era una manera de obligarnos a apreciar lo que teníamos ante los ojos que a mí me causaba una enorme impresión, porque su frase sin verbos hacía que los lugares fueran deseables y dignos de mirar.

A pesar de la experiencia traumática de los mareos y las vomitonas tengo un buen recuerdo de aquellos viajes. Cruzar España entonces por carreteras comarcales era conocerla de veras, como si accedieras a la vida cotidiana de una persona, a su intimidad. Había familiaridad y promesa de aventura a un tiempo. Un pastor arropado con una manta en invierno que levantaba la garrota para saludarnos; un soldado haciendo autostop al que mi padre acercaba a su destino; un melonero que nos cargaba el capó de melones, e infinidad de animalillos, que según se iba haciendo de noche, se nos cruzaban. Si alguno tenía la mala suerte de morir bajo las ruedas, mi padre lo envolvía en una toalla y lo guardaba para un arroz. Mi padre amaba a los animales tanto como su depredación. De cuando en cuando, paraba el coche al lado de un río para echar la caña y si era verano nos sentábamos a su lado: mis hermanos le colocaban el cebo en el anzuelo y permanecíamos en riguroso silencio para no espantarle las truchas. Éramos niños con pocos deseos formulados, con escasas exigencias, muy reprimidos en comparación con otros niños. Intimidados y fascinados siempre por una presencia, la suya, que tensaba el ambiente y nos llevaba a la competición y al chivateo.

Parábamos siempre en los mismos bares. Tal vez la memoria me haga trampa, pero en mi recuerdo los paisanos que había en la barra nos saludaban como si nos conocieran de una vez para otra. O tal vez todo residiera en la actitud de mi padre, que sabía entablar enseguida una conversación, recurriendo a los lugares comunes y prestando una atención desproporcionada a lo que le decían por muy trillado que fuera, lo que despertaba en ocasiones la desconfianza propia de quienes no están acostumbrados a provocar tanto interés. Se bebía un coñac, o dos, antes de proseguir el viaje y la sensación que nos trasladaba y que conformó mi carácter es que el trato con desconocidos alivia la tensión inevitable de las relaciones familiares, algo enturbiadas o condicionadas siempre por el papel que desde el nacimiento te ha sido asignado.

Me intrigaban aquellas casas siempre cerradas que lucían letrerillos de neón en pleno campo. Me parecían salidas de uno de mis cuentos, anunciando refugio y calor de hogar para los niños perdidos en el bosque. Si no era así, a qué respondía tanta belleza en medio de la nada. «Siren's», decía yo en voz alta, mis hermanos se reían, y mi padre sonreía y los mandaba callar. Y yo iba sospechando, como así suele ocurrir con los hermanos pequeños, que palabras como ésa, *Siren's*, encerraban algún misterio que debería resolver por mi cuenta.

Llegábamos a Málaga y nada más salir del coche, después de vomitar a un lado de la acera, sentía el olor pegajoso y mareante del azahar que adornaba los patios del barrio de Ciudad Jardín. Mi madre murmuraba, limpiándome con la toalla, que seguro que su suegra no tenía jabón de lavadora. En el jardín de la casa de mi abuela sobresalía picudo el árbol más alto del barrio y casi todo el mundo conocía el caserón por esa impresionante araucaria. Aún hoy sigue en pie, a pesar de que la casa ha perdido aquel encanto decadente del suelo de gravilla y las columnas de ladrillo rojo.

Doña Sagrario, *doña* para todo el barrio, solía esperarnos sentada, muy tiesa, en su sillón de mimbre en el porche. Ella siempre estaba ahí, vigilante, severa, muy doña Sagrario, armada con un gran abanico negro. Yo tendía a imaginarla, y no invento, con un rifle sobre el regazo. Es probable que la imagen estuviera inspirada por una de las películas del oeste que veíamos los sábados por la tarde. En infinidad de ellas había un viejo desdentado sentado en la mecedora del porche con un rifle. Mi abuela, aun con buena dentadura, era para mí como aquel viejo. Nunca sentí que perteneciera al sexo femenino. Tampoco al masculino.

Llegábamos, y mi padre nos iba colocando ante ella, con un pequeño empujón nos aproximaba para que le diéramos un beso. Ella se quedaba en el molde, sin hacer amago de abrazarnos. Ahí se acababa todo el contacto físico que mantendríamos con la señora del abanico.

Cuando nos acercábamos, el rifle se había desvanecido, pero no el abanico que siempre empuñaba con determinación y que podría haber acabado con cualquiera que pretendiera asaltar su propiedad. Mi abuela no temía a nadie y ejercía la violencia si era necesario sin sentir el menor remordimiento. En un rincón de aquel precioso patio de gravilla que ella vigilaba desde el porche elevado, daba vueltas a pasitos cortos, rápidos y torpes mi tío Paquito. Con los pies hacia fuera como un pato. Esa rutina circular iba acompañada de vez en cuando con palmadas de felicidad. Era mi tío un niño eterno ya entrado en los treinta, de piel blanquecina y carnes lechosas, el pelo cortado al cero (o a lo mejor es que ya estaba calvo) y vestido con camiseta de tirantes y pantalón de pijama a rayas, jamás con ropa de calle, destinado como estaba a vivir recluido para siempre en el patio de la casa. Su aspecto, por lo gordo y lo blanquito, por la sonrisa que achataba su cara como si no tuviera huesos, era el del muñeco de Michelin.

Paquito no podía resistir la alegría que le provocaba nuestra presencia y emitía una especie de chillidos agudos que nunca alcanzaban a convertirse en palabras. Durante los días en que nosotros estábamos allí, sus misteriosos juegos solitarios eran jaleados y secundados, y las manías que sostenían su comprensión del mundo se veían momentáneamente desbaratadas. Paquito no había visto en la vida nada más allá de aquel jardín de gravilla ni más niños que a nosotros.

—El bueno de Paquito.

El bueno de Paquito, decía mi padre. Le daba dos besos en la cabeza apoyando sus brazos largos en los hombros lechosos de su hermano pequeño, el niño enorme. Nosotros contemplábamos con curiosidad aquel extraño encuentro: el abrazo del hermano astuto, atractivo, nervioso, que se había curtido en la aspereza del mundo sin protección alguna y adolecía de la torpeza física de los hombres grandes, al niño grandón y babeante, que habitaba un universo cercado y rutinario.

Paquito expresaba la alegría con sonidos guturales y nos seguía lento y torpón en nuestros juegos, hasta que, extenuado, se sentaba en un rincón cruzando las piernas como un buda y golpeaba la espalda contra la pared, concentrándose en un movimiento repetitivo hasta encontrar la paz. Nosotros lo besábamos también. Paquito era la única aparición angelical en aquella casa refractaria a la ternura. Siempre podías encontrártelo donde menos lo esperabas. Sentado solito y misterioso en la silla de un dormitorio, o al entrar al cuarto de baño. Allí estaba, de pie, como si no supiera cuál era el paso siguiente a haber meado, con los pantalones del pijama de rayas por las rodillas, paralizado, esperando a que viniera su madre a asistirle, mostrando sin pudor el único miembro de su cuerpo que le delataba como un adulto.

Paquito era un niño Jesús en aquella casa, uno de esos bebés desproporcionados de las pinturas barrocas. Vestido siempre igual, mostrando sus brazos de color de cera madre, carente de expresión verbal, ensimismado en rutinas indescifrables, respetado como se respeta al pequeño hijo de Dios. Mientras mi abuela solía referirse a los hijos y a los nietos que no estaban presentes con unos motes burlescos que ella misma había inventado, ningún otro nombre había para referirse al niño que parió entrada ya en la cuarentena, Paquito. Paquito. El respeto hacia su criatura, a pesar de que jamás considerara que debía proporcionarle algún tipo de estímulo para comunicarse con el mundo, era innegable. Ay de aquel que se atreviera a hacer algún comentario inconveniente o cruel sobre el niño. Mi padre solía contar, como una muestra de lo implacable que era mi abuela al tomarse la justicia por su mano, que en una ocasión, al oír a una muchacha de la limpieza un comentario burlón referido al crío, la había agarrado por los pelos y le había metido la cabeza en el cubo de fregar hasta casi ahogarla. Mi abuela escuchaba la historia sin intervenir, pero asintiendo, y al llegar mi padre al final sonreía satisfecha, a su extraña manera, bajando las comisuras de la boca y adelantando la barbilla.

Había otras historias que corroboraban los hijos: la de los milicianos a los que en el 36 había echado a sartenazos del cuartel de la Guardia Civil en el que sólo habían quedado mujeres y niños; la de esa otra sirvienta que fue descubierta afanándole algo de la cartera y obligada a confesar a fuerza de acorralarla agarrándola por el cuello, o esos otros episodios que yo no lograba comprender entonces porque mi padre los contaba en voz baja, sin verbos, de manera muy abstracta, en los que definía a su madre como una experta estraperlista. Yo no sabía qué era el estraperlo. Sólo sabía que mi padre se negó a seguir los pasos de aquella inclinación materna a los tratos bajo cuerda y fue precisamente ese rechazo al trapicheo lo que le llevó a alejarse de ella en su juventud. Es el único aspecto del que se mostraba asqueado. Le hacía más mella que las bofetadas o la frialdad. Un episodio de la misma naturaleza mientras hacía la mili lo apartó del que debía haber sido su destino lógico, la Guardia Civil: ingenuo, detuvo a quien no debía. Sus superiores lo amonestaron, lo ridiculizaron, y él, que no sabía controlar su ira, tiró el tricornio al suelo. Se libró de la cárcel por mi abuelo. Presumía con orgullo de no haber cedido a la tentación de robar, que tantas veces se le presentó en la vida; en cierto sentido satisfacía con su admiración a los quinquis su incapacidad para burlar la ley.

Nosotros irrumpíamos en la rutina de aquella casa oscura, de olores retestinados y muebles severos. Éramos expulsados al patio enseguida, tras comernos el célebre paquete de galletas Artinata. En aquel salón no había espacio alguno para el juego infantil. Si te quedabas dentro era para sentarte en una silla del comedor y escuchar interminables conversaciones sobre dinero o para presenciar enfrentamientos entre hermanos que ella misma, la madre, parecía provocar. Ella relataba su día a día de una manera singular, descartando todo aquello que no le afectara en su economía por mucho que fuera impactante. Todas las mañanas iba a misa, muy temprano, al primer oficio, y le pedía a Dios que interviniera en los conflictos que mantenía con los inquilinos de sus pisos o con sus huéspedes. A la vista estaba que Dios atendía a las súplicas de esta devota del dinero porque su fortuna, amasada a base de ahorro y tacañería, no paraba de crecer. Si de camino a la iglesia, en la Málaga recién amanecida, veía al cruzar un puente a un hombre que se había ahorcado colgándose de la baranda, lo añadía a su narración como quien cuenta que esa mañana hacía fresco. Pasaba de largo e iba directa, sin vacilar, sin que la visión del suicida la paralizase o la conmoviese, a su cita privilegiada con Dios.

Mi padre la escuchaba en silencio, con un respeto sumiso que no le guardaba a nadie, tal vez solo a un jefe de su empresa o a un ingeniero, reconociéndole una autoridad que jamás le vi sentir por otra persona. Puede que fuera consecuencia del miedo encapsulado que uno conserva siempre hacia las personas que nos atemorizaron en la niñez. Y mis otros tíos mantenían la misma actitud recelosa y obediente. Armados todos con una copa de coñac en una mano y un cigarrillo en la otra, rodeaban a la madre, agitados por conflictos familiares que yo no llegaba a entender. Como si fueran tres adolescentes disputándose un amor materno que jamás acababa de materializarse. Mi tío Paquito, desde su silla del rincón, se acunaba con la sonrisa de quien es ajeno a la mezquindad del mundo. De vez en cuando, la reunión se veía interrumpida por la visita de un vecino que venía con monedas en la mano, a hablar por el teléfono de mi abuela, que era de los pocos que había en el barrio. Aunque entonces no lo percibiéramos así, era extraordinario que aquellos vecinos hablaran a gritos, como se hablaba entonces por teléfono, de un asunto privado, que discutieran o se dedicaran palabras melosas en medio de todos nosotros, que estábamos obligados a bajar la voz por respeto a la conversación de quien pagaba su llamada. Se aprovechaba la interrupción para rellenar las copas y sopesar los hijos las contrapartidas que les exigía la madre a cambio de un dinero que sólo se materializaría cuando muriera.

Yo no recuerdo bien a los habitantes de la pensión, aunque sí el trasiego de gente y los comentarios jocosos que hacía mi abuela de sus clientes. Le escuchaba anécdotas de una pareja de gays, que eran llamados «los mariposones», de algún comerciante manchego de paso por Málaga, o de unos drogueros que durante años alquilaron el sótano como laboratorio e inventaron un jarabe con más propiedades energéticas que aquel célebre jarabe malagueño, el Ceregumil. No creo que fuera casual la concentración en casa de mi abuela de gente chocante, porque su falta de interés y control sobre las vidas ajenas atraía a aquellos que entonces tenían algo que ocultar.

Entre los huéspedes de mi abuela llamaba la atención un tal Fernando. Era un tipo de unos treinta y tantos, aunque naturalmente a mí no me parecía tan joven. En realidad, visto con mis ojos de ahora, no era fácil definirlo como joven o maduro. Fernando era un meapilas, parecía un solterón beato, vestía como un seminarista de paisano, y a menudo se frotaba las manos y se olía los dedos con ese gesto particular que hasta un niño puede advertir como marrano. Tenía el pelo ralo, no era ni alto ni bajo, ni guapo ni feo, se trataba de una de esas personas que a los cinco minutos de que desaparezcan de la escena ya no recuerdas bien. Su manera de hablar, eso sí, llamaba mucho la atención, porque era suavona, tamizada con un acento de andaluz fino que chocaba entre aquella vecindad de Ciudad Jardín que yo percibía como muy ruidosa y populachera.

Era Fernando un señorito andaluz. Un señorito andaluz que trataba de presentarse ante el mundo como un calavera arrepentido. Su historia no era un secreto, la contaba mi abuela una vez que Fernando salía por la puerta: se fundió la herencia de la madre que le correspondía en suerte y fue expulsado de la casa familiar por derrochador, siéndole asignada por el padre una pensión mensual para perderlo de vista, como si hubiera pactado con la familia una orden de alejamiento. A mí me daba mucha pena entonces Fernandito, como lo llamaba mi padre. Lo imaginaba como al príncipe huérfano, desheredado y expulsado de un cortijo.

Fernando era un rentista, un holgazán, pero con un aspecto de hombre de orden que causaba asombro hasta a aquellos que por ser niños no captábamos la magnitud de su rareza. Yo fantaseaba con que era el mayordomo de mi abuela, porque en el fondo ejercía de asistente o de criado. Si mi abuela se lo ordenaba, Fernando, ponles el desayuno a mis nietos, nos ponía el desayuno; también le hacía recados y lo veías volver a casa, con su camisa blanca de manga corta, de la que asomaban unos brazos blancuchos, delgados y sin vello, llevando la bolsa de la compra con rapidez y diligencia. Al tercer día, ya nos sentábamos a la mesa por la mañana esperando a que Fernandito nos sirviera el colacao.

Para bochorno de sus hijos y extrañeza de sus nietos, en alguna ocasión se ofrecía a comprarle ropa interior a mi abuela aprovechando que iba a salir al centro. Una muda, doña Sagrario, que yo creo que le va haciendo falta. Yo no podía concebir que un hombre le comprara una muda a una mujer y aún me producía más desazón imaginar a Fernandito comprando unas bragas como las de mi abuela, que conocía muy bien por verlas colgadas cada noche en la barra de la ducha, de color carne, enormes, recién lavadas y puestas del revés, para que se secase la parte rizadilla. Cuando entraba a hacer pis antes de irme a la cama cerraba los ojos para no verlas, porque me daban escrúpulo, pero al final no podía evitarlo y obedeciendo a una de esas supersticiones morbosas que torturaban mi mente, «si no lo haces se morirá tu madre», alguna vez me aupaba, les daba un beso y salía corriendo.

Mi padre se reía del tal Fernando. Lo veía como a un hombre manso, un homosexual reprimido o asexuado que se había arrimado, buscando protección y orden, a una abuela autoritaria. Mi padre nunca dijo «homosexual reprimido», no era ése el lenguaje de su época; tampoco decía «maricón», al menos delante de nosotros, pero los niños interpretan con bastante exactitud, por encima de todo, aquellas palabras que los padres callan. En alguna ocasión, incluso me pareció entender que además de homosexual era amante de mi abuela, así que yo, que jamás había recibido ni recibiría algo que se aproximara a una mínima educación sexual fui arrojada de primeras a rumiar la inquietante idea de que aquellos dos seres humanos podían toquetearse o decirse palabras de amor cuando estuvieran solos.

Se reía mi padre, se reía a carcajadas, le parecía un síntoma del talento propio de una mujer como su madre eso de tener como criado a quien le pagaba el alquiler de una habitación. Era una estafa, la de mi abuela, que no llegaba a ser estafa, sino la consecuencia feliz de unir la astucia de una anciana con las pocas luces de un inútil. ¿Cómo si no se había labrado mi abuela la fortuna que tenía? Pues cazándolas al vuelo, trapicheando, saltándose la ley.

Pero a lo mansurrón, Fernandito se convirtió en el interlocutor para cualquier circunstancia. Era el que comunicaba el parte médico de mi abuela cuando llamaban sus hijos. No es que mi abuela no pudiera contestar al teléfono, es que le era más cómodo que de esas cosas se encargara Fernandito. Fernandito era considerado medio imbécil, medio ángel caído del cielo, porque había que reconocerle el mérito de hacerse cargo de una anciana que por su carácter adusto, hostil a cualquier signo de ternura, no podía convivir con nadie. Fernandito iba al banco, a la compra, acompañaba a la vieja al médico, y si llegaba a tiempo, temprano, muy de mañana, a la primera misa, sin quitarse su traje blanco de alpaca. Porque Fernandito salía cada noche hasta el amanecer, pero de ese detalle mi abuela no había informado a sus hijos.

En 1973 mi padre nos dio la vuelta a España. Nuestro punto de partida fue Palma de Mallorca, donde vivíamos entonces, de tal forma que comencé vomitando en el barco durante la travesía nocturna y seguí vomitando a lo largo de toda la península Ibérica, ya que mi padre incluyó Portugal en nuestra aventura. En las fotos aparecemos malhumorados, un poco sucios, siempre con la misma ropa, subidos a la carrocería del 1430, como para atestiguar que, efectivamente, íbamos en coche.

La razón para incluir Portugal en la ruta, según contaba mi padre cuando ya no estaba mi madre para confirmarlo, era agradecerle a la Virgen de Fátima la exitosa operación a corazón abierto a la que mi madre se había sometido sólo unos meses atrás. Yo nunca fui consciente de que nuestra visita tuviera un carácter de peregrinación, y menos aún que el motivo fuera la cirugía de mi madre. No creía que la Virgen pudiera hacer más de lo que ya habíamos hecho el cirujano y yo.

Recuerdo con precisión la delgadez flotante en que la sumió la intervención. Se había comprado unos blusones de flores bordados en la pechera y unos pantalones campana, y me parecía en su fragilidad como rejuvenecida, otra madre, una madre con el cuerpo de una chica, que se movía por el mundo con una reserva, no muy segura de su presencia entre los vivos. La puedo ver ahora, si quiero, en Super 8, en una película que encontró mi hermano trasteando entre las cosas de mi padre. Camina que parece que vuela, más moderna de lo que yo la recordaba, con gafas enormes que ocultan su rostro pequeño y marcan su barbilla cuadrada tan característica. Se balancea sobre unos zapatos de plataforma blancos, posiblemente acharolados, y mira a la cámara, mira a mi padre, con su nuevo gesto, grave, que brotó tras la operación, un carácter renovado que se apoderaría de ella, como si el bisturí hubiera trastornado el corazón en su acepción sentimental más que en el físico.

Llegamos a Málaga cruzando España por Ayamonte, envidiando yo a toda esa gente que veíamos trajinar en su día a día al pasar por los pueblos y que parecía disfrutar de la vida sin estar sujetos a un nomadismo como el nuestro, que veíamos la existencia continuamente alterada por la necesidad de mi padre de estar de paso en cualquier lugar. Llegamos a Málaga como todos los veranos, pero aquel verano del 73 ya habíamos empezado a ser otros. La enfermedad de mi madre nos había obligado a su ausencia, porque pasó meses en el hospital, y nos había acostumbrado a lo que parecía una imposibilidad de mi padre para hacerse responsable de una mujer en extremo vulnerable. Éramos otros. Yo había comenzado a desarrollar un pensamiento mágico. Ya era proclive a ello pero mi carácter neurótico se había desatado con la posibilidad de perder a mi madre y padecía muchas manías. Pero entonces no existían diagnósticos sino descripciones rudas del carácter: la niña es maniática.

Todos mis miedos eran aliviados con las martirizantes repeticiones: tocar el suelo tres veces, rascar la pared, guiñar los ojos, apagar y encender la luz, andar mirando al sol, volver la cabeza mientras caminaba. Mi madre observaba aprensiva esas rarezas y creía poder erradicarlas a fuerza de afeármelas, más aún si había gente delante ante la que ella consideraba que me ponía en evidencia, que quedaba en ridículo, y me comportaba como una criatura chocante. Ella no estaba preparada para imaginar que eran la consecuencia de un carácter ansioso que vivía en el temor de que cualquier seguridad era proclive al derrumbe. Afearme la conducta sólo servía para que yo aún me entregara más a esas rutinas agotadoras cuando me quedaba sola. Pero a veces se tarda media vida en mirarse a una misma con compasión. Media vida son cincuenta años. Con cincuenta años yo le hablaba a una terapeuta de las viejas manías infantiles que se acrecentaron con la operación de mi madre. Ella me escuchaba atentamente, con una sonrisa plena de experiencia y comprensión, como si más que a mí estuviera mirando a la que yo había sido. ¿Sabe usted, me preguntó, hasta qué nivel un niño puede estar prisionero de sus obsesiones? ¿Cuánto tiempo puede perder una criatura en interrumpir la contemplación serena de la vida, cuánto tiempo le será robado al juego, a la alegría irreflexiva, en esa agotadora obsesión por detener la desgracia?

Recuerdo la tarde en que salí de aquella sesión de terapia. Estaba sola, iba a estarlo toda la noche. Mi marido escribía en Nueva York una novela. Fui a casa andando, como en aquellos otros tiempos en los que quemaba la soledad por las suelas. Avanzaba serena de Chamartín hasta Cibeles, sintiendo caer la noche sobre mí. Quise recordar con exactitud mi figura infantil, verme desde fuera en mi cuerpo de niña, acercar mis manos al rostro de entonces. Ya había ejercitado de esa manera la memoria en algunas ocasiones, había compartido ese raro ejercicio con un muchacho que había estado meses secuestrado en Colombia. En el cuartucho sin luz en que lo mantenían encerrado él activaba mentalmente su vida de siempre, se imaginaba hablando con sus padres, con sus amigos. Se afanaba en recordar conversaciones de manera literal, reproducía gestos, repasaba jornadas enteras de su vida en libertad, ejercitando más la memoria que la especulación. Reproducía con extraordinaria literalidad escenas del pasado. Me decía que eso le salvó de volverse loco.

Cuando tu vida se va plagando de ausencias demasiado pronto has de esforzarte por no perder los rostros y las voces en la bruma del recuerdo. Las fotos no bastan. Hay que concentrarse en rescatar del olvido momentos que pueden estar a punto de perderse. Dicen que olvidar es una actividad saludable del cerebro, pero ¿y si uno teme perder lo poco que la memoria conserva? Detesto que las personas se conviertan, debido a la pereza mental, en protagonistas de tres o cuatro anécdotas que las muestran favorecidas, que nos convienen para reconciliarnos con su recuerdo y que nos hacen creer que las mantenemos vivas. Por doloroso y obsesivo que sea mi empeño llevo años tratando de oír el timbre de la voz de mi madre, su manera susurrante de cantar, visualizar el balanceo peculiar de sus andares y la sonrisa. También tengo que lidiar con momentos que mi memoria censuró durante un tiempo por ser en exceso desgarradores, pero de qué serviría ignorarlos. Desearía contener el dolor que algunos episodios me producen, pero me da miedo que el pasado se desvanezca. Hay traumas que en vez de brotar de una experiencia brutal se cuecen a fuego lento hasta conformar nuestro carácter. Si borrara mi trauma, ¿se desvanecerían los años de mi infancia?

De pronto, transportada por el trastorno que proporcionan los paseos largos, me distinguí con claridad, como si pudiera tomar de la mano a la niña que fui, en una especie de desdoblamiento que no había experimentado nunca. Me sentía tan cerca de aquella que fui que incluso podía olerme, oler el sudor de criatura alterada por tener que responder a unas obsesiones que a veces no la dejaban vivir. Pasé la mano por mi pelo corto y tieso, acaricié el rostro de nariz respingona y barbilla alzada siempre un poco hacia arriba, dispuesta para la acción, observé los ojos grandes, melancólicos, un poco inclinados hacia abajo, la boca con la pequeña cicatriz que cruzaba el labio inferior, el cuerpo rechoncho y amable, de color canela, como si en cualquier estación del año el sol le tiñera la piel, la barriguilla infantil que no llegó a aplanarse hasta la adolescencia. Iba andando y creía haber tomado en brazos a aquella niña. Ven aquí, mi feílla, le decía. Sentía una ternura insólita por ella, por mí, me convertí en mi propia madre, me di la protección que me había faltado por ese afán de convertirme a los nueve años en cuidadora precoz, en niña que cree contar con poderes que salvarán a su madre del dolor y de esa depresión en la que se hundía aferrándose a las manos de sus hijas, para salvarse o para hundirse definitivamente con ellas.

Inmersa en estas fantasías tuve la sensación de haber acudido en mi rescate tras toda una vida de desamparo. Un reencuentro íntimo que a nadie podía confiar. A quién contarle esta experiencia insólita: he vuelto a casa caminando con la niña que fui.

Sí, éramos otros en aquel viaje al sur en el 73. Mis hermanos habían entrado en la adolescencia. Ahora mataban su energía desbordada en peleas que acababan con el pie de uno encima del cuello del otro. Mi hermana se entregaba a la lectura solitaria, y yo vagabundeaba por aquel patio malagueño imaginando que era ya mío y que mi abuela había muerto. Paquito se había arrugado. Estaba completamente pelón y continuaba dando vueltas alrededor de la araucaria hasta que encontraba, como los perros, un lugar donde sentarse y mecerse. Mi padre trataba de buscar una cohesión entre nosotros, algo que ligara la existencia de tanto anhelo individual y esquivo, quería que volviéramos a creer como cuando éramos niños que aquello que él elegía para nosotros era la mejor opción posible. Pero se respiraba ya cierto escepticismo. Estábamos en casa de la mujer que no había querido prestar el dinero para la operación de mi madre. Un millón de pesetas. Y mi madre, obligada a estar allí, a comportarse como una nuera, representaba como nadie su reserva, su rencor callado pero irreductible.

Fernando seguía poniéndonos el desayuno. Era algo ya tan natural que casi se nos había olvidado el tiempo en que no fue así. Lo servía, lo recogía y se marchaba a los recados, manso y diligente. No sé dónde comía él. Era como un gato, delicado y sigiloso. Te lo podías encontrar en cualquier lugar de la casa, lo cual te hacía estar siempre un poco alerta, temiendo asustarte con la presencia inadvertida de Fernando o de Paquito. O de otros inquilinos sorprendentes.

Aquellos días de verano en Málaga me hacían fantasear con la herencia de mi abuela. Ella despertaba nuestro deseo con sus promesas y los chantajes evidentes que aparecían siempre en las conversaciones con sus hijos, y aunque yo seguía sin saber muy bien cómo experimentaría esa nueva condición de mujer rica había leído ya suficiente literatura, mala y buena, como para desear que en mi riqueza futura hubiera, además de abundancia, belleza, sensualidad, entusiasmo, aventura, pocos viajes en coche y desayunos perezosos en la cama. No veía yo ventajas a una futura riqueza si se trataba de reproducir la vida mezquina de mi abuela. Mi madre trataba siempre de arrastrar a mi padre a los chiringuitos de El Palo, para evitarnos la indescifrable comida que mi abuela preparaba. Siempre había una olla en el fuego donde ella iba echando trozos de carne de procedencia dudosa, según mi madre, a los que llamaba *los perifollos*. A la hora de comer mi abuela repartía esos perifollos lanzándolos a los platos de mis hermanos como si fueran perros que tuvieran que cazarlos de un salto. Mis hermanos eran rápidos y sabían alzar el brazo, atrapar una pieza al vuelo y llevarla al plato. A mí no me lanzaba ningún perifollo, porque me tenía tirria, y eso me sumía en la melancolía, aunque los perifollos en sí me resultaran vomitivos.

Mi padre se reía, como para neutralizar aquellas costumbres bárbaras, pero en la cara de mi madre, en su sonrisa estática, su pulcritud, su delicadeza, en el digno rencor que alimentaba, yo aprendía a distinguir entre lo bello y lo zafio.

En las conversaciones, que seguían siendo recurrentes, sobre el dinero, se producía un silencio novedoso, espeso e hiriente, que hacía evidente que aquella anciana dura y asentimental se había negado a prestarle dinero a mi padre para la intervención de su mujer. Mi madre, refugiada ya para siempre en su postoperatorio, se permitía a sí misma un resentimiento antes censurado; con la fortaleza que le proporcionaba esa gruesa cicatriz que le partía de arriba abajo el torso ya no disimulaba, su silencio era un reproche continuo e incómodo.

Fernandito aparecía de pronto, a la hora en que el sol se iba ocultando y la habitación, sin que nadie se decidiera a dar la luz, se espesaba de penumbra y con el humo que expulsaban mi padre y alguno de sus hermanos. Por más que quisiera despedirse de manera discreta su uniforme nocturno adquiría una cualidad resplandeciente en el salón oscuro. Fernandito lucía un traje de alpaca claro, que hacía aguas o brillos cuando un último rayo de sol irrumpía en el cuarto e incidía sobre la tela. No sabías juzgar si esta nueva imagen era incongruente comparada con su carácter de las mañanas o si en realidad el personaje fingidor era el que nos ponía el desayuno. Se marchaba. Lo despedían los adultos educadamente. Y cuando ya se oía el ruido de la cancela, mi abuela contaba con sequedad, sin énfasis, como solía narrar lo tremendo, que en una ocasión se había visto en la obligación de cruzarle la cara, y que lo volvería a hacer si era preciso: su huésped había perdido en el casino la mensualidad que le mandaba su padre. Tras la bofetada, Fernando, arrepentido, se había arrodillado delante de la anciana apelando a su piedad.

Mano dura es lo que hubiera necesitado este muchacho, acordaban madre e hijos, mano dura que había encontrado en esta nueva vida, bajo la tutela de una anciana que toleraba cualquier vicio menos el derroche.

Paquito se murió a los pocos meses de aquel verano tal y como había vivido, sin decir una palabra, retraído e inocente, sin saber que esa incapacidad que sentía para hacer que el aire llegara a sus pulmones era la muerte. No fuimos a su entierro ni volvimos a esa casa.

Cuando mi madre murió, mi padre, incapaz de dirigir una casa llena de adolescentes, llamó a mi abuela para que viniera a poner orden. Llegó una mañana, acompañada por Fernando, aunque éste se volvió a Málaga en cuanto le guardó la ropa en el armario. La presencia de aquella mujer era del todo incongruente en el piso de nuestro barrio de Madrid. Daba la sensación de no caber en el pasillo, de que iba a quedarse atascada, de que podías encontrártela por la noche si ibas al baño. Yo procuraba no cruzarme con ella, cosa que era sencilla porque la mujer iba anunciando sus pasos con suspiros hondos, sonoros, graves. Era inevitable verme a mí misma como una huérfana a manos de una vieja que haría lo posible por arrebatarme el cariño de mi padre. Yo era la que más tiempo pasaba en casa y, aprensiva e inestable como era, me daba un miedo atroz estar a solas bajo el mismo techo que aquella anciana. Era como si su presencia consiguiera liquidar la luz del recuerdo de mi madre. Alejada de su mundo de huéspedes, vecinos e inquilinos, de su negocio, suspiraba a cada momento, desesperada, con la hondura de un animal salvaje. Un buen día dijo que no nos soportaba más y se fue. No sé con qué mote me nombraba a mí, conocía los de mis primos, pero sí que la oí decirle a mi padre que yo no le gustaba, no me gusta la caída de ojos de esa chica, no me da buena espina.

Poco más de un año después, mi padre se volvió a casar. Mi madre lo había pronosticado: se casará con una rubia. Y con una rubia se casó al poco tiempo de morir ella, aunque era rubia como cualquier mujer puede serlo si se lo propone. Mis hermanos se fueron esfumando, por unas razones o por otras, y yo seguía en casa, diciendo que estudiaba, aunque pasaba las mañanas vagabundeando con un novio al que también empujaba a la indolencia, a faltar a su trabajo. Era una vida que no se sabía hacia dónde derivaba. No tenía objetivos ni vocación ni fuerza de voluntad. Escribía malos poemas directamente en la Olivetti, sin mucha reflexión, en los folios que me daba mi padre con su nombre a la izquierda. Mis poemas con el nombre de mi padre. La tipografía de máquina les daba cierta apariencia de profesionalidad y exhibía en ellos una indocumentada conciencia política. Pero mi mayor actividad era perder el tiempo. Si tantas adolescentes buscan la manera de satisfacer su deseo sexual, yo me encontraba en una fase previa, la de encontrar el rastro de ese deseo e identificarlo para poder cumplirlo. Había comenzado una carrera pero aparecía poco por la facultad. Salía a tomar café a media mañana, como las oficinistas, con mi novio, al que sacaba de su taller, para sumarlo a mi indolencia, y todos los días me hacía el firme propósito de acabar con aquella pereza abrumadora. Me cruzaba con algún viejo compañero del colegio entregado al trapicheo de las drogas o con alguna amiga de mi madre, que me miraba con una pena no disimulada, creyéndose con el derecho a compadecerme.

Mi padre venía a comer todos los días conmigo. Se ponía el pijama sólo para ese rato. Hacía la comida la misma chica de siempre, Estrella, porque él quería que la casa siguiera en funcionamiento, aunque ya sólo durmiera yo en ella. Después del café, remoloneaba un poco y se marchaba, creo que sin remordimiento, con su nueva mujer. Su mujer, muy rubia, como cualquier mujer que se lo proponga, era generosa conmigo, y a pesar del insistente mensaje de mi madre desde el más allá para boicotear aquel matrimonio, yo la acabé apreciando aunque estuviera aleccionada también por mis tías para no quererla. La quise.

Cuando mi padre se marchaba me quedaba reinando en la casa, sin saber ponerles nombre a las sensaciones que experimentaba, de soledad no buscada, de desamparo, pero también de alivio porque los tiempos de la enfermedad y la muerte se habían terminado. Sola, como una adolescente jubilada que no sabía en qué ocupar su tiempo, breando con un tiempo amorfo que me sentía incapaz de ordenar, pensaba si lograría hacer acopio de la suficiente voluntad como para cumplir unos imprecisos proyectos de poeta, o si finalmente ese talento que apenas había asomado se quedaría en nada.

Una tarde, con mi padre poniéndose de nuevo la americana del traje y metiéndose con ese gesto tan suyo la corbata en el bolsillo, llamaron al teléfono. Contesté y del otro lado surgió una voz de ultratumba. Digo bien, porque al igual que nos pasa con algunos actores, que a fuerza de no aparecer en pantalla llegamos a creerlos muertos hasta que vemos su necrológica en el periódico, yo había borrado a mi abuela de mi mente. Era sólo mi padre, consciente ya de que reivindicar la figura de su madre era una tarea imposible, el que iba al sur de tanto en tanto a visitarla y quien, imagino, la llamaba cada semana por teléfono. La mujer casi muerta preguntó, ¿está tu padre?, y yo le tendí el teléfono a mi progenitor, dándome luego cuenta de que había acompañado el gesto con esa caída de ojos que ella detestaba y que habría inspirado un mote que nunca llegué a conocer.

Mi padre comenzó a hablar con ella. Le preguntó cómo estaba para luego quedarse callado, mirando al suelo. Me pidió que le acercara una silla. Así estuvo, sentado, escuchando, con la cara apoyada en la palma de la mano, como un niño abrumado por un problema que no sabe cómo resolver. Al colgar, me dijo poco, que tenía que viajar a Málaga al día siguiente. Supe que no se trataba de un problema de salud. Adiviné que era, cómo no, un asunto de la herencia.

Durante todos aquellos años en que mi abuela desapareció de nuestras vidas, de las conversaciones y de la memoria, fue Fernando, el huésped, quien se ocupó de ella. Los hijos le fiaron el cuidado de una madre con la que les resultaba difícil entenderse. Era un trato más que beneficioso para todo el mundo: aquel tipo con una orden paterna de alejamiento del hogar familiar compensaba su orfandad con una anciana que le ordenaba la vida. Se habían convertido, a su extraña manera, en una pareja de hecho, y mantenían una relación de confianza contra la que ya nadie podía competir. Él la escuchaba, prestaba una atención complaciente a sus proyectos de inversión, la acompañaba al médico, le compraba las bragas, le evitaba el papeleo y las obligaciones domésticas. Pagando el huésped la mensualidad por su cuarto, aquello parecía el trato perpetrado por una mujer vampírica que siempre se las apañaba para convertir las relaciones personales en un buen negocio.

Pero Fernando, el individuo enigmático y gatuno al que veíamos escaparse cada anochecer de aquel verano del 73 con su traje de alpaca, no había perdido el tiempo. Con una paciencia sólo atribuible a los que se dedican a falsificar artesanalmente billetes, Fernando había ido pidiendo préstamos a su protectora. Aquella bofetada de la que la señora Sagrario se jactaba no había provocado un arrepentimiento, al contrario, no hay un trato más íntimo que el que te concede quien se cree con la capacidad de educar o reeducar. Mientras la anciana creía manejar las riendas de aquella situación, el huésped había aprovechado el tiempo para observarla de cerca. Había detectado, astuto, que había un vicio al que la voluntad de aquella mujer se rendía: la codicia. Fernando no sólo no dejó de ir al casino sino que la engatusó para que le prestara dinero para jugárselo. La mayor ganancia que obtuviera sería, por supuesto, para ella. Y debió de ocurrir que al principio ganaron, y ya no hubo bofetadas sino celebraciones. Y debió de ocurrir, como estadísticamente les ocurre a todos los que sucumben al vicio, que después perdieron, y que para recuperar la pérdida siguieron apostando. No sé cuánto tiempo llevó aquel período en el que fue hipotecándose un piso tras otro hasta llegar a aquella preciosa casa de Ciudad Jardín que iba a ser para mí cuando ya todos hubieran muerto. Fueron los años en que mi abuela, de tanto estar ausente de nuestras vidas, pareció perderse en un más allá del que regresó aquella tarde, con la llamada que lo destapó todo.

Mi padre trató de echar el lazo al impostor pero éste se había esfumado, como el dinero. En el Casino de Marbella había una orden para no permitirle la entrada y nada más se sabía de él. Hubo un intento de acusarle de estafa, de que pagaran parte del pufo los hermanos del huésped, pero todo había sido perfectamente legal: la anciana estaba en sus cabales; si durante una vida entera de sacrificio y mezquindad había conseguido hacerse razonablemente rica a fuerza de trapichear y no gastar, en su vejez, había pretendido aumentar su patrimonio poniéndolo en manos de un estafador.

Siguiendo el rastro del timador, mi padre supo que el individuo tenía antecedentes. Al parecer, se las había ingeniado en su tierna juventud para vender un laboratorio que pertenecía a la Universidad de Valencia. El resto de las fechorías pertenecerían a ese tipo de acciones que destruyen la vida de otras personas pero no dejan rastro.

Mi abuela murió al poco tiempo. Una vez que el dinero desapareció de su conversación, la sangre dejó de correrle por las venas. Tras su muerte, mi padre, el mago de los números, se las ingenió para que no tuvieran, al menos, que pagar deudas. No sé quién acudiría a su entierro, ni en qué cementerio fue, ni si está enterrada al lado de mi abuelo y de su hijo Paquito. Jamás pregunté nada al respecto. Mi padre aseguraba que cuando estaban los tres hijos delante de aquel ataúd a punto de descender, salió disparado de la madera un clavo y sus dos hermanos, aterrados, dieron un salto para atrás. Él se carcajeaba contando esta anécdota, aunque yo estoy convencida de que si eso fue así, el primero que echó a correr, por el miedo que le daban los muertos y el temor que le provocaba su madre, fue él.

Mi tío Angelito llamó un Jueves Santo para decirle a mi padre que pusiera la tele de inmediato: había reconocido a Fernando, cantando gregorianos, en un coro de monjes benedictinos. La capucha le ocultaba parte de la cara, pero aquellos ojos mansos inconfundibles eran sin duda los suyos. Disfrazado de monje, lo había descrito mi tío, como si diera por hecho que esta nueva identidad que adoptaba era también una farsa. A pesar de que mi padre no llegó a verlo o que la cámara no enfocó de nuevo al personaje, todos encontramos muy coherente ese nuevo oficio para el personaje y ya lo ubicamos ahí, en un convento, como un falso monje.

Aunque durante todos esos años en que mi abuela estuvo casi muerta no había pensado apenas en la herencia, el saber perdido de pronto todo aquel dinero dio por zanjado un sueño que llenó nuestra infancia de fantasías. No habría herencia. Lo sorprendente es que el final de esta historia, con el que mi madre habría sin duda disfrutado, no despertó en mi padre ningún resentimiento. Mantuvo toda su vida un grado insólito de aceptación del comportamiento de su madre. ¿Por qué protegía de nuestras críticas a quien no lo había tratado con afecto? ¿Por qué ironizaba sobre su crueldad en vez de analizarla severamente? Tal vez para esquivar la terrible evidencia de que quien te trajo al mundo para amarte sin condiciones no estaba capacitada para amar.

No digo que el hecho de que el dinero se esfumara me hiciera replantearme el estado de indolencia, de desmotivación en el que me encontraba, pero me reafirmó en la idea de que debía comenzar a ganar dinero, no para ahorrar sino para gastarlo. Me habían educado justo en la ética contraria, en la austeridad y la contención, pero yo estaba deseando tener dinero en el bolsillo para entregarme al derroche. Y, por sorpresa, se me presentó la oportunidad. A través de mi hermana conocí a un tipo que estaba organizando un taller de radio. Yo le dije que estaba estudiando periodismo, y me invitó a sumarme a la aventura. Durante aquellos meses de taller acudía a los estudios de la calle Huertas entre fascinada y aliviada por tener una excusa de peso para no acudir a clase. El taller se terminó, pero yo me quedé en la radio. En la radio y en los bares cercanos a la radio. Como el mancebo que entraba en una farmacia y se quedaba a vivir en la trastienda. Me pagaban algo, casi nada. Me lo gastaba todo sin salir de la calle Huertas, y luego, cuando aprendí lo básico y me pagaron más, me lo gasté también. Mi padre estaba muy orgulloso. Sin tener razones sólidas para ello tenía una fe ciega en mí. A veces insinuaba que yo había heredado el empuje de mi abuela. Esta afirmación me desasosegaba. No quería parecerme a la abuela mala. Si su madre tuvo talento para ganar dinero, yo puse todo mi empeño en trabajar para gastarlo.

He encontrado algo que escribí sobre mis primeros días radiofónicos:

Llegué a la radio a las seis de la mañana un día de primavera de 1981. Fui a la planta 8.ª en aquel montacargas sin puertas al que había que subir en marcha. Allí, en aquel simulacro de redacción donde en contadas ocasiones vería escribir a alguien, me esperaba Izaguirre, mi jefe, un viejo exiliado cubano: me hizo entrega de sus enormes tijeras, y yo, supervisada por él en la tarea, recorté de los periódicos las noticias que luego leeríamos en antena. Por un infantil afán de agradar, me dejé contagiar por su acento y dimos el noticiario local con acento habanero. Cumplida la primera misión informativa de mi vida bajé a tomar el primer café con porras de mi carrera en el bar El Diario de la calle Huertas. Allí, entre taxistas y repartidores, vi amanecer y me sentí, acodada en la barra de cinc, una gran profesional del periodismo.

La pérdida de la herencia de mi abuela, el implacable castigo a su avaricia, me sacó del pozo de la molicie. Para ser la derrochadora en que me convertí no me quedaba otra opción que ganar dinero.

AMAPOLA

Por entre las tinieblas que me llenaron los ojos
veo aún la luz vacilante de estas palabras:
«Y Jesús le habló: te digo
en verdad que hoy estarás
conmigo en el paraíso».

Spoon River Anthology,
EDGAR LEE MASTERS

Hay almas que tienen
azules luceros,
mañanas marchitas
entre hojas del tiempo,
y castos rincones
que guardan un viejo
rumor de nostalgias
y sueños.

FEDERICO GARCÍA LORCA

No tengo memoria anterior a la vida en esta sierra, no tengo pasado. Soy la niña que llegó aquí. La llaman pobre, sierra pobre. No recuerdo que en aquel 1966 hubiera árboles. Las montañas que abrazaban la tremenda herida de la presa eran grises y estaban peladas. Tampoco había niños al principio. Fue aquél un verano solitario en el que el viento y el sol herían por igual. Detrás de nuestra casa, se abría el brutal precipicio que desembocaba en la presa. Papá no nos dejaba acercarnos, pero en cuanto se marchaba a la obra los chicos se montaban en la bici y se arrimaban al filo. Una de sus diversiones era llevarme a mí de paquete para someterme al llamado martirio chino, unos virajes bruscos con el manillar y unos derrapes que me hacían creer que nos despeñaríamos por aquellos riscos. Yo me sentía atraída por su valentía y su brutalidad, pero siempre acababa llorando. No decía nada porque sabía que aquello se nos tenía prohibido, que papá acabaría pegando a los chicos y a mí ellos me llamarían chivata. Como me tachaban de acusica continuamente, me chivaba menos de lo que se merecían. Al cabo de unos días llegaron unos obreros para instalar la valla. Es esta misma valla desde la que ahora te asomas más de cincuenta años después.

Yo esperaba con impaciencia la llegada de otras niñas, porque mi hermana Inma estaba entregada siempre a sus lecturas y mis hermanos, Chechi y Lolo, no sabían jugar sin acabar el uno con el pie sobre el cuello del otro; aunque a veces Chechi, que sin la presencia de otros chicos se comportaba de manera más tierna, me llevaba a explorar los montecillos que rodeaban el poblado. Las farolas, recién instaladas, vibraban al contacto y a nosotros nos parecía un desafío tocarlas y que nos dieran algo de corriente. Lo llamábamos el electroshock y era obligado hacerlo. Él iba con su bote de cristal, buscaba culebras, saltamontes, escarabajos, bichos que se encontraran entre los hierbajos de esa tierra árida, y yo le observaba entre temerosa y fascinada, abrazada siempre a mi muñeca. A veces se aventuraba a bajar hasta el río Lozoya y me dejaba a mí sentada en una piedra, observando desde arriba cómo iba descendiendo, intrépido, por aquella pendiente en la que había encontrado un caminillo angosto por el que bajaba, a veces a gatas, como un animal trepador. Lo perdía de vista y temía que no volviera. No sabía cuánto debía esperar para chivarme a mamá de su ausencia, pero él aparecía siempre, con una sonrisa triunfal y con un tesoro, cualquier bicho al que trataba de amaestrar sin éxito.

El poblado parecía construido a propósito para contener un resumen exacto de la civilización, su bondad y su miseria, como un arca de Noé varada en el monte. Y cada uno de sus habitantes ocupaba el lugar asignado según su categoría: barracones, para los obreros sin familias; pisos diminutos en los que se apiñaban los operarios con hijos; chalets destinados a los cargos medios, que es donde vivíamos nosotros, y grandes casas reservadas para los ingenieros. En el lugar más alto del poblado, tocando el cielo, una cruz sin abalorios, pelada y grave, señalaba la existencia de la humilde iglesia, que sólo se permitía la frivolidad de unas vidrieras a la moda. La escuelita, con sólo dos aulas en donde habríamos de aprender juntos todos los niños hasta la edad del bachillerato, se adosaba al pequeño templo. Contemplado desde la carretera por la que has llegado esta mañana, nuestro poblado hoy no se aprecia más que como un insignificante punto blanco en un altillo del monte, pero cuando entonces, tal vez puedas acordarte, llegábamos a casa después de haber ido dando tumbos por la pedregosa carretera, podíamos sentir que la vida en aquel pueblo sin historia y con futuro incierto era tan vibrante e intensa como la de una gran ciudad.

Éramos los niños pioneros del pantano. Las otras criaturas fueron apareciendo poco a poco al final de aquel verano de la misma manera en que habíamos llegado nosotros: en un coche modesto y siguiendo de cerca a un enorme capitoné que se abría camino peligrosamente por aquellas carreteras escarpadas, pobremente asfaltadas, carentes todavía de quitamiedos. Llegaban los niños, mis futuros amigos, detrás de los sofás, las camas, los juguetes y los cacharros de cocina. Llegaban las madres, que en nuestra placilla serían unas quince, con su espíritu de resistencia y vigilancia. Llegaron los columpios de la plaza, que vimos instalar con enorme expectación, con esa atención escolar que dedican los abuelos a las obras públicas, y alrededor de ese espacio de diversión y gravilla se fueron forjando relaciones, de las que nuestras madres hubieron de desterrar por fuerza envidias e inquinas, o al menos reservarlas para las conversaciones nocturnas en voz baja, porque el equilibrio entre los niños en aquel parque diminuto dependía en gran parte de ellas.

Yo no sé si mamá era débil, pero a mí siempre me lo pareció. Era como si de su figura emanara una fragilidad no ya física sino interior, profunda, que se manifestaba de una manera que no sé explicar pero que debía hacerse evidente, porque siempre sentí que las vecinas o las tías la trataban como a alguien que puede quebrarse en cualquier momento. Yo lo percibía con aprensión, y su dolor, cualquiera que fuere, de un simple constipado a una quemadura en la cocina, me producía una enorme inseguridad, una anticipación de la desgracia.

Papá y mamá fueron una tarde a la aldea que daba el nombre a la presa, El Atazar, a buscar a una pastora de la que habían oído hablar para que ayudara en las tareas de la casa. La aldea se vislumbraba a lo lejos desde el poblado, medio oculta en un remanso del valle, como uno de esos pueblecillos que dan perspectiva a los Nacimientos. Mi hermano Chechi y yo nos quedamos toda la tarde sentados en una roca pensando que, si prestábamos atención, en algún momento veríamos a mis padres bajarse del coche. A propósito de aquella espera, el Chechi se pidió unos anteojos para Reyes.

Volvieron al anochecer. En el asiento de atrás venía María. A mis ojos de entonces María era una mujer, pero en realidad no debía de haber cumplido aún los diecisiete. Era cabrera, huérfana de madre, muy tímida, temerosa de los hombres, debido a que su padre en cuanto bebía se desahogaba con ella y le pegaba unas palizas tremendas. Al escuchar la oferta de papá, María no lo había dudado, se había metido en el coche con una muda y el ajuar que ya había empezado a bordar aunque no tuviera novio. Papá apañó el trato con el padre y María fue nuestra. Así eran las cosas. María no hablaba mucho, no estaba acostumbrada a la conversación, y sonreía siempre. Era muy bonita, incluso delicada para la vida salvaje que había llevado. Una preciosa melena, abundante y rizada, le caía sobre la espalda, y tenía un cuerpo huesudo, fibroso, el de quien se ha curtido desde la niñez pasando frío, viendo amanecer a la intemperie, hablándoles a las estrellas y a su madre muerta.

Nunca veía la televisión porque le mareaban las imágenes en movimiento, pero le gustaba que yo le contara luego en la cocina las películas. Yo le insistía, pero ven, si no pasa nada, pero había algo en aquel aparato reproductor de imágenes que le daba mucho miedo, como si en algún momento los personajes pudieran salir y atraparla. Así lo expresaba. No recuerdo tampoco un pasado sin ella. Tal vez sólo aquellos días primeros de soledad y descubrimiento, cuando no había más niños ni habían instalado la valla, o aquella tarde en que mirábamos la aldea esperando la llegada de la pastora. A María le gustaba jugar con los chicos, corría tras ellos, se reía cuando los tumbaba y los inmovilizaba en el suelo, le salía de dentro la criatura agreste que había sido, la niña que aún era, aunque disfrutaba también de sentarse al lado de la radio en la cocina y quedarse extasiada y pensativa. En esas voces y canciones de la radio encontraba el único abrigo que había tenido desde niña.

Cuando llegó la hora de ir a la escuela yo ya había alimentado mi leyenda en el poblado. Una mezcla de arrojo e inocencia me hizo ir tocando los timbres de todos los chalés para preguntar por los niños que aún no habían llegado. Me estoy viendo ahora mismo, con cinco años, llamando a la puerta de la casa donde me había dicho papá que a punto estaban de llegar tres niñas. Mamá, reservada, trataba de enseñarme a no ser pesada, y papá, decididamente expansivo, me animaba a buscar compañía. Fui todos los días, esperanzada y tozuda, durante un mes. Me recibía la madre y hablábamos en la cocina, delante de una leche con galletas. Prisionera como estaba de mi papel de hija pequeña, aquellas conversaciones con una adulta eran liberadoras: yo podía expresar en esos ratos opiniones y observaciones sin temer la burla, que es lo que más se sufre cuando se ocupa el último lugar. Precoz en el habla, sin duda repipi, provocaba curiosidad y ternura en aquella madre que esperaba a sus niñas. Luego llegaron ellas y también me escucharon con arrobo, se peleaban para ver quién era más amiga mía. Sin entender dónde radicaba el encanto, mi inesperada popularidad.

Mamá tenía celos de mi relación con aquella otra madre. Yo lo percibía a la manera instintiva pero perspicaz en que comprenden la realidad los niños. En casa, todos éramos celosos y eso generaba un ambiente de tensión permanente entre nosotros. Nos asignaron nuestro papel en el árbol familiar con tanta dureza que cada uno quería ser el otro para escapar de sí mismo.

No se podía saber lo que era vivir en el poblado hasta que no llegaba el invierno. Las montañas se agrisaban aún más y las nubes estaban tan cerca que parecía que caminabas entre ellas. Yo aprendí a leer y a escribir muy pronto, pero no me explico cómo, porque aquel primer año casi no fui a la escuela. A mamá le daba pena verme tan pequeña enfrentando aquel frío que no se parecía, según ella, a ningún otro. Me pasaba la mañana en casa, dando clase a mis muñecas de todo aquello que desconocía, y a la hora del almuerzo esperaba a que aquellas otras niñas más sufridas que yo llegaran a la plaza para sumarme a sus juegos sin dar explicaciones de mi ausencia.

La nieve, en sus primeras horas, ofrecía a los niños una promesa espléndida de reclusión y quietud, de rutina alterada. Se cerraba la escuela y pasábamos el día en pijama, llevando yo la misma vida del niño del cuento, de mi único cuento, *El muñeco de papel*, que contaba la historia de un crío con decimillas, como solía tener yo, aburrido y quejumbroso, que recortaba un muñeco de un libro de su madre. El muñeco cobraba vida y se lo llevaba a participar en extraordinarias aventuras. Al final, como suele ocurrir cuando las peripecias se vuelven peligrosas, resulta que no era más que un sueño, pero el sueño favorito de una criatura de fantasías domésticas como yo. Yo misma, aprendiz de Quijote, recorté del libro al muñeco de papel con la creencia de que se materializaría y me llevaría, como al niño del cuento, a las estrellas. La nieve era el paisaje propicio para esas ilusiones. Un silencio mágico inundaba la sierra, que aparecía como arropada por una manta blanca, cubriendo la agreste grisura. Pero los quitanieves, los camiones, la imparable actividad de la descomunal obra, aceleraban el barrizal y nos arrebataban la magia. Con botas de agua el rebaño de niños volvía a la escuela.

El colegio estaba más alto que los chalés. Teníamos que subir una pequeña ladera. Recuerdo que cuando salíamos de clase en invierno ya era casi de noche. Bajábamos los niños de los chalés todos juntos, pegados unos a otros, protegiéndonos, como un rebaño abandonado a su suerte, e íbamos dejando atrás a los hijos de los obreros, que se quedaban en sus bloques. Papá sabía que había madres a las que les halagaba esta segregación tan implacable. Medían gracias a ella su estatus, y celebraban eso de que se hubieran construido plazas y piscinas diferentes para los niños según fuera el oficio paterno. Papá nos repetía con insistencia que debíamos jugar con todos los niños. Él odiaba a la gente que se daba ínfulas. También a los que estaban por encima de él en el escalafón. Era el hombre que había desafiado desde adolescente su falta de preparación académica para situarse lo mejor posible, pero de sobra sabía que había puestos que jamás podría alcanzar. Sólo contaba con su talento natural para el cálculo y los titulillos de algunas academias a las que fue asistiendo en una vida errante de hijo de guardia civil, a salto de mata. Los ingenieros de caminos eran su bestia negra. Odiaba a los ingenieros. Cuando yo estaba delante hablaba de ellos en voz baja y en clave, porque sabía que yo era un peligro: había aprendido pronto que la manera más eficaz de atraer la dispersa atención adulta era contar aquello que mis padres hablaban en casa. Ellos también me consideraban una chivata. Callaban delante de mí, pero yo los espiaba, me escondía por las noches tras la puerta del salón y veía sus sombras en el sofá, iluminados por la luz de la tele. Mi padre bebiendo, el humo del cigarro formando su niebla en la penumbra, mi padre hablando, hablando siempre tanto con las palabras como con las manos, analizando los pormenores de la obra, de los ascensos, las miserias, los cierres de operaciones, repitiendo los apellidos de sus colegas, apellidos que coincidían con los de los niños de mi clase. Al día siguiente, si es que hacía menos frío y mi madre se animaba a mandarme al colegio, yo le contaba en el recreo a la maestra alguna frase pillada al vuelo con tal de que me premiara con una papa frita de su bolsa. El crujido que hacía aquella mujer mascando papas fritas me hacía salivar como un perro; ella, mirando al frente, como sin hacerme caso, se interesaba por algunos detalles, que yo inventaba por el mero hecho de resultar interesante y de conseguir mi recompensa. Una vez que llegaron a oídos de mis padres esas conversaciones escolares fui reprendida severamente. Mi hermano Lolo me empezó a llamar la gran cotilla del Atazar. Llegué a pensar que por mi culpa un ingeniero vendría a casa y nos expulsaría del poblado: sufrí con la pena honda de la culpa que acogota a los niños, pero el ingeniero nunca vino. La regañina me hizo efecto durante un tiempo, y luego recuperé mi naturaleza charlatana. Así soy, ¿así eres tú ahora?

Papá despreciaba, obsesivamente, a aquellos que lo habían tenido fácil para situarse, a los hombres de vida regalada, a los hijos de papá; desconfiaba de los titulados universitarios casi por sistema, detestaba a los haraganes, a los ricos, a todos aquellos a los que se veía obligado a plegarse a diario en aquel universo tan segregado. Rumiaba su rebeldía contra la autoridad en privado, donde él la ejercía como un líder amado.

Era paternal con los obreros y se veía forzado a ser servil con los de arriba. Contrarrestaba la humillante obediencia alardeando de sus logros. Me enseñó, aunque no fuera su intención, a desobedecer. Aunque a mí no me gustaba mandar. Yo sentí, desde pequeña, la necesidad de hacer lo que me diera la gana. Puede que a eso contribuyera que me exigieran menos esfuerzos que a mis hermanos.

Papá era un poco chulo. Era chulo. Sólo se había tenido a sí mismo en la vida hasta que llegó mamá, hasta que llegamos nosotros, y nos convertimos, todos, en una propiedad que le reafirmaba, que le hacía hombre. Su identidad éramos nosotros. Lo decía con frecuencia, hubiera querido tener ocho, nueve hijos, diez, como un batallón a sus órdenes, como un señor feudal, pero mamá no le pudo dar más. Nos contaba sus hazañas de niño indómito, que esquivaba a la carrera la mano implacable de su madre, que huyó de las palizas de una tía en Madrid a los nueve años, que acabó en un hospital inglés en Río Tinto a los doce por haberse caído por un terraplén huyendo de una cabra a la que estaba toreando. Presumía, fanfarrón, de su desobediencia, de haber fumado desde los doce años, de haberle cruzado la cara a un seminarista que le tocó el hombro, de ser el primero que se apuntaba a la bronca, y una vez que hacía alarde de su temeridad, sin concluir con una excusa o una explicación, ya nos estaba liderando a nosotros con mano de hierro, sin ser consciente de su arbitrariedad, teniéndose a sí mismo como el único y el último niño en el mundo que hubiera tenido derecho a la picaresca.

Había sido el hijo desfavorecido por una implacable decisión de su madre, que lo consideraba lo suficientemente astuto, lo era, para buscarse la vida. Ese resentimiento, esa rabia, la había desahogado en un carácter extravagante, arbitrario, fuera de toda lógica. Para presentarse como padre modelo nos ofrecía ejemplos antipedagógicos. Sabía mandar y amar, pero de una forma atropellada, intensa, a veces divertida, otras injusta. Como consecuencia del suspenso de mi hermana en matemáticas, un verano compró una pizarra, tan grande como la de un colegio, y la colgó en el recibidor. A mi hermana se sumaron mis hermanos, a los que pensó que no les vendría mal recibir la materia del año siguiente, y a ellos tres me añadí yo, que aunque llevaba muy aplicadamente un cuaderno y un lápiz en las manos no sabía ni qué había que apuntar. Varios niños de la plaza acudieron también, y dispusimos las sillas, fieles a la mentalidad escolar, en filas de a dos. Tardes de verano con él escribiendo ecuaciones en la pizarra. El cigarro en la mano, los pantalones a punto de caérsele, y la tiza deslizándose por el encerado, dejando en él números que parecían letras, letras que parecían números, letras y números compuestos como los dibujillos de un jeroglífico. Cuando acababa la operación nos miraba: «¿Lo entendéis?». Y flotaba en el cuarto ese silencio espeso que se hace en las aulas cuando nadie es capaz de salvar la situación. «¿Nadie lo ha entendido?», volvía a preguntar sin dar crédito. Y yo, siempre devota, levantaba la mano: «Yo sí». Los niños se reían. Mi hermano Lolo me decía por lo bajo: «pelota». Y papá volvía a la carga con otro acertijo, que yo entendía como la consecuencia de un rapto de inspiración, bello e incomprensible. Nos miraba, se quedaba admirando un momento su obra, e incapaz de añadirle una explicación que desvelara el misterio, se marchaba, «hala, pues mañana más».

Te puedo asegurar que entonces se querían. Se palpaba su tensión amorosa, ajena a nuestra existencia, aunque no declararan su amor porque entonces la gente jamás se decía te quiero, ni se besaran en los labios, y menos delante de los hijos. Además, papá era ese clásico vividor que se comporta en casa como un puritano. Cuando los personajes de las películas se besaban, nos apagaba la tele. Tenían menos relaciones sociales que esos otros matrimonios del poblado, que iban algunas noches al club a tomarse una copa, y es probable que fuera porque papá era celoso, enfermizamente celoso, y no podía soportar que mamá tuviera algún gesto de amabilidad con un compañero de la empresa. Para él, el mayor peligro eran los ingenieros y los curas, probablemente porque ante una situación que considerara alarmante no habría sabido cómo desafiar a esa autoridad. Temía a esos curas que al parecer se colaban en las casas cuando el marido no estaba con la excusa de ofrecer confesión a las señoras. Era una de sus obsesiones. Venía de vez en cuando con cuentos de ese tipo, diciéndole en voz baja a mamá el nombre de la mujer que había accedido a confesarse en privado. Esas cosas las sé porque las oía, pero no puedo recordar de qué manera eran expresadas ni cómo me las arreglaba yo para comprender algo tan alejado de mi mundo infantil. Las historias delirantes de traición e infidelidad estaban permanentemente rondándole la cabeza y de vez en cuando sus obsesiones supuraban. A mí me provocaban desasosiego, no sabía imaginar qué podía hacer un cura con una mujer o una madre con un compañero de trabajo del padre, pero el profundo significado de lo obsceno llegó a mí antes de que conociera la palabra.

Papá hablaba y comía a la vez, como si para comer le bastara con un carrillo y para articular el otro. Es posible que en su delirio creyera que exponiéndole a mi madre ese tipo de ejemplos aberrantes conjuraba cualquier asomo de tentación. Eran pensamientos paranoicos que hubieran sido cómicos de no ser porque en su cabeza fluían como reales todas aquellas amenazas de sucias traiciones. Y al mismo tiempo, tú veías a aquella mujer, a mamá, obviando con cierta ironía ese lado oscuro de él, trajinando en su rutinaria vida doméstica, casi enclaustrada, ajena al mundo que no fuera el familiar, viviendo siempre a la espera de aquel hombretón atractivo y bruto, y encontrabas tal desequilibrio en la fuerza y el poder que ostentaba cada uno que desde muy pequeña podías sentir la amenaza latente de que mamá sufriera. Ella, que estaba atada a los suyos y a su tierra con unas raíces anchas y profundas, había salido de su pueblo para casarse con un hombre desarraigado, carente

de un verdadero calor familiar. Prudente y temerosa, él era el único contacto con la realidad con
el que contaba en su nueva vida trashumante en la
que se sucedían ciudades y pueblos, Tetuán, Cádiz,
Málaga, Ciudad Real, Guardamar del Segura, Ta-
rragona, Buitrago, tan deprisa uno tras otro como
para no permitirle familiarizarse con un nuevo paisaje y conformarse con una ventana desde la que
ver llegar a sus hijos de la escuela. Él, fanfarrón
siempre, temía sin reconocerlo que todo se desva-
neciera.

Entonces se querían. Con el peligroso amor de
los desiguales. Ella lo quería por encima de su vida,
de todos nosotros. Toleraba su delirio y su arbitrariedad. Papá cerraba la puerta del cuarto con llave
por las noches y yo me quedaba llamando sin que
nadie contestara, sin entender que me dieran la
espalda, hasta que al rato, aburrida, dolida, me volvía a la cama.

No se conocía lo que era la vida en el poblado hasta que llegaba el momento en que el frío te cortaba
el rostro. A eso de las siete de la mañana, siendo
aún de noche, oía desde la cama el estruendo que
se organizaba al paso de los camiones de los obreros en su camino a la obra. En invierno se abrían
paso dificultosamente por el barro y en verano le-
vantaban una enorme nube de polvo. Gritaban el

nombre de María, de nuestra María, porque uno de ellos se había enamorado de ella y habían convertido en costumbre que todos los obreros cada día lo proclamaran al viento de la sierra. El nombre se iba perdiendo según los camiones doblaban la curva, Maríaaaaaa, pero quedaba un rastro de sonido flotando en el aire, como el dibujo que dejan las avionetas en el cielo. A ella le daba rabia que su nombre fuera objeto de broma, que todo el mundo estuviera al corriente de que alguien la pretendía. Como se nos ocurriera nombrárselo nos daba un pescozón. También se oían desde muy temprano los barrenos, que hacían temblar la tierra. El dramatismo de la presa estaba presente siempre, con sus ruidos aterradores que parecía que iban a romper el monte, o con esos accidentes frecuentes que acababan con la vida de algún obrero. Yo sabía que papá no moriría pegado a un cable de alta tensión o aplastado por alguna carga, pero me aterraba ese momento de gravedad en el que un obrero, un domingo por la tarde, venía a casa a informarle de una desgracia y él tenía que marcharse para llevar la noticia a la mujer.

A los peligros de aquella obra monumental en la que se construía la bóveda volcada para contener el agua, se sumaban los miedos irracionales de papá. El miedo a las tormentas que le llevaba a desconectar todos los aparatos eléctricos y a encerrarnos en una habitación interior en cuanto se oscurecía el cielo. El miedo al viento que rugía huracanado y se levantaba de pronto, violento, sin avisar, como cuando aquella vez me sorprendió a mí volviendo de casa de las amigas. Con el poco peso de mis siete años sentí que me elevaba del suelo y, llorando, me agarré a una argolla de una alcantarilla que había frente a casa. Comencé a llamar a papá, pero ni yo misma oía mi voz, así que me tumbé en el suelo y esperé a que él se percatara de mi ausencia. Y así fue, papá, alertado por el aullido del viento, salió al porche y me vio en lo alto de la escalera, mis manos agarrando a la argolla, mi cuerpecillo aferrado a la tierra. Lo vi venir corriendo, los pantalones le volaban hacia atrás dibujando el contorno de sus piernas largas y huesudas. Me cogió en brazos y me apretó contra su pecho, como si él también temiese que el viento me desprendiera de su rescate. Desde entonces, pensé que él podía oír mi pensamiento.

El miedo a las alturas, en aquella casa pegada al precipicio, estaba siempre latente. El miedo a que nos perdiéramos. A que nos ahogáramos. A que la noche se nos tragara cuando volvíamos de casa de la vecina. Papá estaba acogotado por el miedo. Ni él mismo sospechaba el esfuerzo que le costaba mantener su prestigio de hombre valiente. A veces sofocaba sus temores a tortazos. Desataba la ira para desahogar un miedo antiguo cuya procedencia desconocíamos. Recuerdas, sí, recuerdas aquella vez en que pegó a Inma porque unos compañeros se la llevaron de excursión y la devolvieron a casa más tarde de la hora prevista. Desde que la noche empezó a caer, él estaba parado en la curva, avanzando de vez en cuando hasta el recodo para ver si atisbaba a lo lejos unas luces. Daba zancadas, estaba aterrado. ¿Qué iba a hacer si la perdía? Yo le observaba, con temor y expectación, queriendo estar de su parte, podía sentir cómo el nerviosismo iba apoderándose de él. Al fin, apareció el coche, y de él salió Inma, sonriente y confiada. Tendría apenas doce años. Él hizo un gesto con la mano para despedirse sin más de su colega y entró con ella en casa. La llevó a la habitación y la sacudió. Ella lloraba por no entender cuál era su culpa y yo iba corriendo desconsolada de un lado a otro, de la cocina donde estaba mamá, que para mi desconsuelo no decía nada, a la habitación.

No sé si fue la primera vez que lo hice, pero aquella noche rasqué la pared a la que mi cama estaba arrimada. La rascaba, me daba una insoportable dentera, pero la volvía a rascar. Si lo hacía tres veces y luego repetía la secuencia, aquello no volvería a ocurrir. Cuando creí haber cumplido con el rito, me pasé a la cama de mi hermana. Dormimos apretujadas, como duermen los animales a la intemperie para sobrevivir.

La primera en irse interna fue Inma, luego Lolo, y al tercer año ya estaban fuera los tres. Yo sentía cierta envidia porque consideraba su vida más emocionante que la mía, pero al mismo tiempo disfrutaba de mi existencia de hija única, aniñada por mis padres, que veían en mí esa última oportunidad de tener una niña chica en casa. Inma estaba interna en un pueblo de al lado, en Torrelaguna, que en mi imaginación se revelaba como una gran ciudad. La esperaba con emoción e impaciencia los viernes por la tarde porque me traía siempre un regalillo que compraba en el kiosco, una estampita de flores, un recortable. Me resultaba sorprendente que pensara tanto en mí. También me hablaba del frío de los dormitorios que le provocaba sabañones en los pies y de esas monjas malvadas que las obligaban a ducharse con agua fría. En nuestro chalé hirviente por los novedosos radiadores de calor negro resultaba difícil imaginar una vida tan dura. Yo la veía, a mi hermana, como una santa. Los cinco años que me llevaba la habían condenado a ser adulta, formal, sufrida. A mis ojos, también a los de mis padres, no era una niña y ella se había resignado a que le arrebataran esa condición. Siempre leía por la noche porque ése era un lujo que no le estaba permitido en el colegio, pero yo, caprichosa, me pasaba a su cama y le insistía para que apagara la luz y me contara cuentos, películas. Inma tenía la cabeza intoxicada por aquellas historias de santas, de mártires, que les hacían aprender o ver en el cine del colegio. Aliviaba mis miedos nocturnos con su presencia, pero a su vez alimentaba mis fantasías con todas aquellas existencias torturadas. Para tranquilizarme, solía decirme que una niña jamás debía tener miedo a la oscuridad porque Jesucristo siempre estaba ahí, sentado en la cama, velando por mi sueño. Yo no quería tener a ese hombre barbudo y vestido con túnica sentado a los pies de la cama. Me tapaba con la manta para no verlo y sacaba una mano para rascar la pared. Me fiaba muchísimo más del ángel de la guarda.

Durante la ausencia de mis hermanos, mi relación con María se estrechaba. Me sentaba con ella a merendar en la cocina y escuchábamos juntas el programa de canciones dedicadas de Radio Intercontinental y el Consultorio Sentimental de Elena Francis. María bordaba sábanas para una boda futura y yo le preguntaba si es que se iba a casar con el Motos, como llamaban al obrero enamorado. Pero María aspiraba a más. «Me casaré —me decía con aplomo— con uno que tenga una pescadería o una carnicería, y yo despacharé, que mal no se me va a dar.» Y yo le preguntaba por nosotros, por mí. ¿Dónde quedaría yo en su vida futura? Y ella me decía que los niños crecen y que si te he visto no me acuerdo, pero que, vaya, si yo quería, podría ir a visitarla desde cualquiera que fuera el sitio en el que yo viviese. No, no, le decía al borde de las lágrimas, yo siempre viviría aquí, en el poblado. Pero ella se empeñaba en desvelarme un futuro que yo prefería desconocer: que la presa se terminaría, que un día todos los que vivíamos allí nos iríamos a un lugar con calles iluminadas, con cines, con pescaderías. Justo lo que yo no necesitaba. «¿Y quién vivirá en esta casa?», le preguntaba yo con angustia.

Si el locutor anunciaba de pronto una copla que le gustaba, que nos gustaba ya a las dos, porque nos las sabíamos todas, María me hacía callar, y si la canción estaba dedicada a las madres, ella lloraba mirando la vainica para concentrarse en su pena. «¿Era guapa tu madre, María?» Y ella me decía que más guapa que una Virgen. Me extrañaba esa comparación porque yo nunca hubiera pensado en una virgen de las estampas como una mujer. Mamá llevaba el pelo corto y cardado. Vestía muy austeramente, pero si había alguna celebración se ponía su vestido negro sin mangas, el collar de perlas, el abrigo blanco. Ésa era para mí la imagen idealizada de la maternidad: mamá arreglándose, los zapatos de tacón blancos. Mamá me dijo que María no se podía acordar de su madre porque había muerto cuando ella tenía cinco años. Lo comentó sin pensar en el efecto que eso haría en mí, que jamás había reparado en que una madre podía morir. Las madres mueren. Igual que los poblados cumplen su cometido y hay un futuro en el que las casas se quedan solas, y acaban siendo ocupadas por los animalillos salvajes de la sierra.

De aquellas conversaciones parcas pero significativas de las meriendas deduje que a María le pagaban por estar en casa, por limpiar y cuidarnos, y fue para mí una gran decepción: yo creía que estaba conmigo por gusto. A veces le preguntaba con ansiedad: «¿y si te paga una señora más que mi madre, María, te irías a cuidar otros niños?». Y ella se reía: «¡Anda que la pregunta!». Fueron ellas, las dos, María y mi madre, quienes me hicieron pensar en el futuro con ansiedad. Todo era frágil, perecedero. En las singulares tareas que nos mandaban en esa escuela en la que, salvo la caligrafía, no recuerdo haber aprendido algo realmente escolar, de vez en cuando la señorita nos decía que debíamos llevar a clase una canción aprendida. No había un deber que me gustara más. Mi cabeza estaba llena de las coplas que escuchaba con María y de los boleros que cantaba mamá. Mamá no tenía voz para coplas, su manera de cantar carecía de dramatismo, cantaba los boleros a media voz, poco o nada impostada, como si fueran casi canciones de cuna. En su boca cualquier canción surgía ya como un recuerdo. A las tías les gustaba contar aquella vez en que se presentó, aún soltera, a un concurso de boleros en Málaga, en una feria, y lo ganó cantando *Noche de Ronda*. A mi padre ese recuerdo le sobrepasaba. Todas las canciones en su boca sonaban sinceras y melancólicas. Ella procuraba pensar en alguna de tono infantil para que yo pudiera llevar a la escuela. Recuerdo una tarde de junio, sentadas las dos al borde de la valla que da a la presa. ¡Mamá, que es el examen de fin de curso!, le decía yo como pidiéndole algo muy especial. Y ella me enseñó esa canción que me acompaña siempre, con esa voz suya que los años no logra borrar, atesorada por este lugar sin tiempo:

Amapola, lindísima amapola
Será siempre mi alma tuya sola
Yo te quiero, amada niña mía,
Igual que ama la flor la luz del día
Amapola, lindísima amapola
No seas tan ingrata y ámame
Amapola, Amapola
¿Cómo puedes tú vivir tan sola?

Yo trataba de comprender la letra, no podía conformarme con el sentido poético de las palabras, necesitaba encontrarles un significado literal, pero me daba vergüenza preguntarle si la Amapola de la canción era ella, siempre sola, escribiendo cartas a sus hermanas, siempre sola, esperando en la ventana a que yo llegara de la escuela, sola, hasta que llegaba papá y era sólo para ella en la penumbra nocturna, ignorando que yo los vigilaba tras la puerta, rencorosa, disputando las dos el amor por el mismo hombre, o si la lindísima Amapola, la amada niña, era yo, habitando en un futuro en el que todos, así me lo habían dicho, se habrían marchado.

Cuando mis dos hermanos llegaban del internado en vacaciones todo se volvía arriesgado, divertido, sorprendente. Hacían el pino dejando las marcas de las suelas de los zapatos en la pared, el pino puente y aterrizaban con la cabeza en el suelo, se pegaban entre ellos sin encontrar el límite, me empujaban a mí, tiraban mis muñecas por los aires, provocaban entre los niños pequeños del poblado, que vivíamos durante el curso una feliz rutina, respeto y admiración. Parecían haberse curtido, como si volvieran de la mili más que de un colegio. Y papá los dejaba hacer hasta que, harto, les sacudía un guantazo a cada uno o los llevaba de la oreja al cuarto. No lloraban, como Inma o como yo, se ponían rojos, encajaban el golpe y al rato estaban igual, buscando el lío. Los niños no daban pena, sólo envidia, envidia de que mi padre los sumara a sus aventuras, a irse de pesca al amanecer o a llevárselos a la obra y ponerles el casco, y de que a mí me dejara fuera, como si hubiera de habitar siempre el universo protegido de las niñas. Yo era medio niño. Así me veía también mamá que, intuyéndome menos femenina que mi hermana, me libró de lazos, de horquillas y de cursilerías: siempre llevé el pelo corto, tieso, *à la garçonne*, decía ella, y aunque yo hubiera querido llevar un tutú para mi comunión me compró un traje de monja, de novicia, que era lo moderno por más que las monjas reales se empeñaran en desmentirlo, y cuando fuimos al fotógrafo a Madrid yo puse cara como de creer en Dios, pero se ve en las fotos que eran unas creencias falsas, porque por no tener no tuve, como otras niñas, ni crisis religiosa. Papá no creía en Dios, no iba a la iglesia, pero su cabeza estaba llena de otras creencias igual de extraordinarias: los fantasmas, los fenómenos extraordinarios a los que tan aficionado era, los extraterrestres. Dios no le había ayudado. Dios no le hacía falta.

María no quería ver la llegada del hombre a la Luna. Estaba aquella noche medio refugiada en la cocina, temerosa de que aquello significara que de un momento a otro se moviera la tierra bajo sus pies. Papá, excitado por el acontecimiento, presagiaba un futuro lleno de cambios sorprendentes y contribuía a los miedos de María y a los míos. El porche de casa estaba lleno de gente, porque papá había invitado a amigos y familia, los vecinos pasaban a charlar un rato en aquella noche que parecía no tener fin. Los niños corríamos de un lado a otro, yo sirviendo de vez en cuando el coñac a papá, y a cada copa que bebía, y a medida que la noche iba cerrándose hasta no verse el suelo más allá de la luz pobre del porche, sus fantasías, expresadas en un primer momento como bromas, se transformaban en delirios y era capaz de recrearse en la visión de un futuro de viajes espaciales en los que el capitoné fuera transportado en un cohete. Quién sabe si no presenciaríamos antes de lo que imaginábamos a un astronauta descendiendo de un cohete para hincar en el suelo de Marte la bandera de Dragados y Construcciones. Al fin y al cabo, ¿no fue así la primera escena al llegar a estos montes?, ¿no fue igual de trabajoso o más incluso, porque la tecnología era más precaria, que todos esos camiones llenos de maquinarias y de obreros avanzaran por estos caminos de polvo y barro para montar el primer barracón allá abajo en la presa? Nuestros primeros obreros, decía ya engolfado en su discurso, fueron tan heroicos como los astronautas y de igual manera pusieron en riesgo su vida. Llegar hasta aquí ha sido más difícil que alunizar. Tanto es así que podrían haberse filmado esas imágenes aquí mismo. Me quito el casco de obra, lo cambio por uno de astronauta, y salto del *jeep* al suelo como flotando.

Pasaba de la creencia ciega en los viajes al espacio al desafío del engaño y la conspiración a los que podíamos estar siendo sometidos, y nos llevaba con sus dotes de narrador iluminado de un lado a otro, de una verdad absoluta a otra. Si de pronto alguien ponía en duda su última teoría disparatada, lo sentía como un desafío insoportable, y eso le hacía aferrarse a sus fantasías, defenderlas con una ira desproporcionada. Nosotros notábamos la tensión que le provocaba el que alguien le llevara la contraria, sentíamos la alarma de mi madre, que presagiaba un episodio de ira y deseábamos que quien le había contrariado se rindiera, como nos rendíamos nosotros a diario, educados como estábamos para darle la razón.

Al día siguiente yo ya no sabía si el hombre había llegado o no a la Luna, pero sí estaba convencida de que nosotros vivíamos ya en ella, en la Luna, que la tierra que pisábamos estaba compuesta de los mismos minerales, y que podíamos sentir esa misma soledad de pueblo elegido, ajeno al resto de un planeta que aquí, en lo alto de la sierra, parecía encontrarse muy lejos. ¿No era acaso un espacio lunar aquel por el que María pastoreaba a sus cabras? Los niños pasamos un tiempo jugando a descender con la nave espacial en los riscos, salir de ella como flotando, y encontrarnos en un universo siempre nocturno.

Cuando el poblado se quedó vacío, no sólo de los trabajadores de la construcción de la presa sino de los mantenedores que lo habitaron después, estos montes adquirieron un prestigio como lugares mágicos, donde en días señalados podían producirse avistamientos. Vi bajar de pronto a papá de uno de aquellos autocares llenos de excursionistas a los que se había prometido que asistirían al aterrizaje de un ovni. Qué mejor lugar que este paisaje lunar. Tal vez habían pasado diez años desde que os fuisteis. Los visitantes se sentaron en círculo, ahí, en esa hendidura del monte. Se sentía la expectación y la inquietud. El gurú preparaba a sus seguidores para la experiencia y, se podía distinguir por debajo, con la constancia con que un bajo acompaña al cantante, la voz de papá, la voz grave, rota a veces por la risa, interrumpida y entrecortada por el acto constante de fumar. Estaba más ancho, fornido, pero su espíritu era el mismo, el de un incorregible charlatán que, movido por la misma vergüenza de haberse unido a un grupo de dóciles creyentes, trataba de desbaratar la experiencia espiritual de quienes asistían con la intención de avistar en el cielo algo más que estrellas.

Papá les contaba sus años en la presa, y por momentos conseguía desviar la atención que los asistentes prestaban al experto en extraterrestres y trasladarles a sus recuerdos del mundo inhóspito de la obra. Siempre se comportaba igual cuando se encontraba en un ritual colectivo, en misa, en el cine, en un entierro, había algo que le impedía sumarse a la atención o a la reverencia de los demás. A mamá le producía irritación; a mí, alarma, algo de pena también.

Él creía y no creía. Le provocaba tanta inquietud la existencia de un Dios que pudiera juzgarlo que lo sustituía por marcianos. Detestaba hasta la posibilidad de una autoridad divina.

Bajar a la presa todos los amaneceres a trabajar, les decía a sus compañeros de excursión alienígena, era tan peligroso como subir a la Luna. Sólo en el viaje en los camiones por esa carretera del demonio se jugaban la vida. Ya hubieran querido aquellos obreros ser astronautas. Más obreros han muerto aquí que astronautas. ¿Y quién se acuerda de ellos? ¿Quién se acuerda de nosotros cuando se bebe un vaso de agua del grifo? Firmaría ahora mismo por montarme en un cohete antes que subirme a una torre de alta tensión.

Yo le observaba a una distancia prudente, como cuando entonces los espiaba de noche, a los dos, mientras veían en la televisión *El fantasma del Louvre*, y reprimía un poderoso deseo de correr a su lado y abrazarlo, para que se callara, para protegerlo. Pero no quería provocarle frío o miedo. No quería trastornarlo. Mi padre, mi pobre padre, cediendo siempre a la presencia de lo mágico, seducido por lo sobrenatural, y luchando luego contra el miedo a los fantasmas.

Volvió unos años después, tal vez sólo tres. Bajaron del coche él y una mujer con una melena rubia, guapa y vistosa, con un gran abrigo de pieles sobre los hombros y unos tacones insólitos para la sierra que se le torcían al andar sobre la gravilla. El corazón se me inundó de sospechas, el pánico a saber, a deducir las razones de aquella compañía, me dejó con penas de las que me reconfortaron la soledad y esta no existencia en donde sólo mudan las estaciones y el paso diario de la luz a la negrura. Él le enseñó la plaza, el club, le señaló la iglesia, mi escuela; menos hablador que de costumbre, pensativo incluso, respondiendo a las preguntas de ella desde el lugar remoto en el que nos encontramos cuando se nos agolpan los recuerdos. No se acercó a nuestra casa, como si le guardara un respeto, o temiera estar siendo observado por las presencias que habitan los lugares del pasado.

Esta mañana, antes de que doblarais la curva para entrar al poblado, tuve la sospecha de que alguien vendría. Había oído en los altavoces el eco del mensaje que se activa para advertir a los excursionistas de que no se puede aparcar al lado de la presa. Se trata de la voz grabada de una mujer. Es una voz metálica, no parece humana, y cada vez que habla resuena por toda la cavidad que abraza el pantano, como si los mismos montes hablaran. Normalmente, los visitantes, disuadidos por la rareza de esa voz y sin localizar desde dónde los están observando, se vuelven a montar en el coche y se marchan hacia algún mirador autorizado para admirar el embalse. Pero esta mañana tuve un presentimiento. Fui al tendedero de casa, donde los ladrillos forman una celosía, y me quedé vigilando la carretera, como hacía María a la hora en la que pasaban los camiones de los obreros y gritaban su nombre.

Nada más ver el coche tuve una sensación honda y familiar. Quien lo conducía sacaba el brazo por la ventanilla para señalar detalles de la presa, como hacía papá, te acuerdas, confiado en su astucia como conductor, soltando el volante para gesticular, el brazo colgando a ratos por fuera, con el cigarrillo siempre entre los dedos, o bien la cabeza apoyada sobre la mano, como si pudiera permitirse incluso echar una cabezada. Fue esa mano gesticulante y ese discurrir del coche, que aceleraba y frenaba según el ritmo de la conversación, lo que me provocó el presagio. Bajasteis del coche. El conductor era Chechi. Imposible no reconocerlo. Subió al rellano de nuestra casa dando brincos. Movido hoy por una idéntica impaciencia, un deseo irrefrenable de aventura y actividad física, ágil como entonces, fiel a su carácter temerario. Quería ser el primero en llegar al porche. Detrás, venías tú de la mano de un hombre, tu marido, que observaba el espacio y te observaba a ti, queriendo leer tus emociones.

Ésta es la verja, decías, la misma verja. Papá mandó ponerla cuando llegamos. ¿Hace cuánto? Hace cincuenta años. Entonces no había árboles. No, no había árboles. Pero a mí me gustaba verlo todo así de pelado. Los niños no juzgan lo bonito o lo inhóspito de la misma manera. Además, había una belleza. ¿Qué te parece, Antonio, dime, te gusta? No sólo me gusta, me provoca emoción. Me emociona imaginarte aquí, tan niña, con tu pelo tieso y tu sonrisa de ahora. Es raro el recuerdo: en mi memoria, detrás de la verja estaba directamente el socavón de la presa, pero no, esto no es tan peligroso. ¿Cómo que no es peligroso? Si te caes por aquí te despeñas, todo son riscos. Las carreteras no estaban como ahora, eran casi caminos de tierra. Recuerdo los camiones como volcándose bajo el peso de los obreros que viajaban de pie, los veo ahora mismo apretujados unos contra otros. Debían de ser muy jóvenes, gritaban al llegar cerca de casa, al doblar la curva, el nombre de María, y ella simulaba enfado, pero en el fondo debía de envanecerla, porque todas las mañanas esperaba su paso ahí, escondida detrás de la celosía. Eso era el tendedero. Ahí se guardaba la leña. Estaba lleno de ratones, que María mataba a cepillazos, para evitarle el susto a mamá. Era una serrana. Mira, por allí llevaba María las cabras. Las bajaba por toda la pendiente del monte, desde la aldea hasta la orilla del río Lozoya. Me gustaría encontrar a María, pero cómo. Papá contó que se casó con un pescadero de Torrelaguna. Él la visitó alguna vez. Es curioso, un hombre que parecía tan desapegado y luego descubrías que no dejaba de tener contacto con los lugares y las personas que habían marcado su vida. Lo hacía él solo, te enterabas luego de esas excursiones que hacía por su mapa sentimental. Él sabía cuál había sido el futuro de cualquiera, de María, del electricista, o del dueño de uno de esos bares de cruce de carreteras a los que era tan aficionado.

Impresiona la presa, una obra de ingeniería de esta magnitud vista desde un poblado tan pequeño. Ahora parece un pueblo de una película de John Ford, casas de un solo piso en medio de la nada, de una naturaleza abrumadora. En los porches te imaginas a una mujer esperando. O a un hombre sentado con un rifle. Es un escenario de un western, un pueblo de la frontera con México. Ese lugar donde sólo pueden llegar hombres a caballo, buscando venganza o una recompensa. Es la Comala de Juan Rulfo. O el lugar de la *Antología de Spoon River*, y en cada porche está el alma de alguien que desapareció y que cuenta algún secreto que marcó su vida o su muerte.

Vais andando alrededor de la casa y os gusta tanto como cuando llegamos. Aquel día del verano de 1966. Entonces todavía casi tan solitaria como ahora. La infancia agranda la dimensión de los espacios donde transcurre, pero la belleza humilde de la casa se mantiene intacta a vuestros ojos. Tú te alegras, es una alegría muy profunda, como una conquista, la de haber traído a tu marido aquí y que sepa apreciar la rareza, la singularidad de este pueblo creado sólo para nosotros. Llamáis al timbre, pero nadie contesta. El poblado está ahora sólo habitado en verano, por curas que hacen aquí ejercicios espirituales. ¿Qué diría papá si viera que su hogar, finalmente, ha sido tomado por los curas? Mira, le dices tomándole de la mano, ésta era mi habitación, el cuarto de las niñas. Y entonces, los dos, tu marido y tú, hacéis visera con las dos manos para ver si podéis distinguir lo que hay tras el cristal. Yo estoy en la oscuridad. En el lado donde estaba mi cama, arrimada a esa pared en la que si un arqueólogo raspara la pintura tantas veces aplicada sobre el gotelé hallaría las huellas de mis uñas de niña. ¿Sigues haciéndolo? ¿Sigues conjurando el miedo con ritos que te avergüenzan?, ¿hablas con papá aunque esté muerto? Hay personas que no acaban de irse nunca. Miro tu cara ahora, tus ojos algo empequeñecidos por el tiempo, melancólicos pero igual de vivos, y trato de adivinar lo que ha hecho el tiempo contigo. Habrás sufrido. Desde niña, lo sabes, tenías el alma dividida entre la alegría y una inquietud que lo empapaba todo. ¿Has sabido expresarlo? ¿Te han escuchado? ¿A qué has vuelto, qué buscas? Si has fantaseado con rescatar tu alma de niña de alguna vieja amenaza, no es aquí donde encontrarás a tu criatura en peligro. El poblado fue el lugar donde aún nada había sucedido, aunque siempre se palpara una tensión de la que es raro que puedas acordarte, la que provocaban esos dos seres que aun teniendo ya cuatro hijos aún preservaban una intimidad compleja y posesiva. Tal vez, de manera no consciente, tu espíritu en exceso aprensivo olía la desgracia antes de que ocurriera. Pero ellos, entonces, se querían, a la manera imperfecta y dañina en que el hombre celoso ama a su mujer, y la mujer débil y enamorada se rinde a la locura. Ella, a pesar de su incipiente vulnerabilidad, aún tenía un corazón que latía a ritmo sosegado; él mantenía sus delirios a raya, la vida le marcaba el camino recto de padre de familia, de trabajador entusiasta, de hombre enamorado.

Os apartáis de la ventana y os veo subir hacia la plaza. En lo alto de las escaleras, antes de perder de vista nuestra casita ves en el suelo la tapa de cemento de una alcantarilla. Sobre ella, una argolla. Te agachas y la tomas con una mano. Mira, le dices, te lo conté. A punto estuvo el viento de levantarme por los aires y arrojarme a la presa. La otra mano es la mía, la mía, mucho más pequeña, es la mano de una niña de unos siete años. No quise marcharme de aquí. No vivir es no sufrir y no saber. Os vi marchar en el nuevo coche de papá, detrás de un capitoné donde los obreros metieron las pocas cosas que ellos atesoraban: un mobiliario escaso y austero para una vida nómada. Aún faltaba un año para que se inaugurara la presa. María se colocó en otra casa a cuidar a otra niña que descubriría que el amor de una tata se paga. Las amigas vinieron a despedirse y lloraron porque se iba la niña que alimentó una leyenda a los pocos días de llegar.

Y yo me quedé aquí. Mi mano está junto a la tuya. Puedes sentirla, lo sé, porque el calor del metal te une a aquel momento en que gritamos sin gritar el nombre de papá.

MIRANDO AL MAR

Estoy sentada en un trono, en una silla como de Reina Católica, no me llegan los pies al suelo y mientras espero a la Madre Superiora, canto bajito, como siempre hago para tranquilizarme o por alegría o por pena, siempre canto. «Chiquitina, chiquitina, me dicen los muchachos al verme pasar, y la pobre chiquitiiiiina, quisiera ser tan alta como la luna. Chiquitín, chiquitín, chiquitín, chiquitín.» Es que me ha dicho la maestra que soy muy pequeña para estar en su clase y me ha mandado al despacho de la Madre Superiora. Yo no he visto nunca a una monja de tanta superioridad, así que estoy muy nerviosa, como a punto de ver al papa. Es mi primer día de clase en este colegio. He tenido ya muchos colegios para lo poco que he ido a clase. He ido poco a clase porque mi madre, en cuanto tengo decimillas, me deja quedarme en casa, me pasa con ella a la cama y nos quedamos las dos dormidas hasta las tantas. Mis hermanos sí que han ido al colegio siempre, sobre todo los dos últimos años, que estuvieron internos. Este año ya me ha dicho mi madre que se acabó el cuento. La cuentitis aguda. Que conste que a veces sí que me apetecía ir al colegio, pero ella me tocaba la frente, decía que tenía decimillas y ya es que ni me preparaba el colacao. Me pasaba de mi cama a la de mis padres y allí nos quedábamos las dos dormidas mientras María limpiaba. Alguna vez entró María al cuarto y nos despertó, «que viene el señor, que viene el señor», porque podía ser que mi padre volviera a casa sin avisar, y mi madre se levantaba corriendo, se vestía y salía a recibirlo, y yo me iba a mi cama, con mis decimillas.

La maestra ha preguntado por la nueva, que soy yo. Siempre soy yo. Me he levantado y después de estudiarme de arriba abajo me ha preguntado que cuántos años tenía. Le he dicho que nueve, y todas las niñas se han empezado a reír. Entonces me ha dicho, ah, no, no, de ninguna de las maneras, aquí no puedes estar, eres muy pequeña. Y me ha mandado a ver a esta Superiora. Una niña bastante más alta que yo me ha acompañado. Hemos recorrido las dos un pasillo enorme con un suelo de baldosas de colores que tiene un brillo que deslumbra. El sol entra esplendoroso por los ventanales y a mí esto no me parece un colegio sino un palacio. Y el sillón, un trono. Chiquitín, chiquitín, chiquitín, chiquitín.

Estoy muy elegante. Mi madre me ha dejado al fin que me crezca un poco el pelo, y ahora me da el largo para hacerme una coleta como la de Marisol, aunque la mía es corta y tiesa. Mis hermanos dicen que se parece a la brocha de afeitar de mi padre. Admiro tanto a Marisol que a veces me siento poseída por ella, sonrío con el mismo salero y hasta me sale acento andaluz. Nadie se da cuenta, pero ha habido veces, no muchas, que me ha brotado Marisol desde dentro y podría haber pasado perfectamente por ella.

No sé por qué estoy en este trono real esperando. Ni me puedo imaginar en qué he podido meter la pata. No me ha dado tiempo, porque apenas llevo en este palacio una hora. Tengo un uniforme para el verano y otro para el invierno. Me los ha hecho la modista de este colegio de lujo. Dice mi padre que éste es el mejor colegio de Palma. Siempre lo dice: os pago colegios de lujo.

Mi hermana está en el palacio de las mayores que hay en lo alto de la colina, y yo en el de las niñas. Este colegio mío se parece al de *Torres de Malory*. Yo me he leído toda la serie y muchas veces he soñado despierta con estar interna. Mi hermana dice que no lo idealice, porque ella tuvo que estar interna en Torrelaguna y las monjas le hacían ducharse con agua helada. Le salieron sabañones del frío en los pies y las alumnas mayores, que eran casi tan malas como las monjas, obligaban a las pequeñas a ser sus criaditas. Eso no pasaba en *Torres de Malory*, porque era un colegio inglés y en los colegios ingleses los niños viven aventuras, misterio y emoción. He leído mucho. Sé de lo que hablo.

Pero yo nunca he estado a solas con una monja superiora, y ésta debe de ser la más superiora de este colegio, algo así como la dueña del cotarro. No sé si tengo que besarle el anillo cuando entre o qué. Cuando cambio de colegio trato de no dar la nota, por lo menos los primeros días. Luego, cuando ya tomo confianza, dice mi madre, me paso de rosca.

La monja entra y, de momento, me decepciona un poco porque va vestida casi como yo, con este uniforme azul marino de manga corta que es el de la temporada de verano. No lleva anillo que besarle, vaya chasco, ni una toca en la cabeza; su pelo es muy corto, canoso, pero impresiona porque tiene una voz que resuena, como de haberse tragado un micrófono y cantar en misa. Yo tengo una voz blanca, lo dijo el director del coro de mi anterior colegio, que tengo una voz blanca, y dijo que si me lo propusiera podría romper los cristales de las ventanas. Se lo conté a mi madre y me dijo: «a ver si te voy a sacar de ese coro». Nunca lo he probado, pero siento que tengo ese poder dentro de mí, ahí.

Al entrar la superiora me levanto de un salto y ella me dice que me vuelva a sentar, así que con otro salto eso es lo que hago. La madre Zaforteza, que así se llama, me dice que soy muy pequeña para el curso que me han asignado. Mis hermanos siempre dicen que no crezco por lo mimada que estoy, pero hasta ahora nunca se había dado el caso de que me lo soltaran las propias maestras, así, tan a la cara, y menos aún las monjas, aunque yo hasta esta mañana no había conocido a ninguna en la realidad, solo a través de mi hermana, que me cuenta por las noches lo malísimas que fueron con ella. Si yo conociera ese insulto diría que las monjas son unas hijas de puta porque le han amargado bastante la vida a mi pobre hermana, pero aún me falta mucho vocabulario para llamar a las cosas por su nombre. Mi hermana ha conseguido que mis pesadillas estén llenas de monjas. Sueño con monjas voladoras, planeando sobre mi cama con sus hábitos como murciélagos.

Me da mucha vergüenza ser tan baja. De verdad que no sé a quién he salido. Mucha gente se lo pregunta. Mi madre es alta, mis tías son altas, mis primas, mi hermana, incluso un primo que es dos años más pequeño, todos son enormes, menos yo. Mi hermano Lolo dice que ésa es la prueba irrefutable de que no soy hija de mis padres, que una gitana me dejó en un canasto y, pom pom, llamó a la puerta. Y yo lloro, lloro porque me atormenta que sea irrefutable, y me tiro en brazos de mi madre, pero veo que ella me consuela sin convencimiento, que sólo me dice, anda, no seas tonta, no hagas caso, lo dicen para hacerte de rabiar, y me deja con esa duda flotando en mi cerebro.

La madre Zaforteza me dice que tengo que repetir un curso, y yo noto cómo me empieza a temblar la barbilla y me cae una lágrima tan gorda que me hace un lamparón en el uniforme nuevo. Ella me dice que es mejor que repita ahora a que no dé la talla a final de curso o a que sea una retrasada por los siglos de los siglos. No hay consuelo para mi desesperación. Pienso que si sigo sin crecer tendré que repetir una y otra vez el mismo curso hasta que sea en el futuro una vieja enana entre todas las niñas.

La Superiora se levanta y me dice que me va a acompañar a la nueva clase. Volvemos por el pasillo del palacio, pero ahora ya no disfruto de las instalaciones porque estoy tan triste como cuando se disfrazó mi madre de luto porque mi abuelo se había muerto. Mi abuelo también era enorme. Dicen que tuvieron que hacerle un ataúd a la medida de su corpachón. Hay personas a las que entierran vivas. Mi hermano Lolo dice que lo que habría que hacer para asegurarse de que alguien está bien muerto es dejarle en el ataúd unos días a temperatura ambiente. Si se empieza a pudrir, no hay duda, al hoyo. Al fin y al cabo, para la resurrección lo que cuenta es el alma. No sé cómo le diré a mi madre que no me dejan pasar de curso. Tendré que contárselo cuando mis hermanos no estén delante para que no se burlen. La Superiora me abre ahora la puerta de la que va a ser mi aula y todas las niñas se vuelven hacia mí. Son tan bajas como yo y eso me consuela un poco. Por lo menos, durante este curso, me sentiré como una niña más.

Los pupitres están colocados formando una mesa cuadrada para cuatro, como si nos hubiéramos sentado a comer en un merendero, y yo lo encuentro muy maravilloso. Me siento otra vez en el internado de *Torres de Malory*. Hay unos ventanales enormes que dan a un bosquecillo y allí arriba, en lo alto de un monte, el magnífico castillo de Bellver, como dice mi padre. Miradlo, niños, es muy magnífico. Es todo tan de lujo que por momentos se me olvida mi tragedia, porque soy, como suelen decir, la alegría del planeta, y además me siento muy elegante, y vuelvo a sonreír, poseída por la sonrisa de Marisol, aunque no sé si estas niñas tan bajas como yo lo están captando. No es algo que la gente pille a la primera. Estas niñas parece que cantan cuando hablan y ponen el «pero» al final de las frases y yo hago lo mismo para ser una más. En tres días hablaré igual que ellas. A mi madre le da bastante rabia que yo me las apañe para cambiar de acento en cada colegio al que voy, le da rabia que ponga el «pero» al final, pero yo lo hago para pasar desapercibida. Luego ya, al cabo de unos quince días, me voy convirtiendo en una imprescindible. Y eso que voy poco a los colegios, en general. A ella le fastidia que mi padre me convenza tan pronto de que la nueva ciudad a la que hemos llegado es la mejor del mundo, y el nuevo piso, el nuevo colegio, y las nuevas amigas. Mi madre a veces quiere estar triste, pero mi padre no la deja.

A mí me gusta más esto que la Península. No lo digo por peloteo a mi padre, sino porque es la verdad máxima. Mi padre nos lleva a la playa todos los fines de semana. Yo vomito varias veces por el camino, pero compensa. Me paso el día en el agua. Sólo salgo para comer la ensalada de patata y el filete y me vuelvo a meter otra vez ipso facto. Si te metes ipso facto recién comida no mueres. Yo soy la prueba verídica de que eso de las dos horas de digestión es un camelo inventado por las farmacéuticas. Mi padre dice que lo bueno de Mallorca es que todo puede ser gratis. No nos compra ni una Coca-Cola. Bastante es que en esta isla hay que comprar el agua, dice. Yo sueño con ser mayor y bañarme en Coca-Cola, como Cleopatra.

Cuando se hace de noche, nos metemos en el coche rebozados todavía en arena, como croquetas, y yo me duermo todo el viaje. Sólo me despierto un momento para vomitar. Por la noche, me hago la loca y ni me ducho. Mi cama se llena de arena y de olor al Aftersun. Los hombros me pinchan como alfileres y me escuecen. Me gusta acostarme con los pies en la almohada para que lo último que vea antes de dormirme sea a Mark Spitz. Yo he tenido siempre desde pequeña un Niño Jesús de escayola en el cabecero, pero mi madre me dejó descolgarlo para poner el póster de Mark Spitz que te daban con *Lily Revista Femenina*. Mark está con el pecho desnudo porque es nadador olímpico y sus siete medallas de oro puro refulgen en la oscuridad. Lo veo sonreír con la luz que entra de la farola. He comprobado que, esté donde esté de la habitación él me mira fijamente. He llegado a meterme debajo de la cama y al sacar la cabeza por sorpresa, ahí estaba, mirándome. Cuando voy a entrar en el cuarto siento que me está esperando. A mí me gustaría casarme con Mark Spitz en cuanto me sea posible, pero no se lo he dicho a mi padre, porque él se opondría, él siempre me dice que yo tengo que quedarme soltera y ser su secretaria. Me presionan mucho. Al Niño Jesús lo tengo en la mesilla y a veces lo saco, le doy un beso y lo pongo debajo de la almohada. Siempre está frío y su piel se parece a la del brazo de virgen de la niña del portero.

Me ha dicho la maestra, que no parece monja porque lleva minifalda y las cejas depiladas, que en este colegio los libros no se llevan a casa, que se quedan en las estanterías de la clase. Eso sí que no se lo va a creer mi madre. Pensará que la estoy metiendo otra trola y que los he perdido. Yo, de momento, me llevaré la cartera vacía a casa y la volveré a traer para no tener que dar explicaciones.

Estos primeros días vuelvo a casa sola, pero no me doy penilla de mí misma, porque ya me conozco el futuro. Lo he vivido muchas veces, y sé que esta soledad no durará mucho. Cuando entro en nuestra calle, que se llama Quetglas, veo a mi madre en la ventana, esperándome. Mi madre nunca ha venido a la puerta del colegio como otras madres, pero siempre tiene, en cada ciudad, una ventana estratégica desde la que vigila, porque tiene mucho miedo a que me pierda. Es como una farera, por así decirlo. Con cinco años me perdí en el pueblo al atardecer y aquello tuvo una repercusión enorme. Un hombre bondadoso con su boina me encontró llorando en una fuente y me llevó a casa de mi abuelo, que era el alcalde antes de morirse, el que manejaba el cotarro, por así decirlo. A partir de aquel momento me contaron cien mil veces el cuento del hombre del saco que acecha en cualquier esquina a las niñas desobedientes y me aseguraron que podía haber desaparecido para siempre. No sé lo que es desaparecer para siempre, la verdad, no me hago una idea, no sé si quiere decir que desapareces para tu familia o si también desapareces para ti misma, como esas mujeres a las que los magos meten en una caja y hacen que se esfumen como polvillo por el universo, pero sí que sé que cargué yo con todas las culpas cuando eran mis hermanos los que habían echado a correr y me habían dejado atrás. Yo por aquel entonces no corría muy rápido porque tenía las piernas aún más cortas que ahora, aunque desde hace poco tiempo, después de ver en la tele un campeonato de gimnasia rítmica, pienso que también me posee el cuerpo de una gimnasta rusa y estoy segura de que tengo condiciones para atleta de élite. Tengo que entrenar un poco, pero la vocación está ahí.

Lo que no dejo de pensar es cómo podía saber yo que el hombre bondadoso de la boina no era el hombre del saco. ¿Cómo se distingue a uno de otro? Fue cuestión de suerte porque yo al cogerle de la mano ni lo miré a la cara. En la situación desesperada en la que me encontraba me hubiera ido con el monstruo de Frankenstein de haberme salido al paso. El caso es que mi madre no viene a buscarme al colegio en esta ciudad nueva, pero me ha advertido que tengo que estar entrando en la esquina de la calle Quetglas a la una y cuarto o me la cargo. Si no me ve puede que le empiece a latir fuerte el corazón y se ponga muy enferma.

Desde que hemos llegado a Palma se ha puesto enferma varias veces. Mi padre dice que es por la nostalgia típica de las mujeres y no le da más importancia, pero ella se tumba en la cama y se lleva la mano al pecho. Le han dado ya varios ataques de nostalgia. La nostalgia es malísima. Mi padre dice que él no ha tenido nostalgia en su vida. Pero en cuanto se va, mi madre dice que es mentira, que se volvió de Argelia por nostalgia. Y yo creo que por una vez ella tiene razón. Mi padre se fue a trabajar a Argelia y no pudo resistir el estar separado de mí. Lo entiendo. Mis padres siempre quieren estar conmigo. Hay veces que me gustaría tener menos responsabilidad, pero no me dejan. Yo iba a irme a vivir con ellos a Argelia, tenía reservada mi plaza en el Liceo Francés. Mis hermanos se quedarían internos en Valencia, pero yo no, yo me iba con ellos, y estudiaría en un liceo. Me paso ratos largos pensado en cómo habría sido mi otra vida, la del Liceo, y siento que me posee una niña francesa. Yo podía haber sido francesa, pero mi padre no soportó la distancia y se volvió y ya me quedé española para siempre. La mañana en que apareció en casa después de meses sin verlo, le abracé, me senté en sus rodillas, y me pasé ahí toda la mañana. Parecía el hombre que regresa de la muerte. Hablaba muy bajito y en clave con mi madre, para que no me enterara, pero yo las pillo al vuelo. Los conozco a los dos muy bien. Mi padre tenía miedo de que le echaran de la empresa por haberse vuelto a verme. Pero no le echaron al final porque es un imprescindible.

Lo sabía y lo sabía, ha pasado menos de un mes y ya soy mallorquina. Digo «pero» siempre al final de las frases, mucho más que las otras niñas, hablo como cantando, como bizcocho con chorizo como si fuera tan normal, meriendo bocadillos con aceitunas dentro, dejo mis libros en la estantería del colegio, he aprendido a bailar el Parado de Valldemosa y quiero un Lacoste porque ya me han invitado a dos cumpleaños y yo soy la única niña que no lleva Lacoste. Me preguntaron de cuántos colores tenía yo los Lacoste y no supe qué contestar porque no había oído esa palabra en mi vida. Ahora lo sé todo sobre los Lacoste, sólo me falta que mi madre entienda que lo necesito. Mi madre dice que esos niquis son para campeones del tenis, como Manolo Santana, que no son para las niñas. Ella admira mucho a Santana. Un día le dijo a la señora de la limpieza: me encantan los hombres con los dientes grandes. Yo no sabía que a una madre le podían gustar los dientes de los hombres.

Cuando estamos solos y a mi madre le da un ataque de nostalgia, llamamos a mi padre a la oficina y él viene al rato o cuando puede. Una noche, ella se puso peor y él tuvo que preparar la cena. Fue muy triste ver a mi padre preparándonos la cena porque mi padre nunca ha hecho nada en la cocina y le salpica el aceite, y no sabe dónde están ni las sartenes, y se le cae la ceniza en las patatas que está friendo. Se quemó. Una pena. Menos mal que ha venido mi tía desde la Península para hacernos de comer, y así no ha tenido que volver a hacerlo.

Veo que no es un buen momento para plantear mi problema de la repetición de curso, así que pasa un día tras otro, y como nadie parece darse cuenta, yo también estoy empezando a olvidarme de que soy una repetidora, que es la vergüenza más grande que una hija puede hacerle pasar a unos padres, según dice el mío. Cuando de pronto se me viene a la cabeza mi secreto y se me hace bola, me consuelo pensando que si dejo que el tiempo pase igual hasta se olvidan de a qué curso iba yo. La suerte es que, como mi madre está cada día más enferma, no los veo muy centrados en mi curso, ni en éste que estoy haciendo ni en el que debería haber hecho. Me agacho a tocar el suelo tres veces antes de entrar en una habitación. Si no lo toco corro el peligro de que descubran mi secreto. También enciendo la luz tres veces. Ando mirando al sol. Me arranco un grano de la nariz desde hace un año. Guiño los ojos o frunzo el ceño. Aprovecho para hacerlo cuando estoy sola y rápido para que me dé tiempo, pero mi madre, aunque esté en la cama, lo adivina y la oigo decir, ¡deja las manías! Del grano me ha dicho que si sigo quitándole la costra me tendrán que operar y quitarme un trozo de nariz.

Un día en la comida mi padre nos dijo que se la iba a llevar a Madrid para que la operasen y que nosotros nos quedaríamos con la tía. Mi hermana Inma se puso a llorar y yo con ella, para no ser menos. La mañana en que se llevaron a mi madre bajé con ella en el ascensor. Habían puesto una silla dentro porque ella siempre estaba jadeante y no tenía fuerzas ya ni para estar de pie. Yo quería sentarme encima pero mi tía me dijo que si no me daba cuenta de que le faltaba el oxígeno para vivir y que yo se lo robaba. Nadie me ha dicho que va a estar fuera dos meses, así que estoy triste pero no tanto como si lo supiera. Además, mientras mis padres están fuera, mi tía y yo hemos ocupado la cama de mis padres y mi tía me cuenta cuentos. Son cuentos del pasado, de la época de cuando me perdí, tipo *El enano saltarín* o *Garbancito*, pero ella no se sabe otros para mayores, la pobre, y además noto que le hace ilusión que yo sea pequeña. A mi padre también le pasa, por un lado, tengo que fingir ante él que tengo dos años menos, y al mismo tiempo estoy segura de que no le gustaría que repitiera curso. A veces no sabes lo que esperan de ti.

Mi tía ha empezado a venir a buscarme al colegio y a mí me da vergüenza verla a la salida con sus zapatillas de pueblo. Ya tengo amigas porque hablo con acento mallorquín y eso me ha abierto muchas puertas. Al principio, mis compañeras pensaron que mi tía era mi madre y eso me daba bastante rabia, porque mi madre es más joven y más guapa. Les he dicho que es mi abuela, tampoco quiero explicarles que está cuidándome porque a mi madre se la ha llevado mi padre a Madrid para que la opere un médico que es una eminencia. No quiero que nadie sepa nada de mi vida. Mi tía, a la que todas mis compañeras llaman mi abuela, me prepara flanes de Flanín y sopas de sémola y empedrado de judías. Yo la ayudo y preparo muchas noches la cena, porque aquí en Palma hemos aprendido todo sobre la cocina moderna. La cocina moderna son los platos combinados: salchichas de Frankfurt, kétchup, mostaza y puré de patata de sobre. A mi tía le encanta verme preparar la cena. También sé hacer huevos a la flamenca. ¿Cómo has aprendido todo esto?, pregunta mi tía, maravillada, y yo me siento niña prodigio, porque en estos años en que yo soy niña no existen todavía las superdotadas. Sólo a ella le hago de Marisol, porque ella no se ríe de mí, me toma en serio, me aplaude y se da perfecta cuenta del parecido cuando Marisol me posee y brota desde dentro de mí. Le canto *Cabriola, qué bonito es mi caballo.* Me encantaría que fuera mi abuela. En casa no cuento que estoy repitiendo, y en el colegio digo que mi tía es mi abuela. Es muy duro vivir en la mentira.

Hay veces que se me olvida que tengo madre y luego pienso, y eso, ¿cómo puede ser? Mi padre llama desde Madrid día sí día no y habla con mi tía. Al principio dejaban que me pusiera yo, pero ya no puede ser, porque mi madre oye mi voz y se emociona, no puede ni hablar, la oigo llorar. Mi voz blanca puede matarla.

CORAZÓN ABIERTO

A la niña que sonríe a la cámara le quedan pocos meses para dejar de serlo. Conozco su futuro de tal forma que me acongoja no poder evitar lo que se le vendrá encima. Sonríe al fotógrafo profesional que ha ido a casa para sacar unas fotos de familia a las que añadirá en un montaje precario la imagen yeyé de la Virgen María, San José y el Niño para felicitar las Pascuas. Es el primer año que no van a ir al pueblo por Navidad pero los padres quieren estar presentes encima de los televisores de las casas de los tíos. A la niña le hubiera gustado ir como todos los años a vivir la Nochebuena y la Nochevieja al calor del horno de su tío panadero. La niña, expansiva, gregaria, encuentra su hábitat natural rodeada de cincuenta personas entre tíos y primos, en esas veladas en las que los niños cantan hasta quedar roncos, corren de madrugada por las calles heladoras del pueblo y se acurrucan bajo siete mantas susurrando al oído de los primos un último secreto antes de ser derrotados por el sueño. La niña aún no entiende enteramente la nostalgia con la que su madre vive el estar lejos de los suyos, pero a veces se siente contagiada por el mal de la melancolía inexplicable. La melancolía es una sombra aún débil en su carácter. La niña es de sonrisa fácil. La sonrisa le sube el rostro alargado hacia arriba y sólo los ojos permanecen tozudamente inclinados hacia abajo como anunciando la doble naturaleza de un temperamento inestable. Tiene una serie de recuerdos difusos sobre su pequeño pasado. Se mezclan los paisajes de los lugares en los que ha vivido y la conformidad ante la idea de que la vida es un llegar para irse, que uno debe adaptarse pronto y sin protestar a nuevas casas y nuevos acentos. La niña tiene acento mallorquín. Lo ha adquirido en pocos meses y ahora no podría imaginar una vida fuera de la isla. Parece que siempre ha bajado como ahora baja al colmado del señor Jaume para que le prepare todas las tardes un bocadillo de sobrasada y aceitunas. A su mejor amiga de la calle le falta un brazo y lleva uno postizo de escayola que parece el de la Virgen María o el Niño Jesús. A veces juegan al corro y la niña entiende que por fidelidad habrá de tomar la mano de estatua de su amiga. El alma de la niña se agita en esos momentos con miedo y compasión. Como si fuera un regalo, la amiga le enseña el muñón y la niña lo toca. Toca el fruncido de muñeca de tela que forma la piel al final del hombro. La niña soñará durante muchas noches que los brazos se le caen al suelo como cae la fruta madura del árbol. Esta es sin duda la tragedia más palpable que ha vivido la niña. Esto, la melancolía de su madre y una cierta ansiedad que le lleva a tener algunas manías, como rascar las paredes, guiñar los ojos o arrancarse la vacuna del cólera hasta provocar una infección que ha traído al médico a casa. Manías que van y vuelven, que torturan y avergüenzan. Manías que se agudizan cada vez que su madre pronuncia la palabra *manía*.

Un día, la debilidad emocional de su madre adopta un nombre concreto: corazón. El corazón no late a su debido ritmo y eso es lo que provoca en la madre llantos sin motivo. Ese órgano misterioso que está detrás del pecho izquierdo sobre el que la niña, aun siendo ya grande para estar en brazos, se queda dormida muchas noches, provocando la burla de sus hermanos mayores.

Es el corazón el culpable de que la madre tenga que irse a un médico de la Península. Al médico le llaman *la eminencia*. La madre nunca se ha marchado de casa así que la niña vive de pronto una orfandad anticipada, un ensayo. Apenas habla con la madre por teléfono porque está muy débil y se emociona, dice la tía. Ya habrá tiempo. El tiempo pasa, corre como un galgo y se lleva dos meses por delante hasta que el padre anuncia que ha llegado el momento de ir a verla a Madrid.

Es una tarde larga del comienzo de la primavera. El piso es nuevo, iluminado ahora por la última luz de la tarde, apenas amueblado y está lleno de gente. Son esos mismos tíos y primos que beben y cantan en el horno por Navidad. Pero ahora hablan en susurros, como se habla en los velatorios o en misa. Están por todas partes. En la cocina las mujeres andan preparando la cena, en el salón los hombres fuman, en el pasillo, unos van y otros vienen. La niña presiente el final de una vida, el de la suya como niña. Quisiera no entrar en ese cuarto al que se dirige, preferiría esperar a su madre en la isla, y que su vuelta no estuviera sometida a la emoción del regreso, quisiera verla sin más, como si nada hubiera ocurrido, acodada como siempre en la ventana, vigilando su vuelta del colegio.

La niña se resiste a entrar pero la mano firme del padre la guía y la sitúa delante de la cama. La mujer que la niña ve allí no es la madre. La madre era una mujer alta, con el pecho generoso y elevado de las madres, ese pecho que sirve para hundir el desconsuelo cuando te han pegado, el pecho contra el que estamparse para sofocar la rabia. La madre llevaba peinados cardados, tenía el pelo castaño y los ojos vivos y pequeños, la sonrisa redonda, de dientes grandes y muy blancos. La madre tenía una voz dulce, susurrante y entonada con la que cantaba boleros en la cocina. No, no es ella. La mujer que yace en la cama tiene el color de los aparecidos, la piel amarilla. La mano amarilla que se alza temblorosa con la intención de tocarle la cara a la niña. La niña debería darle a la mujer extraña el consuelo de un abrazo tanto tiempo anhelado. Eso debería hacer pero, cruel sin pretenderlo, se queda a los pies de la cama, incapaz de no sentir rencor hacia la madre que no parece su madre.

Una de las tías pierde la paciencia. Besa a tu madre, dice. La niña acerca reticente su cabeza a la cabeza de cabello blanco de la mujer que más que hablar solloza. Hija mía, hija mía. La niña apoya una mano sobre su cuerpo y toca algo duro y picudo. Le cuesta advertir que aquello es la cadera. La cadera que ella conocía, la cadera carnal y redonda ya no existe. Los hermanos también están allí, de pie, parados ante la imagen de la desconocida. La tía más querida, con esa disposición que podría parecer frialdad a quien no supiera que el amor se manifiesta también amortajando parientes y limpiando moribundos, baja la sábana y abre el camisón de aquella anciana de cuarenta y dos años que lejanamente recuerda a la madre. Miradla, pobrecica, mirad lo que ha tenido que pasar. Una cicatriz gorda y roja recorre de arriba abajo el pecho agitado de la mujer, un ciempiés con mil patas negras a los lados que se ondula o se encoge de pronto, según la enferma, con un hilo de voz, pronuncia los nombres de sus cuatro hijos y los mira con ojos espantados desde un mundo que no es el de los vivos. Ahora tenéis que cuidarla, dice alguien. La niña, al oírlo, alberga los dos sentimientos que ya no habrán de abandonarla nunca, el de la responsabilidad y el de la amenaza. La responsabilidad es una presión en el pecho, la amenaza de la muerte, el apretón de una garra en la nuca.

La noche entra en el cuarto. Nadie da la luz. Los adultos entran a despedirse, acarician la frente a la enferma, murmuran algún último consejo. Las dos hijas se quedan sentadas en la otra cama, en silencio, sabiendo que la madre desea tenerlas cerca. Se acuestan y la hermana mayor abraza a la niña, que trata inútilmente de reprimir el llanto. No llores, no llores. La mujer respira y solloza, dice cosas que ellas no pueden entender. Cuando el cansancio va ganando a la pena y la habitación queda en silencio un pequeño ruido va tomando forma. Es rítmico como el tictac de un reloj pero de una naturaleza distinta. Cambia su velocidad a cada momento, como si respondiera a un compás caprichoso. La niña se levanta y, tal y como ha visto hacer tantas veces esa tarde, moja el pico del pañuelo en el vaso de agua y se lo pasa a la mujer por los labios. Gracias, hija mía. La voz en la oscuridad es deliciosamente familiar, como si el hecho de no ver la cara amarilla de pómulos hundidos ayudara a devolver la presencia del ser querido. Es el corazón, dice la madre, lo que suena es mi corazón, no te asustes. Lo dice como si ella misma tuviera que habituarse a ese sonido que parece estar certificando a cada instante su precaria presencia entre los vivos, sus días de más que son una resta del futuro que no va a tener. Tengo mucho calor, dice. La hermana se levanta para retirarle la colcha y las dos, la niña y la hermana adolescente, se quedan de pie, mirándola sin verla, escuchando el corazón, dispuestas desde entonces a hacer lo posible por mantener ese latido en el mundo. La niña, igual que acepta el desafío de una nueva ciudad o un nuevo acento, acepta que sus días de infancia están contados, y de la manera voluntariosa y poco argumentada con que los niños sensibles se hacen grandes propósitos, pasa el dedo índice por la cabeza del enorme ciempiés que duerme sobre el cuello de la anciana que, al tacto de la caricia, vuelve a convertirse en su madre.

Mi vida ha cambiado tanto que ni yo misma me reconozco. Por las mañanas, miro el buzón, y casi siempre hay un sobre grande dirigido a mí con los deberes que me mandan las monjas desde Palma. Subo a casa, los hago tan rápido que me da la risa, cierro el sobre y salgo con mi tía a mandarlos de vuelta. Echar el sobre en el buzón es el mejor momento del día. Hago los deberes sólo para eso. Ahora soy yo la que me siento al lado de la ventana a la hora de comer, para ver a los niños volver de la escuela. Dice mi padre que la madre Zaforteza fue muy comprensiva cuando supo que mi madre no quería separarse de mí otra vez, dice que le pareció de lo más lógico y que podía acabar el curso por correspondencia. Si me llegan a decir hace un año que se podía estudiar por correspondencia, hubiera pensado, esto es lo mío, pero resulta que ésta es la primera vez que me gusta ir al colegio. Con eso de dejar los libros en clase me conquistaron, y lo de bailar las jotas ni te cuento. También me encanta hacer la teoría de conjuntos con figuras en el suelo.

Cuando hace buen tiempo salimos al montecillo y llevamos una aguja de hacer punto de casa para asar el chorizo en una parrilla que hacen las monjas, que no sé ya si son monjas o qué está pasando. Por primera vez todo me parece fácil, así que tengo tiempo de mirar por la ventana y contemplar el magnífico castillo de Bellver.

Pero me han dejado aquí en Madrid porque tengo que curar a mi madre. Y yo hago lo posible por que se ponga buena y podamos volver a Mallorca. Me levanto, le hago un zumo de tres naranjas y se lo llevo a la cama. Ya me he acostumbrado al ruido del corazón y lo oigo latir por la noche como quien oye un despertador. Mi tía, la otra que está aquí, me tiene prohibido dormir con mi madre porque dice que le podría abrir la cicatriz que aún no está bien cerrada, pero yo, en cuanto veo que la luz de mi tía se apaga, me cuelo en su cama y a ella le gusta o por lo menos no se queja. Como no puede acostarse de lado, ni yo hacerle la cucharilla, nos quedamos las dos boca arriba. A veces le cuento los puntos porque se ven gordos, como si fueran gusanos que estuvieran a punto de salir de su escondite, negros, duros y tiesos, y yo le pongo unos polvillos por encima para que se seque la herida. También me he aprendido la medicación y se la traigo tres veces al día en un plato, el Lentoquine, el Sintrom, el Valium... Mi madre lleva dentro unas válvulas de plástico que le metió el doctor Rábago y por eso se oyen las palpitaciones. El doctor Rábago es muchísimo más eminente que el doctor Barnard, pero no le sacan en las revistas porque en España hay mucha envidia. Al doctor Rábago me lo imaginaba tan guapo como al doctor Canon, pero el otro día estuve en la consulta con mi madre y vi que ni pizca. Mi padre me había dicho por teléfono desde Palma que no me separara ni un momento de mi madre cuando el doctor Rábago la estuviera auscultando. Mi madre le dijo a mi tía en voz baja, «qué hombre, qué hombre». Y se echaron las dos a reír.

Ha venido la peluquera a casa y le ha vuelto poner el pelo de su propio color, así que ya parece mi madre de antes, aunque la piel de la cara esté algo amarilla y el olor de las manos sea raro. Ella se pasea conmigo por la casa. Vamos y volvemos por el pasillo. Lleva una bata larga de flores azules hasta el suelo que se compró para que la viera arreglada en el hospital el doctor Rábago, y ahora parece, con el pelo de su color castaño y cardado hacia los lados, una enferma de película. Por las tardes jugamos a las cartas. A mi tía le gustaba apostar algo de dinero pero al ver que me lo ganaba yo siempre se acabó el apostar. Dice que todos los tontos tienen suerte. Mi madre me dice luego, es una roñosa, una roñosa. Todos hablan mal de todos por la espalda, y luego hacen como que se llevan bien.

Mi padre ha comprado una tele para este piso donde nos vamos a venir a vivir cuando se acabe el curso en Palma. Este piso lo compró mi padre con el dinero que le tocó en la lotería cuando nací yo. Dice mi hermano Lolo, nos tocó el Gordo y la gorda. Ja, ja. Me tiene celos y me ataca. Madrid está lleno de descampados. Delante de mi casa hay un descampado enorme y al final está Madrid y El Corte Inglés. Mi padre dice que no hay en Madrid un piso con unas vistas como éstas. Que Velázquez pagaría por pintar un cuadro desde nuestra terraza. Ha habido unos días con una niebla tan blanca que no se veía nada, parecía Londres. Yo echo de menos nuestros muebles de toda la vida, aquellos que había en el chalet de El Atazar. Dicen que están en un garaje en mitad de una carretera. Los muebles solos, sin mí, me dan pena. Este piso de la lotería no tiene casi nada, sólo un sofá, una mesa y unas sillas que le han prestado a mi padre de la oficina. Cuando nos sentamos, el sofá de escay verde es tan recto y tan tieso que parece que estamos en la sala de espera de un dentista. Al sentarme a la mesa para hacer los deberes dice mi madre: «mírala, es la jefa».

El otro día bajé al buzón a por mi sobre y cuando lo abrí en mi mesa de jefa vi que había una carta de la madre Zaforteza. El corazón me latía que parecía el de mi madre. Me decía la superiora que mis deberes estaban bien, pero que les pusiera un poco más de amor propio, que se notaba que al ser repetidora todo me resultaba fácil y lo hacía para salir del paso, deprisa y corriendo. Oí a mi madre venir por el pasillo y pensé en comerme la carta, como vi que hacía un asesino en una película para borrar las pruebas, pero al ponérmela en la boca me dieron arcadas y me la metí en las bragas. Al rato fui al váter, la rompí en trozos y como no se hundía al tirar de la cadena tuve que hacer caca en abundancia encima de ella. Mi tía, la que es como mi abuela, nos canta una jota que nos meamos de risa: «Me fui una vez a cagar / y cagué dos millones de mierda, / a eso se llama cagar / y no a esos tontos de mierda / que se ponen a cagar / y no cagan una mierda». La queremos mucho. A veces más que a ellos.

Mi padre vino el fin de semana a vernos y mi madre le preguntó que por qué estaba tan moreno. Pues porque me da el sol por la calle, dijo sin más. Pero luego resultó que también le había dado el sol por el pecho. Traía en la maleta una botella de whisky y la puso en una banqueta donde irá el futuro mueble-bar. Mi madre le preguntó que desde cuándo no bebía coñac. Pues desde el otro día, dijo. Luego se sacó también de la maleta, que parecía la de un mago, un juego de dos vasos y me dijo que a partir de ahora le echara unos cubitos de hielo. Yo a mi padre le he puesto siempre las copas. Coñac en una copa enorme después de comer. Y me encanta porque, sin que me vean, me mojo los labios y se lo llevo al sofá con la nariz metida dentro de la copa. Ahora me tendré que hacer al whisky. A mi madre este cambio al whisky no le ha gustado. Le tiró un zapato por el pasillo anoche. Yo oí un golpe contra el suelo. Y mi tía dijo al día siguiente: «para tirarle el zapato tampoco era».

Hemos vuelto a Palma y en el colegio me siento casi más nueva que cuando llegué la primera vez. Alguien les ha dicho a mis compañeras que mi madre ha estado muy mala y me miran con pena. Mi madre le ha tirado desde que volvimos más zapatos a mi padre. O cosas que suenan como zapatos. Mi padre llega tarde muchas noches. Yo pongo el tocadiscos muy alto en el cuarto y me concentro y pienso que cuando se acabe la canción ya mi padre habrá vuelto y estará sentado cenando. Pero pasa una canción y otra y otra. Entonces, mi madre viene y se mete en mi cama. Cuando llega mi padre, mi hermana o yo le ponemos uno de mis platos combinados frío y seco. Yo entonces tengo que dormir con mi madre. Se acabó, Mark Spitz, no puedo acostarme del revés para verte. El pecho de mi madre tiembla mientras sube y baja, aunque ya no suena tanto. A veces la oigo llorar y quisiera desaparecer de mí misma y regresar cuando todo hubiera acabado.

Hay una niña en mi clase, Margarida, que ha manchado la silla con sangre y la han mandado a casa a que su madre le explique. Que te lo explique tu madre. Me ha dicho mi amiga Assun Planas que eso, más tarde o más temprano, nos pasará a todas. No sé si nos va a pasar porque somos bajas o por qué, pero a mi madre ya no le puedo ir con este nuevo lío sangriento. De pronto un día, como sin avisar, todo cambia en mi casa y los oigo reírse en el cuarto, a ellos, y nos dicen que van a salir por la noche. Mi madre se ha comprado unos blusones con flores bordadas y pantalones de campana y como está tan delgada parece que flota. Yo me pongo sus tacones blancos mientras se arregla, ella me da con el dedo detrás de la oreja un poco de su perfume de Chanel. Yo, feliz, porque sé que esa noche mis padres dormirán juntos y yo con Mark. Una vez de las que salieron me levanté al váter y oí que mi madre decía: «yo también te quiero, pero eres muy bruto». Nunca antes había oído decir te quiero fuera de una película.

En el colegio todo es fácil, y todo me da un poco igual, porque ya sé que me voy, aunque no se lo haya dicho a nadie. Vinieron unas mujeres el otro día a clase vestidas de normal y nos hicieron unas pruebas de números, de dibujos, de comprender, de recordar. Al cabo de unos días nos dieron un sobre cerrado para llevar a casa. Lo primero que sacó mi madre del sobre fue la factura. Siempre pagar, siempre pagar, menos mal que el dichoso colegio lo paga Dragados, dijo. Así que cada vez que le oigo decir ahora a mi padre que nos paga colegios de lujo, me da la risa, pienso, qué trolero. Mi madre le tiene manía a este colegio y no sé por qué. Al colegio, también al whisky, a que yo sea tan mallorquina, a que le ponga a mi padre el plato combinado cuando ella se encierra en nuestro cuarto y se acuesta en mi cama. Me coge tirria porque yo me siento con él y le escucho, como hace ella cuando está bien. Me habla de sus compañeros de trabajo, de las obras, del cierre del ejercicio. Yo hago bastante bien que atiendo, como en clase, pero no entiendo casi nada de lo que me dice y mi cabeza se separa de mi cuerpo, no puedo decir ni a dónde, aunque yo siga allí, con los ojos abiertos y sin pestañear.

Lo que me hicieron las mujeres fue un test de inteligencia y psicológico. Me analizaron de arriba abajo, con puntuaciones exactas, y luego al final pusieron:

«Niña con muy buena inteligencia que rendiría más en sus estudios si no interfiriera en su carácter un fuerte componente emocional que le impide cumplir con sus tareas tan bien como podría con su capacidad».

Mi padre dijo que lo de buena inteligencia ya lo sabía él, que ha tenido a quién salir; mi madre dijo que para decir que me despisto con una mosca no hacía falta pagar ese dineral.

Los días de final de curso han llegado. Me han dado las notas y las tengo que devolver firmadas. Son tan buenas que no parecen mías, pero se supone que no tienen mérito porque son notas de la repetidora, aunque la verdad es yo no me acuerdo nunca de lo que aprendo. Me podrían dar cincuenta años el mismo curso que todo me sonaría a nuevo. Mi cabeza es un saco roto. Le abro a mi madre el cuadernillo para que no vea la primera página, que es donde está escrito el curso. Se pone las gafas redondas y dice, vaya, pues sí que has estudiado este año. No sabe que no he podido estudiar porque los libros han estado siempre en la estantería de la clase. No saben casi nada sobre mí.

La tarde en que bailamos el Parado de Valldemosa para la fiesta de fin de curso miro todo el tiempo a las gradas para ver si encuentro a mi madre y a mi tía, pero no las veo. Nos aplauden a rabiar. Los aplausos me encantan, me dan ganas de llorar, me dan ganas de hacer una reverencia y que ése sea el final de mi vida. Cuando estamos saliendo del patio, la madre Zaforteza me pone la mano sobre el hombro, «¿no tienes nada que decirme?». Yo le contesto que no con la cabeza. La hubiera abrazado porque para mí ha sido una superiora en toda regla, pero no puedo, no puedo, tendría que explicarle tantas cosas. Ella me dice: «que sepas que aquí te esperaremos siempre».

Dejo atrás a las otras niñas. Nunca me despediré de ellas. Puede que me llamen por teléfono uno de estos días y el teléfono suene, suene, suene en el piso vacío sin que nadie conteste porque yo habré desaparecido. Al doblar la calle Quetglas veo a mi madre y a mi tía. Se equivocaron de hora y ahora estaban subiendo para el colegio. Era el único día que mi madre iba a conocer el único colegio que me ha gustado en mi vida y ya se va a quedar sin verlo. Lloro un poco y las dos me piden perdón. Pero al momento paramos a comprar un helado. Mi madre parece que flota. Es guapa, delicada, parece que un golpe de viento la puede romper como a una flor. Yo las cojo a las dos de la mano, a mi madre y a mi tía, a la que en esta isla se la conoce como mi abuela. Pronto se me olvida la decepción, que en realidad es pequeña comparada con otras. Mi madre esta tarde está orgullosa de mí y repite mis notas en voz alta. No sabe de qué curso son esas notas pero le encantan. Tal vez todo se descubra cuando mi padre me matricule en el colegio de Madrid. Esa idea me da angustia y guiño los ojos tres veces tres, que son nueve.

Cuando tomamos el barco, la noche va cubriendo la ciudad como un telón que cayera sobre ese lugar de donde yo era y quería ser. Me he tomado la Biodramina y siento que los ojos se me caen de sueño aunque el aire fresco me dé en la cara. Recostada sobre la baranda de la cubierta, escucho a mi madre cantar una canción de Jorge Sepúlveda. Mi madre dice que le gusta cómo canta, pero no como hombre. No comprendo la distinción, pero ella siempre la hace. Gregory Peck le gusta como actor y como hombre. Canta como en voz baja, con miedo de hacerle daño a su corazón, pero vuelve al fin a cantar después de tanto tiempo y es esa voz que nunca se olvida. Yo me sé la letra, me sé casi todas las letras, y me identifico por completo:

Mirando al mar, soñé,
que estabas junto a mí,
mirando al mar yo no sé qué sentí,
que acordándome de ti, lloré.
La dicha que perdí,
yo sé que ha de tornar,
y sé que ha de volver a mí,
cuando yo esté mirando al mar.

Y aunque pueda parecerlo porque a punto estoy de llorar, no siento nostalgia. Una vez más, obedezco a mi padre, y no, no siento nostalgia.

LA SIEMPRE VIVA

VOY a contarte un sueño
que he tenido esta noche
un sueño que debía encontrarse
cobijado en el almacén
de sueños
de 1978:
Mi madre estaba viva
y olvidada por mí
en un piso de la Estrella
enfrente de nuestro barrio.
Alguien la cuidaba
una amiga.
Yo trataba de recordar
su teléfono
pero sólo llegaba
hasta el tercer número.
A partir de ahí
comenzaba a preguntarme
¿Desde cuándo no la veo?
¿Por qué no la he llamado
en tantos años?

¿Me guardará rencor?
¿Habrá sabido de mí
por los periódicos?
Ay,
sé que no quiere verme.

Veo cómo la mano de su amiga
se posa en su hombro
consoladora
cómplice.
Y oigo su voz,
la voz de mi madre,
tan débil siempre,
susurrante:
¿Para qué
para qué tuve hijos?

Quiero contarte
que rumié este sueño
durante todo el día
que escribí mi artículo
y ahí seguía el sueño
que llamé a mi hermana
y me habló de la clase
de 3.º de ESO
que yo le dije
si vas a jubilarte
ya qué más te da.

Y el sueño ahí seguía
nos comimos tu arroz

y hablamos del miedo
al futuro.
Yo temí por el mío
más que por el tuyo
pero no te lo dije.
Y ahí, sin saber por qué
se colaba el sueño
en ese miedo.
Y me hacía daño
abriéndome una herida de otro tiempo.

Me senté frente al espejo
para pintarme,
como hacen las mujeres
en los poemas
escritos por mujeres.
Como hacen siempre
lánguidas
las heroínas de las novelas.
Mis ojos me devolvían
una mirada intensa
como cuando atiendo
a lo que me cuentan otros
esa mirada que provoca
un desconcierto
jamás buscado.
Las mujeres de las novelas
se buscan a sí mismas en el espejo.
Así podía ver yo a una mujer de 54 años
su rostro derrotado

tras una jornada
perseguida por un sueño
que yo creía devuelto del oleaje de
pesadillas de 1978
cuando murió
mi madre.
Pero no.

Fue al observarme con esa atención
que sólo presto a los otros.
Cuando vi que el sueño
me arrojaba a un año
mucho más remoto y
voluntariamente
censurado:

Llegué un mediodía del colegio
y aún no me había desprendido
de la mochila
cuando mi hermana dijo:
«Mamá se ha ido».
¿Se ha ido?
Nos sentamos los cuatro
los cuatro
en las sillas del salón.
En silencio.
Todos parecíamos más pequeños.
Mis manos sobre el regazo
sujetando con fuerza las asas
de la cartera

como hace una niña
cuando espera un castigo.

A los tres días
fui con mi tía a buscarla
cruzamos Madrid
no sé por dónde
ni hacia dónde
no recuerdo dónde
estaba aquel piso.
Mi madre estaba sentada
en una silla
mirando por la ventana
de espaldas a la puerta
como desde entonces
aparece en mis sueños
remota como un fantasma.

De vez en cuando sollozaba
y entre los sollozos
pronunciaba una frase
dura como una piedra:
¿Para qué tuve hijos?
No han llamado
ninguno ha llamado.
Hablaba como si yo
no estuviera delante
ignorando
mi presencia
Yo deseaba acercarme

tocarla
hundirme en su regazo
carnoso
pero temía
ser rechazada.

Mi madre volvió a casa.
Volvió.
Y la vida siguió
como solía
hasta su muerte
unas escenas tristes
fueron borrando otras.
A partir de
1978
la memoria
hizo un buen trabajo
censurando
la negrura de unos años
que me hubieran impedido
años después
amarte.
Amar.

La mujer que aparece
en los sueños
no es la madre muerta
es mi madre
la que se fue de casa
y culpó de abandono

a quien había sido abandonada.
Su amiga le dijo
«no le digas eso
sólo es una niña»
pero no era cierto
ya no lo era
mis padres me
hicieron adulta
a los diez años.

El tiempo
que se afana
en su labor de
aliviar el dolor
no cura las heridas
las almacena
y las devuelve
el día menos pensado.

Hoy, a mis 54 años,
aún siento en mis manos
las asas de mi cartera
marrón.
Y me pregunto,
Madre, ¿por qué viniste a mí esta noche?
Madre, ahora que al fin entiendo
el origen del sueño,
dime,
es lo último que te pido:
¿De qué me estás advirtiendo?

Y llegó el momento en que todo se hizo pedazos. Mi extrema fidelidad, mi fe en ellos, mi dulce inocencia. También ese elemento mágico que yo creía poseer y que me hacía creer que podía salvarla, salvarlos.

Un ruido de cristales y cerámica hecha añicos contra el suelo nos sacó del sueño. Mi hermana y yo nos levantamos y fuimos corriendo al salón sin saber si alguien había entrado en casa, sin saber si ese alguien iba a matarnos. La encontramos a ella, al lado de la estantería de nogal, tomando de los estantes los pequeños adornos que habían ido atesorando durante toda su vida en común y lanzándoselos a los pies. Ella, con su bata larga azul de flores, firme en su acción, decidida, temblorosa, pero esta vez sin llorar, mordiéndose el labio para no sucumbir al llanto. Ella, mi madre, que habría estado esperando hasta las tres de la mañana hasta que le oyó entrar, insomne, entregada a su obsesión, resuelta a darle algún tipo de merecido. No quería hacerle daño, no sabía hacerle daño, porque los adornos, tan escasos y tan queridos por ella, por mí, no eran lanzados a su cabeza sino a sus pies. A los pies del hombre que la miraba atónito, al lado aún de la puerta de entrada, con la corbata mal anudada, torcida para un lado, como de habérsela puesto deprisa y corriendo para fingir algún tipo de normalidad si se daba el caso de un improbable recibimiento. Él, mi padre, no decía nada, asistía inmóvil al estruendo que estaría despertando a los vecinos, sin hacer gesto alguno para protegerse por si algún cristal le saltaba a la cara. Los brazos caídos, sujetando en una mano la gabardina.

Mi hermana tomó a mi madre del brazo y la arrastró hasta nuestro cuarto, donde ya pasaba entonces gran parte de los días. Yo me quedé frente a él. Yo, en el principio de mi adolescencia, sobreponiéndome a mi propia inmadurez y diciéndole, qué horas son estas de volver a casa. Sintiendo cómo mi frase, una frase de esposa o de madre, se quedaba flotando en el aire, ridícula e impropia, después de que yo me hubiera ido. Y me la repetí varias veces mientras me dormía, llorando de rabia, por haber sido obligada a pronunciar una frase que no me correspondía.

Es ese momento en el que todo se rompe, igual que se rompe la pequeña figura cursi y dieciochesca de Lladró, el cenicero de cristal de Murano, el jarroncito de Manises. Poca cosa si se tiene en cuenta el número de años que habían estado juntos, mucha, si se contempla que hacía relativamente poco tiempo que mi padre había puesto punto final a nuestro nomadismo y al fin podían pensar en unos objetos decorativos que se quedaran en el mismo estante para siempre. Cuando a la mañana siguiente bajé a la calle para ir al instituto, el portero, siempre hosco, me preguntó, oye, qué pasó anoche, los vecinos me están preguntando. Yo me encogí de hombros: nada, una estantería se venció. Y salí de allí liberada, dispuesta a dejarme abrazar por la intemperie.

Pero es el futuro el encargado de ordenar el tiempo, el que convierte la vida en argumento, y el que ha acabado por datar en esa noche precisa, por significativa y brutal, el principio de un alejamiento, de una ruptura que me empujaba a mí hacia la vida adulta, con furia, con rabia, también con remordimiento, desposeyéndome de mi dulzura infantil y convirtiéndome en alguien extraño, incluso en una desconocida para mí misma.

Tengo quince años esa mañana en que emprendo camino al instituto con la carpeta de apuntes bajo el brazo. Llevar mochila ahora sería infantil. Mi amiga me sale al encuentro como todos los días. Las dos cruzamos los descampados que separan mi barrio del Madrid que se encuentra tras la frontera de la M-30. No tenemos miedo de acortar el trayecto por una zona tan inhóspita. Hemos crecido en un mundo de solares deshabitados y de proyectos de parques a medio hacer. La mitad de nuestro paisaje es un cielo abierto en el que se adivina la gran ciudad al fondo. Mi madre no sabe que voy andando hasta el instituto que está en el Retiro, no sospecha que mi amiga y yo nos queremos ahorrar el dinero del autobús para emprender una aventura, una huida, aunque barruntamos que no tendremos el valor de realizarla. Si mi madre supiera que voy por el mismo lugar donde un tío asaltó a Estrella, la muchacha que limpia en casa, me echaría una buena bronca. Pero yo no tengo miedo. De pronto, no tengo miedo a casi nada. Incluso habiendo visto como Estrella llegó con el labio roto a casa, despeinada, llorando y limpiándose los mocos con el reverso de la mano. Su novio, el Juaco, y ella trazaron un plan esa misma tarde y al día siguiente ella tomó el mismo camino. El tipo, que estaba al acecho, trató de asaltarla de nuevo. Ella gritó, el Juaco salió de su escondite, y entre los dos redujeron al tío asqueroso a hostia limpia y se lo llevaron amenazado con una navaja a la comisaría. A mí me gustaría ser así de valiente y tener un novio como el Juaco, así de chulo, fantaseo con vivir un episodio como ése y salir triunfante.

Estrella me ha tomado el relevo y es la que en estos tiempos anima a mi madre. Le cuenta historias de un mundo que mi madre desconoce, el de las casitas construidas en mitad de la noche en Vallecas, el de la pobreza suburbana, el del ingenio, el rojerío obrero, la valentía, la supervivencia. Estrella es huérfana desde niña, como mi madre lo fue, y tiene un padre al que quiere y cuida, unas hermanas en las que confía, y un novio del que está enamorada y con el que pronto se casará, cuando les entreguen un pisito de protección oficial. Podría ser una historia parecida a la de mi madre, si no fuera porque esta chica de rasgos agitanados y melena negrísima, de acento chulesco y vestidos brillosos, es arrojada, decidida, y habla sin pudor de sus deseos y de las relaciones sexuales que mantiene con su novio en la polvera, el cuarto diminuto de la casa que su padre construyó con sus propias manos, a escondidas de la Guardia Civil, por las noches, en los años sesenta.

Mi madre escucha a Estrella y a veces parece que querría darle un consejo, para que reflexione, para que no se deje llevar por el atolondramiento, pero no se decide y prefiere escucharla, atenta, curiosa y reflexiva, tal vez envidiando ese impudor al hablar que invade todo el espacio, mientras se mueven de un cuarto a otro, y lo llena de expresiones castizas y descaradas que mi madre jamás ha utilizado. Se asombra por el desparpajo, presa ella de una timidez y una corrección que ya no está en condiciones de desafiar.

Estrella se despide de mí por las mañanas como sabiendo que oculto algo. A veces me mira y dice: menuda pájara. Me descubrió mi carnet de las Juventudes Comunistas y me aconsejó un lugar más seguro para esconderlo de los ojos de mi madre.

En Semana Santa legalizaron el Partido. Lo pasé muy mal durante aquellos dos meses anteriores de clandestinidad. Pero bueno, en mi casa sigo siendo clandestina. Me afilié por influencia de mis hermanos. Tengo unas confusas inquietudes políticas que no logro expresar porque carezco de conocimiento teórico alguno, pero le he contagiado esta inquietud a mi amiga Raquel, con la que ahora camino a paso rápido, subiendo por la Avenida del Mediterráneo, y ella también se ha hecho el carnet.

Le cuento el episodio de la noche anterior, más que por desahogarme por consolarla, por insistir en nuestro proyecto, el de la huida cuando cumplamos los dieciocho. Hace ya un mes que la madre de Raquel abandonó el hogar familiar y se fue a vivir con un viejo amor a un pisito de un barrio aún más del extrarradio que el nuestro. Desde entonces, Raquel hace la comida de su padre y sus hermanos. Se queja poco. Es más inteligente que yo pero no lo sabe, entiende todo aquello que a mí no me entra en la cabeza y me deja copiar los exámenes de ciencias. Yo leo, escribo. Y ella me admira, me considera poeta o artista. Cree que soy culta.

A veces Raquel va a ver a su madre, que la recibe cuando el amante no está, y cree percibir en ella la sombra de una duda, de un arrepentimiento, unos deseos de volver, porque el piso es agobiante, precario, horrible, y el tío es agobiante también, muy celoso. A mí me perturba imaginar a esa señora tan guapa, a la que siempre he visto alegre y desenvuelta en sus paseos por el barrio, alejada de sus hijos, prisionera ahora de otro hombre, escondida en un barrio lejano y desconocido. Nunca me había planteado que fuera una madre la que se largara y pusiera los cuernos. Mi madre se fue una vez de casa, pero lo hizo precisamente para llamar la atención de mi padre, aunque al final fui yo y no mi padre quien tuvo que ir a buscarla.

Mi madre me permitió matricularme en un instituto con la condición de que fuera sólo de chicas. Y yo arrastré a mi amiga. Cuando volvemos de clase, la acompaño a su casa y entonces ella me acompaña a la mía y luego yo a la suya, y pasamos un buen rato de un portal a otro. Siempre nos queda algo por comentar y nos llamamos por teléfono. Soy la única persona en el barrio que sabe que su madre se ha ido con otro hombre. Mi madre escuchó algún rumor en la peluquería y preguntó, pero yo soy una tumba. El año pasado nos hicimos un corte en el brazo y mezclamos nuestras sangres. Ahora ya pensamos que es una idiotez, pero ahí queda. Más bobo era cuando juntábamos nuestros anillos y gritábamos: ¡Shazam!

Me costó mucho convencer a mi madre de que me dejara ir al instituto, pero me emperré: no podía seguir con esa farsa del colegio de pago. Me daba vergüenza aparecer por las Juventudes Comunistas como una pija. Mi padre está mejor colocado que los padres de mis camaradas y eso me crea serias contradicciones. Estoy politizada y tengo que mostrar algún tipo de coherencia.

Mi madre no se fía de mí. Detesta que me esté haciendo mayor. Pero a la vista está: me han crecido unas tetas redondas y duras como dos manzanas reineta, que me duelen todo el tiempo, y que trato de esconder a fuerza de sacar chepa. No hace mucho, el padre de una amiga, que me llevaba por la noche de vuelta a casa, paró el coche sin venir a cuento, me las miró, y dijo con una sonrisa: vaya, vaya, menudo cambio has dado, me apuesto a que tú ya estarás haciendo cositas con un novio. Cositas. Fue vomitivo. Estaba leyendo precisamente ese momento de *El guardián entre el centeno*, cuando a Holden Caulfield se le insinúa un profesor en el que confía, y él piensa, este mundo está podrido. Así mismo lo pienso yo muchas veces, el mundo se pudre. A veces me gustaría acabar en un hospital, como Holden, con una depresión, que me dieran la vida hecha.

Hasta hace bien poco aún iba a misa. Lo que una puede cambiar de un año para otro. Fue una temporada espiritual que atravesé, animada por el cura del colegio, don Felicísimo, que es el que la dice (la misa) en la iglesia de mi barrio. Si ibas a su misa, te subía la nota, y con la nota de Religión me sube la media. Me había parecido un tío majo, pero un día le pregunté en clase si no sería mejor que esperáramos a hacernos adultos para decidir si queríamos bautizarnos o no y me dio una hostia como una catedral. No me lo esperaba, la verdad. Tenía que haber hecho caso de mi padre, que siempre dice que los curas, cuanto más lejos mejor. Pensé, va a volver a ir a escucharte tu madre, subnormal. En aquella temporada anterior a la hostia y a mi compromiso político, salía de misa un domingo y me paré en un puesto de los hippies que había en el camino a casa. Estaba encaprichada con un colgante de un corazón de madera, y no paraba de mirarlo, pero no me daba el dinero. De pronto, se acercó por la espalda mi profesor de ciencias, y lo pagó por mí. Me quedé sin respiración. Cuando llegué a casa, grabé sus iniciales con unas tijeras, L. E., Luis Ernesto. Al poco le echaron del colegio porque decían que invitaba a los chicos al cine Moratalaz para meterles mano. A partir de ese momento, si me preguntaban, decía que la L y E eran mis iniciales, al revés.

Al contrario de lo que debía de pensar mi madre yo no echo de menos a los tíos en el instituto. En principio me gustan, pero también me da un asco total abrir la boca y que me entre un pedazo de lengua como haciéndote una inspección entre los dientes. Lo disfruto cuando lo imagino pero no cuando lo vivo en directo. No he tenido grandes experiencias sexuales, ésa es la verdad. Los sábados, después del pleno político en el piso bajo donde está la sede de las Juventudes, apagamos la luz, ponemos música, fumamos y nos metemos mano ahí tirados en el suelo de terrazo que tiene arenilla de nuestras botas y da dentera. Mientras no se me presenta una oportunidad más apetecible, me dejo meter mano por Manolo el Macarra. Yo no le correspondo, quiero decir, que no le meto mano. Sé que está empalmado, pero pienso, pues mira, así te vas a quedar. Es un tío guapete, está bueno, pero el mote en sí me echa para atrás. Además, el mote responde a que, verdaderamente, es un macarra de los pies a la cabeza, y aunque sea majo y tal y esté igual de politizado que yo se me hace muy cuesta arriba. Mientras estamos en la reunión, Manolo fuma Ducados, pero en cuanto se apaga la luz y se acaba el debate, se lía un porro. Es un gran experto en costo. A veces lo veo por ahí, en la plaza del Simago, con otros tan macarras como él debatiendo sobre la calidad del costo. Yo he dado alguna calada por no quedarme atrás, pero ya sólo el olor me revuelve el estómago. Manolo huele a costo, su lengua huele a costo, su pelo huele a costo. Eso también me influye a la hora de pensar que es una relación sin futuro. La otra tarde, Manolo me estaba tocando ahí, sin ton ni son, y me dice de pronto, ¿te duele? Y de verdad que no sabía de qué me estaba hablando, yo es que había perdido el hilo hacía rato.

Hay una tía en el Partido, no en las Juventudes, en el partido-partido que, aunque sólo tiene dos años más que yo, ya es una mujer de mundo. Amanda tiene una cara exótica, como de gata egipcia, y un pelo rizado que se deja salvaje, a lo afro. Suele llevar unos vestidos indios hippies, largos hasta los pies, y va sin sujetador. Tiene las tetas algo caídas y le bailan debajo de la tela cuando anda, cuando habla, cuando fuma; yo quisiera tenerlas así y no éstas de mármol puro que me salen casi de la clavícula y me hacen baja y gorda. En invierno, Amanda no lleva trenca o zamarra como las demás. Ella se pone un chaleco de ante con borrego en las solapas y se lo deja abierto. Sus tetas siguen danzando libres, haga frío o calor. Una vez mi padre me encontró con ella en la plaza del Simago y se la tuve que presentar. Mi padre se puso tonto, pero más tonta se puso ella. Daba vergüenza.

Amanda tiene un novio negro. Es el tío que está más bueno de mi barrio. Con diferencia. Cuando los ves por la calle, los dos con el pelo a lo afro, con ponchos, bandoleras de cuero, las tetas de ella tan blancas vibrando bajo el vestido y él, alto y delgado, andando como si flotara, parecen como una aparición, como la escena de una película, como si a su paso transformaran mi barrio en el paisaje de la portada de un disco: es una pareja que sube el nivel porque el resto a su lado no merece mucho la pena, incluida yo. El otro día no sé por qué le dije a mi padre que si se diera el caso hipotético de que yo me enamorara de un negro en un futuro me casaría con él. Tal vez estaba allanando el camino. Mi padre me miraba como sin entender y a la tercera vez que defendí ese supuesto matrimonio, me gritó: «¡Muy bien, pues cásate con un negro si es que tanto te gusta!». Y yo pensé, pues claro que me gusta.

A veces, Amanda me dice: hemos quedado para follar en un piso que nos han dejado. Yo tengo que fingir que para mí esa información es tan natural como si me dijera, voy a regar las plantas de la casa de una amiga. Creo que nunca he pronunciado en voz alta la palabra *follar*. FO-LLAR. Tampoco es que haya tenido ocasión, pero me gustaría poder decir con naturalidad follar, joder, hijo de puta, cabrón o me cago en Dios. En las Juventudes los tíos dicen mucho me cago en Dios, pero yo hasta este año sólo se lo había oído a los borrachos mal encarados que veía en el bar del pueblo cuando iba a buscar a mi padre. Yo ensayo a veces en el váter esos tacos pero me doy cuenta de que me salen como demasiado bien pronunciados. También me subo a la taza y muevo el tronco a ver si las tetas me vibran un poco, pero no, soy un tocho. Tengo complejo de niña bien o de niña mimada, como siempre han dicho mis hermanos.

No sé cómo ha sido el proceso de esta amistad repentina, pero he empezado a seguir a Amanda a todas partes; ella camina tan deprisa, que yo siempre voy un paso por detrás, corriendo, como si fuera un perrillo. Pareces su perro, ha dicho Raquel, que tiene celos. A ver, es que Raquel, desde que es ama de casa, sale poco. Amanda dice: venga, vamos a mi casa, y yo voy a su casa. Mi madre diría, ¿y si te dice que te tires por un puente, te tiras? Yo la sigo ciegamente. Amanda se quedó huérfana de madre hace un par de años y su padre está inmovilizado por una paliza que le dieron los grises por ser dirigente sindicalista. En su casa y en la vida de sus cuatro hermanos manda un consejo de familia. Se reúne ese consejo una vez al mes con ellos para rendir las cuentas del dinero y de comportamiento. Yo me imagino cómo sería mi vida si en vez de padres tuviera un consejo. A veces, viendo el panorama que hay en mi casa, sueño con que un consejo dirija mi existencia. Aunque igual acabábamos a hostia limpia entre los cuatro como en casa de Amanda. Yo la he visto pegarse con una de sus hermanas, tirarse las dos de los pelos, y gritarse la una a la otra: ¡ni se te ocurra tocarme, puta lesbiana!; y entonces gritar la otra a la una: ¡no te cruces en mi camino y vete a follar con tu puto negro, que sólo piensas en eso, salida!

Amanda me mira a veces y se sonríe de medio lado, como pícara. Yo no sé por qué me ha tomado tanto cariño, la verdad, porque siento que no estoy para nada a su altura. Cuando me observa de esa manera, como si mirara a una niña pequeña, siento una vergüenza atroz. Me dice: mastúrbate, ¿te masturbas? Y antes de que yo me decida a contestarle, ella me aconseja como lo haría una madre, te tienes que masturbar. ¿Y en quién pienso?, le pregunto yo. ¿Y quién coño te ha dicho a ti que tienes que pensar en alguien? Tú te masturbas sin más, por gusto, para correrte, para ser independiente de cualquier tío. Son muchas preguntas las que se me quedan flotando en la mente, por ejemplo, que si ella se masturba también para ser independiente de su novio, o que si le hace falta masturbarse después de «fo-llar» con ese tío. ¡Con ese tío, precisamente! Pero no pregunto nada, no digo ni que sí ni que no, yo sólo observo, observo sin abrir la boca las peleas a muerte entre hermanas en esa casa regida por un consejo de familia, y también a ese padre que las mira, remoto, desde su silla de ruedas. Da mucha lástima.

Amanda me hace sentir completamente subnormal, pero regreso a ella porque me fascina, me atrapa y me acompleja. A veces vamos juntas a una reunión de las Juventudes en la calle Peligros, porque yo, no sé a cuento de qué, soy la responsable de propaganda de mi zona. No se me ocurre confesarle que casi no he salido al centro: sólo a comprar ropa con mi madre y a merendar luego unas tortitas con nata en el Nebraska. El año pasado mis sábados consistían en ir con Raquel a un bar de

Goya donde hacían perritos calientes. Nos comíamos dos seguidos por veinte pesetas y volvíamos al barrio en el 30. Me paso la vida fingiendo una experiencia. Es agotador.

Nos sentamos en la última fila durante la charla política y Amanda me habla durante todo el rato, salta de un tema a otro, de un retraso de la regla, de una infección de hongos, de la puta novia de su hermana, de su pobre madre. Cuando habla de su madre a Amanda se le empañan los ojos. ¿Has ido ya al ginecólogo?, me pregunta sin venir a cuento. ¿Al ginecólogo?, pienso. Pero aunque pone mucho interés en la pregunta nunca espera mi respuesta. Yo no digo ni que sí ni que no. Tampoco sé qué hacemos allí, podríamos estar en un bar del barrio y no tendríamos que hablar en susurros, como en el instituto. El delegado que nos transmite las consignas ya nos ha llamado la atención varias veces. A mí me da mucho corte, pero Amanda sonríe, así, de lado, y le dice a la cara: pero de qué vas, tío. Ella es libre, sale de la reunión y la veo perderse por las calles oscuras y estrechas del centro, no vuelve al barrio, pero yo voy corriendo al 20 porque mi madre ya estará en la ventana mirando el reloj. Voy cargada con los periódicos de las Juventudes, que no sé cómo voy a ocultar en casa hasta que pueda llevarlos al local. Si el 20 tarda, me pillo un taxi y le digo al taxista que me deje un bloque antes, para que no me vea mi madre desde la ventana. Me gasto en taxis lo que me ahorro al ir por los descampados al instituto.

Me veo obligada a representar varios personajes. Si con Amanda trato de aparentar experiencia, y en el partido de disimular que soy pequeña y burguesa, en casa a veces se me olvida toda esa comedia y vuelvo a sentarme con mi madre a ver una película, como cuando era niña. La vemos cogidas de la mano. Siento una paz antigua. Luego me meto un rato en su cama, que ya no es la de mi padre porque duermen separados, y hablamos de cosas que nada tienen que ver con el mundo exterior. Nos centramos en la película, en los actores, en los argumentos. A mi madre le gusta Gregory Peck. Habla de él como si lo conociera. Encuentra que además de un gran actor es un buen hombre. Seguro que imagina que llega pronto a casa. No como otros. Sale muy poco a la calle, mi madre. Tiene siempre miedo a que se le acelere el corazón. La tarde en que fue con mi hermana a ver la película *Cría cuervos* volvió a casa triste y no me quiso decir por qué. Mi hermana me contó de qué iba: trata de una niña huérfana que cree tener superpoderes, a la que su madre, que murió sin haber sido cuidada como debía por el padre, se le aparece por las noches. Está claro que para mi madre esa niña soy yo, y que así me quiere seguir viendo, le cuesta aceptar mis quince años de ahora, le gustaba más antes. Piensa en mi orfandad antes de que se produzca, y me hace sufrir, porque yo no puedo evitar crecer, afearme, desprenderme. Mis viejos poderes de convertir en alegría su desesperación hace tiempo que quedaron atrás.

Mi hermana va al cine con su novio y luego por las noches me cuenta las películas. Dormimos en un sofá cama y por las noches unimos los dos colchones. Nosotras dormimos juntas y mis padres separados. Nos podemos tirar varias noches con el argumento de una sola película porque yo le pregunto por muchos detalles, de vestuario, de diálogo, de mobiliario. Y sin dejarla acabar me quedo dormida. Ella se enfada porque dice que le hago perder mucho tiempo y lo que ella quiere es leer. Se pasa el día leyendo porque estudia literatura y le deja luego a mi madre los libros que a ella le mandan en la facultad. Cuchichean a mis espaldas y callan cuando entro en la habitación. Me dejan fuera de sus secretos. Un día oí a mi madre decir: cualquier día me voy, pero esta vez para siempre.

Mi madre casi no sale del cuarto de las niñas, como así han llamado siempre al nuestro. Allí escucha música, lee novelas y hace unas flores increíbles de pan bimbo que le ha enseñado a hacer una vecina, que da clases de flores. Ahora lee también el periódico que mi padre trae por las noches, de la primera página a la última. Hay días, en las rachas en que no se hablan, en que no sale a servirle la comida a mi padre y tengo que hacerlo yo. Luego ella se pone celosa porque nos oye hablar. Y ya no te digo si nos oye reír. A ella le gustaría que fuéramos una piña, mi hermana, ella y yo, y que me pusiera tantísimo de su parte como para dejarle a él el plato y el vino delante y luego largarme sin dirigirle la palabra. Pero yo no sé cómo no querer a mi padre. Ella me enseñó a quererlo por encima de todo. Y yo lo quiero aunque llegue tarde, aunque no la atienda, aunque nos deje a nosotras todo el trabajo que él tendría que hacer. Y le escucho. O hago que le escucho. Represento el personaje raro de la niña sustituyendo a la madre. No me gusta, y a veces los odio a los dos por eso.

Chechi lleva ahora una melena fosca, abultada, y collares de cuentas. Yo soy la única que parece notar que hay días que huele a porro. Cuando lo huelo, me da la risa. Parece Jim Morrison. Lolo sale del cuarto ya por la mañana con la boina calada, como la del Che Guevara. Mi hermana Inma se ha depilado tanto las cejas que parecen dos líneas apenas dibujadas con lápiz. Mi madre no me deja todavía depilármelas, ni tampoco esta sombra de bigote que me acompleja. Tengo unos pelos en las piernas que mi hermano Chechi dice que parezco Pirri. A mediodía comemos escuchando canciones protesta que mi hermano Lolo, queramos o no, pone en un casete y que escucha muy serio, mirando al plato, concentrado, como si estar con nosotros fuera para él una pérdida de tiempo. La única que lleva una vida clara y sincera es mi hermana. Los demás mentimos de una manera o de otra, decimos que vamos a un lugar y luego vamos a otro o que hemos estado en clase y nos vamos al cine o, en mi caso, al Retiro. La mentira no es siempre necesaria, pero es algo a lo que te acostumbras y ya no puedes parar. A veces me cruzo con mis hermanos por la calle a las horas de clase y no nos decimos nada, como si no nos hubiéramos reconocido.

En el Partido soy una pardilla, en casa me siguen tomando por una niña. También me lo hago porque me conviene. Pero en el instituto, allá donde me mandó mi madre porque sólo había chicas, suelo dar el campanazo. En ciertos momentos siento que tengo alma de chicazo y me junto con otras como yo. Llevamos botas camperas, camisas de cuadros, chaquetas de pana. A mí me gusta representar el papel de chico entre las chicas finas. Fumamos en el cambio de clases y algunas tardes nos vamos a echar la siesta al Retiro. Una vez, mientras estaba dormida, un tío apareció y me dio un beso en los labios entreabiertos. Sentí la humedad carnosa de su boca, la baba que deja a su paso un caracol. Una corriente me atravesó el pubis, una excitación brusca y fugaz, que se apagó de pronto cuando abrí los ojos y vi que se trataba de un mendigo joven, un tipo perdido y loco que, riéndose, enseñaba una dentadura mellada.

Hay hombres que deambulan por el Retiro buscando a las chicas, y las chicas nos burlamos de ellos, les señalamos ese pedacillo de carne que nos enseñan, gritamos como poseídas que la tiene pequeña. Nos tiramos al suelo de la risa. En realidad, yo al menos no tengo manera de comparar una de esas pollas fugaces con otras, porque no he visto todavía ninguna en persona.

Se respira un aire de promesa sexual, sentimos una excitación anticipada que todo lo contamina: las clases de filosofía, en donde Victoria, una profesora rotunda, descarada, enorme e irónica, nos habla de la libertad de pensamiento, de la búsqueda del placer. Nos quedamos como en un estado de asombro, deseando salir a la calle para desvelar de una vez por todas el misterio. Mi madre no imaginaría esta doctrina subversiva que recibimos sin necesidad de que haya chicos que nos perviertan. No se le pasaría por la cabeza que mi vieja profesora de física, Delia, viene a clase con un gorro de rusa y lleva una insignia con la cara de Lenin en la solapa del abrigo severo de piel. Se mueve Delia entre los pupitres como pasando revista a las tropas y yo trato de que nuestras miradas no se crucen porque la entiendo igual que si hablara en ruso, nada. Y luego está Domi, Domiciano, el profesor que da el pego, un hombre con pinta de manso que predica ideas revolucionarias. Nos ha contagiado su amor por Spinoza, del que no hemos leído nada, pero del que nos va prestando pensamientos, hablemos de lo que hablemos, sea cual sea el tema que aborde. No debemos burlarnos de las acciones humanas, dice, sino tratar de entenderlas. Me mira, o creo que me mira, y yo bajo los ojos porque no sé si está al tanto de lo del otro día.

Nos habían dicho unas compañeras de otro grupo que el de literatura, don Feliciano, arrimaba sus partes al pico de los pupitres para ponerse caliente mientras daba la clase. Hay que darle una lección a ese cerdo, nos decíamos unas a otras. No recuerdo cuál fue la cabeza que alumbró la gran idea o si se trató de una creación colectiva, pero pintamos con tiza todos los cantos de nuestros pupitres. Esa tarde, atendíamos con más interés que de costumbre a uno de sus soporíferos monólogos recitados de memoria. Afectado, cursi y relamido don Feliciano, con su traje impecable de cheviot, asomando por el chaleco la cadenilla del reloj. Observábamos, con asombro, cómo el rumor era cierto, y mientras disertaba sobre la aliteración,

la princesa persigue por el cielo de Oriente
la libélula vaga de una vaga ilusión

iba restregándose con disimulo con el pico de cada pupitre y manchando así de tiza toda la delantera de los pantalones. Me traían esos versos el eco de la voz grave de mi padre, que tantas veces los recitó cuando yo era niña. Y me provocaba inquietud esa mezcla del recuerdo infantil con este perverso momento,

¡Ay!, la pobre princesa de la boca de rosa
quiere ser golondrina, quiere ser mariposa,
tener alas ligeras, bajo el cielo volar

Nos vio sonreír, intuyó que en nuestras sonrisas había un gesto de burla, de picardía maliciosa, y se dio entonces la vuelta sobre sus pies, como si fuera la pirueta de un bailarín o el acto reflejo de un camaleón, amanerado y al acecho, observando atónito los rostros de todas nosotras. Entonces, no sé si porque los maniáticos viven temiendo que su manía sea descubierta, bajó los ojos hacia su bragueta, vio lo que había ocurrido y empezó a gritar histérico: «¡Guarras, guarras!».

Celebramos la broma, porque ya era imposible escabullirse del éxito de semejante hazaña, pero la euforia se me fue esfumando de vuelta a casa, hasta quedarme mohína y desinflada. Mi madre preguntó: qué pasa, a ti te pasa algo, y me sentí como con fiebre. Pensé en ese bicho que habita en mí desde hace tiempo, un bicho que a veces se apodera de mí y me empuja a actuar con crueldad, con espíritu de revancha. Fui recordando todas esas manías que oculto, las que a veces son visibles porque no lo puedo evitar y las que cumplo justo antes de que alguien aparezca. Mis números de la suerte, mis guiños compulsivos, el caminar mirando el sol, el tocar el suelo en múltiplos de tres, la tentación de obedecer impulsos peligrosos, los sonidos extraños con la garganta, todas estas antiguas ceremonias infantiles que conjuran la muerte y la desgracia. Lucho sin descanso para ocultarlas y que mi madre no me reprenda. Pero ella cree que afeármelo delante de la gente es la manera de corregirme. Sucede justamente lo contrario. Sólo consigue avergonzarme.

Sólo hemos conseguido avergonzar a don Feliciano. Trata de entender las acciones humanas, dice Domi, el manso revolucionario, y yo siento que me mira a los ojos. Menuda pájara.

El año pasado viajamos de fin de curso a Mallorca. Era la primera vez que volvía a mi isla después de que nos mudáramos a Madrid. La isla de la niña empollona y de la madre con el corazón abierto. Yo era ya mallorquina. Los niños se hacen enseguida de los sitios. Mi padre dice que hay que dejarse influir por los lugares en los que vivimos. Yo ahora ya soy una chica de barrio. Mi acento es el de Madrid. Mi hermana me ha firmado las notas a espaldas de mi madre porque en el instituto me está yendo regular a ese nivel. Me ha dicho que no va a volver a hacerlo porque es ilegal, así que ya puedo espabilar.

Me sentía, en el viaje a Mallorca, cabecilla de mi curso. Pensé que iba a poder enseñarles la playa de los domingos, el paseo del Borne, mi colegio, el puerto, la calle Quetglas, pero no, no salimos de Magaluf y de una discoteca en la que pasé tres noches bailando con uno de Birmingham, que me mandó una foto con una bufanda de su equipo, el Birmingham. Madre mía, qué feos son los de Birmingham a la luz del día. Lo único que recuerdo de ese viaje es que compramos una botella de vodka y nos la llevamos al cuarto. Nos la bebimos entre todas a morro. Me puse tan mala que estuve el último día en la habitación, vomitando, y pensando en la vergüenza que hubieran pasado mis padres si yo hubiera muerto de una borrachera. Pienso si me habrá quedado alguna huella en el hígado, una cirrosis o algo así.

Me ocurre esto con frecuencia. Me obsesiono con lo que podría haber pasado o con lo que puede pasar. Si leo *El Exorcista* pienso que el demonio puede poseerme. Si leo un libro de sexo en plan científico que tiene mi hermana pienso que puede que me esté creciendo un pene y que más tarde o más temprano dirá aquí estoy yo. Después de leerlo me miraba cada vez que iba al váter en el espejo en que mi hermana se depila las cejas. Por el gráfico del libro supe que el bultillo era el clítoris, pero un día me entraron sudores al vérmelo enorme. Esto está creciendo, pensé. Le había dado la vuelta al espejo y lo estaba mirando por el lado de aumento. Menuda subnormal. Vivo como si dentro de mí hubiera algo que más tarde o más temprano se va a torcer.

En el barco de vuelta del viaje de fin de curso conocí a un tío vasco. Le conté que estaba pensando en afiliarme a las Juventudes y me comprendió al instante. Él era bastante mayor que yo y ya estaba politizado, por así decirlo. A veces pienso que parezco más inteligente de lo que soy porque siempre provoco grandes expectativas en gente mayor. Le di mi dirección y me empezó a escribir unas cartas larguísimas, que tampoco sabía yo a qué venían, de letra inclinada y apretada, con mucha teoría política. Firmaba, el Lobo Estepario. Y de pronto me dio por pensar en que a lo mejor era de la ETA y quería que yo fuera su contacto en Madrid. Se lo dije a mi hermano Chechi, le dije: he conocido un tío que igual es de la ETA, vamos, que se ve a las claras que puede que lo sea. Y él me dijo: «y un tío de la ETA te lo va a decir precisamente a ti. Un tío de la ETA no es tan idiota». Cuando digo que parezco más lista de lo que soy no me refiero a mi entorno familiar, claro está.

Mi obsesión con el de la ETA coincidió con que detuvieron a un chaval de mi barrio, uno al que llamaban Osibisa, porque tenía alojada en su piso a una pareja del GRAPO. Él no era del GRAPO ni era de nada, él era como yo, de mi barrio. No conocía a la pareja, pero unos amigos de unos amigos de otros amigos le pidieron el favor, y él les prestó una habitación durante una semana. Se la jugaron pero bien jugada. Díselo tú luego a la policía. Osibisa sigue en la cárcel aunque hay abogados del partido que lo van a sacar. Parece de película, pero estas cosas están a la orden del día. Así que yo até cabos y ahí empezó la obsesión. Además el tío no paraba de escribirme. Joder, ¿no tenía otra cosa que hacer? No soy tan interesante para que un tío de dieciocho tacos que me vio sólo dos horas en un barco me dedique tanto tiempo por escrito. Y me decía que quería venir a Madrid. Yo no me acordaba ni de su cara. Tenía barba, pero ¿quién no tiene barba en estos tiempos? Mi pregunta es, ¿se puede enamorar una tanto como para dejar todo atrás, a una madre enferma, a un padre como el mío, el curso a la mitad, por un tío que te implica en una organización criminal? ¿Podría cegarme el amor tanto como para ponerle una bomba, por ejemplo, a mi tío Angelito, el coronel? Cuando el tiempo borra la obsesión soy capaz de ver el disparate, lo veo, pienso que no volveré a sucumbir a esa locura, pero cuando estoy dentro de ella se me hace bola. Se me pone cara de culpable, en aquel caso en concreto, de terrorista.

En mis obsesiones siempre imagino que me resulta imposible controlarme, que no voy a ser capaz de controlar mis impulsos, como cuando pensaba que si se diera el caso de quedarme embarazada, antes de decírselo a mi padre, me tiraría por el puente de Vallecas. Ese puente está al lado de la casa de un camarada de las Juventudes y a veces subimos a ella cuando no están sus padres.

Me quiso convencer para hacerlo, para fo-llar, y yo le dije: «no estoy preparada», que es una frase que se usa para decir que no, y no quedar exactamente como una estrecha. Tú arréglatelas como puedas, me aconseja Amanda, pero no quedes como una estrecha. Qué difícil es encontrar en la vida el equilibrio. Le dije al tío que no estaba preparada mirando por la ventana de su habitación, que da al Puente de Vallecas, «no estoy preparada», y me sentí como una joven que encierra un misterio. Escribo poesía en la Olivetti de mi padre. Ya llevo dos libros. Uno se llama, «Siempre hay algo que se mantiene oculto». Lo vio Estrella en mi estantería y le dio un ataque de risa. Menuda pájara, dijo. A mi hermano Lolo el partido le ha ayudado a publicar un libro. Sale fumando en la portada y lo ha firmado en una caseta de la feria de Vallecas. No sé si se ha dado el caso de dos poetas nazcan en la misma familia. Escribo con los diez dedos porque hice un curso de mecanografía. Mi amiga Raquel ganó un premio en el anterior colegio con una de mis poesías. Se la había prestado yo para que se presentara. Le dije: toma, si a mí me sobran. Yo me reservé la que para mí era la mejor, pero ganó la suya (que también era mía). Vaya jurado de mierda. Mi padre compró la Olivetti para sus trabajos de la carrera de Derecho porque su letra nadie la entiende. Ya va por 3.º en la universidad para mayores de veinticinco años. Saca mejores notas que nosotros. Y con sólo dos dedos, es igual de rápido que yo con diez. A mi padre ahora le gustan los poetas rojos y recitar, lee poemas y yo se los grabo. Le encanta luego escucharse y que le escuchemos:

> *¡Qué lástima*
> *que yo no pueda cantar a la usanza*
> *de este tiempo lo mismo que los poetas que hoy*
> *   cantan!*
> *¡Qué lástima*
> *que yo no pueda entonar con una voz engolada*
> *esas brillantes romanzas*
> *a las glorias de la patria!*
> *¡Qué lástima*
> *que yo no tenga una patria!*

Mi padre se ha vuelto rojo. En parte, porque el Partido ha ayudado a mi hermano a que publique su libro y a organizarle la vida. Mi padre piensa que en la vida hay que tener una empresa que te organice la vida, llámese Dragados o el Partido Comunista. Él dice que ha sido rojo siempre, pero mi madre, en cuanto él se da la vuelta, lo niega con la cabeza. Mi padre quiere que ella, por narices, se haga comunista, como él ahora. De todas maneras, mi padre no quiere que mis hermanos se metan en líos por la política y siempre les dice que si la policía les para y les pide la documentación digan que su tío es coronel de la Guardia Civil. Al que ya han detenido alguna vez es a Chechi, pero no por política sino por los pelos que lleva, a la salida de algunos conciertos. Mi padre admira a Santiago Carrillo porque tiene autoridad y a él le gusta la autoridad.

Mi madre se ha vuelto irónica. Es como si ya no creyera de verdad en nada. Yo creo que ya no confía ni en Dios. Está de vuelta. Lee el periódico y cuando mi padre habla de las elecciones, ella levanta una ceja, como poniendo en duda todo lo que él dice. Nos suele insistir a mi hermana y a mí en que tenemos que estudiar y ganar dinero. Incluso alguna vez se atreve a afirmarlo delante de mi padre y mi padre lo entiende como un reproche al matrimonio, a él, como un resentimiento. Lo entiende bien, porque mi madre en este momento querría que su vida hubiera sido de otra manera. Mi madre se ha pasado la vida pidiéndole dinero a mi padre y ahora se nota que es algo que no puede soportar. Cuando están enfadados me manda a mí para que se lo pida. Mi padre lo da a cuentagotas.

Yo la conocí satisfecha, creo que feliz. Mi madre tenía una sonrisa que yo no le he visto a nadie. Ni a las mujeres más guapas que puedas imaginar. Cuando la conocí, cuando la recuerdo, cuando yo tenía cuatro, cinco, nueve años, yo la veía serena, distinguida entre todas las madres, y adoraba esa sonrisa, sus caderas anchas, hechas para que yo llorara abrazada en ellas, admiraba la belleza que desprendía, la de alguien que se comporta según su carácter y que no trata de llamar la atención porque sabe que siempre la va a despertar. Incluso cuando la cicatriz estaba tierna y creía curarla siguiendo con los dedos la columna vertebral de aquel ciempiés del que en los primeros días salían unos hilillos tiesos como si fueran las patas de un insecto, incluso entonces sonreía con esperanza.

Ahora nos mira por encima de sus gafas redondas de lectura, que podrían ser las de Janis Joplin o John Lennon en uno de esos discos que nos trae el novio de mi hermana. Es una señora con gafas de estrella del rock, que observa a su familia como si la viera ya desde otro mundo.

Hay sábados en los que vuelvo a casa del pleno de las Juventudes y el piso está todo a oscuras, porque es invierno y la noche se echa encima enseguida. Huelo al costo de los demás, mi aliento tiene un ligero deje de cubata y el tabaco está impregnado en mi ropa, llego con miedo a que mi madre me huela, me haga un interrogatorio, pero todas las luces están apagadas. He salido del local de las Juventudes corriendo, dejando a medias a ese Manolo Macarra que espera que algún día yo le corresponda y le toque un poco, que le haga una paja, pero yo, yo, no estoy preparada, toda la sexualidad está en mis fantasías, pero no consigo materializarla. Leo y releo la página 149 de *El Padrino* y me pongo más caliente que cuando un chico me acaricia:

Como se estaba haciendo tarde, ambos subieron a su habitación. Kay preparó una bebida para cada uno y, mientras la tomaban, se sentó sobre las rodillas de Michael. Debajo de su vestido sólo había seda y carne, una carne ardiente que los dedos de Michael no tardaron en acariciar. Se tendieron en la cama y, sin desnudarse, hicieron el amor, juntas sus bocas en un largo y apasionado beso. Cuando hubieron terminado permanecieron el uno al lado del otro, sintiendo el calor de sus cuerpos.

—¿Es eso lo que los soldados llaman un «rápido»? —preguntó Kay.

—Sí —respondió Michael.

—Pues no está mal —dijo Kay, seriamente.

Un «rápido». La realidad sólo me ha ofrecido hasta el momento olores que me disgustan, caricias que me resultan torpes, y vivo prisionera de un mundo infantil que me impide entregarme a una sexualidad que a un tiempo me fascina y me atemoriza. La página 149 es un buen refugio. Quiero vivir en ella.

A mi cabeza vuelve un recuerdo siempre sorprendente, en este mismo piso, cuando tenía nueve años y pasaba los días cuidando a mi madre recién operada. El niño de la mujer que venía a limpiar me seguía hasta mi cuarto y sin decir nada me tocaba el pubis y llevaba mi mano a su pitillo tieso como un palo sólo para que dejara mi mano ahí, como si sostuviera un pájaro. Era un gitanillo pequeño y delgado, guapo, de pelo largo, procaz y avispado. Y yo una cría regordeta. Me recuerdo en pijama, en un pijama de lunares azules. Su mano sobre mi pubis y la mía, tomada por él, en su chorrilla. Los dos quietos, sin hacer nada más, algo temblorosos, como los niños de los dibujos japoneses en un momento de expectación. Cuando oíamos los pasos de su madre o de la mía apartábamos las manos y volvíamos a otros juegos. ¿Puede ser que el descubrimiento del placer se quedara ahí, detenido, atrapado?

Vago por la casa a oscuras, sin dar la luz, pasando por el cuarto de las niñas, que es el mío, comprobando que ella no está allí, yendo entonces, ya temerosa, al cuartillo, el cuartillo mezquino y oscuro donde mi padre se mete algunas tardes para estudiar la carrera. Una cama diminuta sale de la estantería, es como un cajón que se abriera para visitas que no se quedan mucho tiempo, y en él está mi madre, en el cajón, emitiendo un llanto ahogado que se mezcla con las pulsaciones de su agitado corazón. Suenan los latidos como el pecho de plástico de las muñecas cuando las zarandeas. Es un sonido entrecortado, mezclado con suspiros de un dolor muy hondo. Huelo a tabaco, a costo, al sudor del deseo de un chico, pero ella no va a reparar ahora en eso, ella está sumergida en su pena, y yo me acuesto a su lado, casi cayéndome por lo estrecho que es el colchón, y sé que ya no puedo hacer nada por ella, salvo abrazarla. No está en mi mano rescatarla. No sé si quiero ya, y eso me tortura. Deseo en mi interior que todo acabe, que acabe este sábado y todos los sábados que a éste se parezcan. ¿Dónde está mi padre? Mientras la abrazo mi mente viaja hasta el lunes, a las aspiraciones aún confusas que me han despertado algunos profesores, a esas jornadas de huelga en las que en vez de estudiar jugamos al churro, haciéndonos daño, haciendo el bruto, sudando, a las siestas gozosas en el Retiro, a las primeras cañas en los bares de Atocha; quisiera seguir los pasos de Amanda por esas calles del centro que aún no he pisado y que contienen una promesa de peligro y libertad. Peligros y Libertad, así se llaman dos de las calles que conozco. Quisiera verme ya en un lunes caminando por los descampados, atravesar esas lomas rodeadas de carreteras por donde se nos cruzan chavales que no irán nunca a la escuela y hombres torvos como el que atacó a Estrella. Quiero escaparme desesperadamente de este sábado y exponerme al peligro.

A Raquel su padre le ha comprado una vespino. Quiere compensarla porque ella ha tenido que sustituir a su madre como ama de casa. Deja la comida hecha por la noche. Todo lo hace sin protestar, como si no le costara esfuerzo, pero yo sé que a veces se queda de madrugada estudiando lo que no le ha dado tiempo durante el día. Ahora ya vamos y volvemos en la moto al instituto. Al principio, de la pura emoción, cuando marchábamos cuesta abajo por las curvas del barrio del Niño Jesús, le tapaba un momento los ojos y las dos gritábamos muy alto, como si estuviéramos preparadas para morir. Hasta que un día un tío que nos había visto se bajó del coche en el semáforo y nos gritó: «¿Sois gilipollas o qué os pasa? ¡A ver si llamo a vuestros padres y se acaba la puta moto, niñatas!». Mi madre suele temer que me junte con malas compañías y no se da cuenta de que a menudo la mala compañía soy yo.

Mi padre le regaló a mi madre un estuche con una sortija y unos pendientes. Mi madre no los quiso. Por lo que pude entender de lo que mi madre le decía en el cuarto (yo estaba escuchando detrás de la puerta), si tu marido te regala una joya es porque le remuerde la conciencia. La joya es la prueba misma de su culpabilidad. El estuche se quedó ahí, en la mesilla que hay ahora entre sus dos camas. Y aunque se fueron la otra noche a un restaurante chino a una cena de trabajo con mujeres, ella no estrenó ni la sortija ni los pendientes. Mi hermana y yo nos dimos cuenta. Se puso un vestido que se compró cuando llegamos a Mallorca y de pronto mis padres tenían que alternar algunas noches. Las mujeres se ponían trajes largos y a mi madre le parecían como de otro planeta, idiotas y frívolas. Yo creo que se acomplejaba o que desconfiaba de mujeres que no fueran tan discretas como ella.

Me recuerdo a los nueve años, sentada en el rincón de un probador forrado de terciopelo rojo, en una boutique del Borne, mi madre ante el espejo, indecisa porque el vestido tenía mucho escote. Yo la miraba extasiada, porque nunca había reparado en que mi madre tuviera pecho, pecho para enseñar, pecho para lucirlo. Y ella se observaba como si estuviera viendo a otra mujer. «Ciérremelo un poco más —le pidió finalmente a la dependienta—, a mi marido así no le va a gustar.» La dependienta le dijo que iba a perder parte de la gracia, le aseguró que tenía un nacimiento del pecho precioso, pero mi madre es rígida, no cede, igual que se ha negado a aceptar el regalo de mi padre, porque para ella tiene un significado muy preciso. Y no, no está dispuesta ya a perdonarlo.

Ha empequeñecido en el último año, como si hubiera encogido un poco. Ahora siempre lleva pantalones, zapatos bajos, jerséis de cuello alto. Mientras la vecina le enseña a montar un *bouquet* de flores de pan bimbo, hablan sin reparar en que yo escucho desde el pasillo. Siempre la espío. Lo he hecho desde niña y por eso sé todo lo que sé. No me pueden engañar tan fácilmente. Salieron a merendar ayer, las dos. Eso es lo que me dijeron, ja, ahora descubro que estuvieron viendo *Emmanuelle*. Mi madre viendo *Emmanuelle*. Recuerdan escenas y se ríen. Mi madre dice, «él sabe hacer todo eso y más. ¿Dónde lo aprendería?». La vecina quiere que entre en más detalles, pero mi madre es reservada, aunque las deja caer: «todo, todo». La vecina siempre trata de convencerla para que se arregle un poco, para que vuelva a sacarse partido, para seducirlo, dice, pero mi madre no quiere seducir a nadie. Ya no cree en él, ya no cree en Dios.

La acompaño a votar. Iban a ir los dos juntos pero a última hora se cabrearon. Ella no quería votar al Partido Comunista de ninguna de las maneras. Yo tendría que haber apoyado a mi padre, por el simple hecho de militar en las Juventudes, pero hasta estando en el Partido, como estoy, me ha parecido demasiado insistente, mandón. Subimos juntas la cuesta hasta el colegio, vamos de la mano, como siempre, aunque a veces pienso en si la soltaría si me encontrara con un camarada. Lleva su papeleta en la mano, va a votar por primera vez en su vida, a Felipe, y está contenta por salirse con la suya. Yo no llego a entender el orgullo que siente, pero creo que ahí encuentra algo de satisfacción. A mí me asombra y me da miedo. Es como si se estuviera transformando y no sé en qué mujer se va a convertir. Si a ella le disgusta que yo crezca, a mí me asusta que ella no sea lo que siempre fue.

Una mañana de este verano la acompaño al médico. Nunca he estado en la Clínica de la Concepción donde la operaron. Cuando nos trajeron a mis hermanos y a mí desde Palma para verla ya estaba en casa, recién salida del hospital, así que al doctor Rábago sólo lo conozco de oídas. Lo tengo tan idealizado como mi madre, aunque para mí es un misterio. Me lo imagino como Gregory Peck. Alto, atento y delicado. Con la bata marcándole los hombros anchos. Auscultando a mi madre con los ojos entornados. Un poco enamorado de ella. No sé por qué esta vez la acompaño yo. Tal vez mi padre no ha podido faltar al trabajo y mi hermana tenía algún examen. Es una revisión. Una de tantas después de cinco años. Un médico viene por el pasillo y mi madre se levanta. Pensé que lo reconocería en cuanto lo viera, pero no. El doctor Rábago no es Gregory Peck, aunque mi madre lo mira con tanta devoción que lo acabo viendo por sus ojos y al rato creo que se le parece.

Pasamos a la consulta y después de hacerle alguna pregunta sobre cómo se encuentra —mi madre le dice que muy cansada— le pide que se tumbe en la camilla tras el biombo y se abra la blusa. Yo me levanto para ir con ella, pero él me dice que siga sentada.

—¿Cuántos años tenías cuando operamos a tu madre? —me pregunta.

—Casi diez —le digo.

—¿Y la has cuidado mucho?

—Sí, bastante —le digo.

—Ahora se está haciendo mayor, y ya... me cuida menos —dice mi madre sonriendo.

No es verdad, pienso. ¡No es verdad! Siempre esa manía suya de sentirse decepcionada. Yo también me siento a menudo decepcionada.

A través de la tela del biombo veo las sombras. El cardiólogo inclinado sobre ella. Preguntándole cosas sobre su estado de ánimo, los disgustos, las arritmias, la respiración, el cansancio, la depresión. Habla de depresión, una palabra que yo no había escuchado antes. La conversación es larga. Se llaman de usted. El doctor escucha a mi madre. Yo siento, aun sin verle, su capacidad de escuchar. Cuando ella termina de responder a cada pregunta, él guarda unos segundos de silencio, como si necesitara analizar toda la información que ella le ha dado. Yo sigo la conversación a ratos. A veces no comprendo por qué hablan de cosas tan personales; otras, simplemente me abstraigo. Mi madre, tan reservada, abre su corazón ante quien ya lo tuvo en sus manos. ¿La conoce por eso mejor que nadie? Si mi padre viera esta escena sentiría unos celos horribles. El doctor Rábago le dice que en los últimos tiempos se ha avanzado mucho en la cirugía. Hay otras válvulas mejores que las que a ella le implantaron. Se lo explica con cuidado, como si temiera inquietarla. Ella responde con timidez, como temerosa a su vez de decepcionarle. No, no me operaría otra vez. Pero él le advierte de que algo está fallando. No, ya no tengo fuerzas para volver a intentarlo. Los oigo charlar tan serenos que retengo sus palabras sin alarmarme. No, yo tampoco quiero que la operen otra vez.

Tomamos un taxi y mi madre dice, ¡a Goya! Y nos reímos las dos por la alegría de no volver al barrio. Me compra en Parriego unas sandalias rojas y en Celso García lo que ella llama equipos para este verano y para los que vengan, un poco grandes. Aunque tengo ya dieciséis años, sigue albergando la esperanza de que creceré y llegaré a ser más alta que ella. Lo natural. Vamos al California a por nuestras tortitas de nata y chocolate. Parece una mañana de las de antes. ¿Qué vas a ser?, me pregunta de pronto. Yo sé que su pregunta contiene otra, lo que ella desea saber, con desesperación, es qué será de mí. Como si presintiera una catástrofe. No hablamos de lo que le acaba de recomendar el médico. Y de no hablarlo se acabará olvidando.

En la playa se pondrá mejor, dice mi padre, y aunque lleva días en que sólo tiene fuerzas para ir de la cama al sofá, hacemos con ella la maleta. Nuestra poca ropa dividida en las tres maletas rojas: la de mis padres, la de las niñas, la de los niños. Pero éste será, posiblemente, el último verano que pasemos todos juntos. Inma viene con su novio, viaja en el coche de su novio, lleva la música que promociona su novio en una compañía discográfica. Yo quiero viajar con ellos, ir escuchando a James Taylor, a Carole King, a Joni Mitchell, a Maria Creuza, a Toquinho. Todo un universo nuevo me ha entrado por los oídos. Quiero tener un novio, un novio con un coche viejo, conducir con las ventanillas bajadas escuchando y cantando canciones de los Creedence. No quiero pasar otro invierno encerrada en un local que está detrás de mi casa, meterme mano con un tío que no me gusta. No quiero volver a casa y verla a ella derrumbada.

En la playa se pondrá mejor, decía mi padre, pero no ha sido así. No ha podido levantarse de la cama. Nosotras nos turnamos. Salimos a dar vueltas por la noche. Tratamos de regresar pronto para que no se preocupe. Mi padre se va a pescar a las rocas. Ella está extrañamente tranquila. No se alarma si alguna vez llegamos tarde. No se queja por quedarse sola. Incluso se podría pensar que ha encontrado una paz que antes no tenía, en Madrid. Será el mar, que le baja la tensión. Yo tengo un bikini de cuadros rosas y blancos, con puntilla en el escote, que copió mi tía la costurera de los patrones del *Burda*. Es cursi y precioso. No he crecido, sigo siendo más baja que mi madre, pero sí me he estilizado y, de pronto, me veo marcada la cintura, las caderas anchas, el hueso del pubis que se marca en las bragas. No soy una belleza convencional. No soy una belleza, pero estoy buena y eso me gusta. Tengo las tetas morenas porque en cuanto no me ve mi padre me quito la parte de arriba del bikini. Quiero tener un novio y que me las toque. Me duelen. Tengo la regla, por eso hoy no he bajado a la playa. Traté de ponerme un támpax pero, por más que lo intento, no me cabe. Dicen que si estás nerviosa el agujero se cierra. Sólo de recordar que alguna vez pensé que me saldría pene me da la risa. Aunque no puedo reírme de quien fui, porque las obsesiones no han desaparecido de mi mente. Mi regla es caudalosa y, al contrario de lo que les sucede a mis amigas, a mí me gusta. Siempre he sido un poco morbosa. Me gusta mi sangre y disfruto con ese estado febril que me invade. Hay veces que caen unos coágulos en el váter que alucino. Son como trozos de hígado del que se fríe. Me siento como aquella niña febril que faltaba al colegio y es una buena sensación. Cuando tengo la regla quisiera acostarme con un chico. Es cuando más ganas tengo. Me he propuesto que será este año. Es mi reto. No puedo esperar más tiempo. Le pillé a mi hermana una carta de su novio y la leí. Lo ha hecho ya. Su novio hablaba de «hacer el amor». Amanda habla de follar y de joder. No sé si son dos conceptos diferentes. Intuyo que cuando lo pruebe muchas veces sabré si existe alguna diferencia sustancial.

Me he depilado las piernas. La depiladora me dijo que como iba a la playa se iba a meter mucho por las ingles. Me subo encima del váter para verlo otra vez porque me encanta. Eso sí, cuando me bajo las bragas del bikini veo el vello del pubis, espeso, negro, rizado, duro, que me sube casi hasta cerca del ombligo. Una vez, a los diez años, una amiga del colegio durmió conmigo y quiso besármelo. Jamás se me hubiera ocurrido, ahora ya conozco el percal, pero entonces de veras que me sorprendió. Me dejé, como suele ser mi actitud, sin sentir más allá de un cosquilleo. Cuando ella me pidió que le hiciera lo mismo me agaché por compromiso y el olor me echó para atrás. Al día siguiente, en clase, no cruzó una palabra conmigo. No ha sido la única vez que me han tachado de calientapollas.

Llevo un rato escuchando como una especie de máquina que no acaba de ponerse en marcha, que no acabara de arrancar. Abro la ventana y nada, por ahí no viene el sonido. Abro la puerta del baño donde llevo más de una hora y me quedo quieta, tratando de desentrañar qué es lo que estoy oyendo. Por momentos, parece un animal. Sin saber por qué, ando despacio hasta el salón y allí el sonido mecánico se vuelve humano. Proviene de la habitación. Me muevo hacia ella cautelosa, como si fuera a despertar a mi madre que tal vez está durmiendo y está emitiendo ese ronquido raro.

Ella me mira con los ojos muy abiertos desde la cama. Desde esa cama de donde casi no se ha levantado desde que llegamos. El escote del camisón se le ha abierto y deja al desnudo la cicatriz y casi todo el pecho izquierdo tan blanco. Más que respirar parece como que gruñera. Tiende una mano hacia mí y yo me acerco. No me tiendo como tantas otras veces a su lado porque no me atrevo a tocarla. Le digo: tranquila, voy a buscar a papá. Y ella me dice: no me dejes sola, porque me estoy muriendo. Yo le digo: no, no es verdad. Ella me dice, esta vez lo sé, lo sé, me estoy muriendo, lo noto y tengo mucho miedo.

Mi madre me dijo, qué va a ser de ti, qué va a ser de vosotros. Y no entendí hasta muchos años más tarde el significado de la angustia que acucia a una madre al ser consciente de que va a abandonar a quien todavía no puede salir a la intemperie. Pero yo no supe lo que era la muerte hasta muchos años más tarde, y aún sigo descubriendo su huella lenta y singular. A cada edad esa herida se reabre de una manera, y ahora pienso a menudo en todas las preguntas que no formulé, en los reproches que tendría que haber expresado, en las explicaciones que tanto hubieran calmado mi ansiedad, en el infinito trayecto de mis remordimientos, por haber dejado de ser la niña que ansiaba curarla y algún día contó con poderes para hacerlo.

Aquel invierno cambié mis rutinas aunque no lo relacionara con la muerte de mi madre. Dejé de ir al local, volví a vagabundear con Raquel, que ya tenía más tiempo para perderlo porque su madre había vuelto a casa. Fue una peculiar reconciliación: su padre nunca la perdonó, y la madre asumió su culpa aunque mantuviera hacia él un rencor antiguo. La existencia de Amanda se fue desvaneciendo. Un día me llamó, estaba de vuelta de un viaje, de Ámsterdam, y la ayudé en su cuarto a despegarse del vientre un corsé de esparadrapo que ocultaba droga. Imaginé que era droga, porque ella no especificó que había dentro de aquellas bolsas. Yo, intimidada, no pregunté. Estaba más delgada, más nerviosa que de costumbre, muy guapa, había cambiado su estilo de vestir. Era rara, extravagante, sofisticada, caprichosa, imperativa siempre. Me abrazó por la pérdida de mi madre. Lloró, más por ella que por mí, y me dijo que me buscara un tío. El follar consuela y calma. En su caso, me dijo, ya no podía centrarse en un solo hombre. Salí de su casa aturdida, trastornada, pensando que debía aceptar que las mujeres como ella no estaban hechas para mí.

Algunos de mis antiguos compañeros pasaban las tardes de los sábados fumando porros en los bancos, y más de uno comenzó a coquetear con la heroína. La chavalería comunista se fue desintegrando y yo comencé a fantasear con hombres de mundo que me sacaran del barrio. Mi hermana y yo hablábamos todas las noches hasta las tantas, repasábamos obsesivamente nuestra vida, reconstruíamos la de mi madre, analizábamos a mi padre. Hasta bien entrada la noche hablábamos de nuestro mundo familiar, de todo lo que habíamos vivido sin salir del estrecho cerco que a nuestro alrededor tejió mi madre.

Por las tardes me apresuraba a volver a casa porque sabía que en el banco del parque estaría esperándome mi padre que no se atrevía a subir solo al piso. Jamás dijo que tuviera miedo pero yo lo sabía porque a mí me sucedía lo mismo. La presencia mi madre había sido tan continua, tan persistente y poderosa por aquellos pasillos que no había manera de caminar por ellos sin pensar que en algún momento podía aparecerse. Los dos temíamos sus reproches. En su mente se mezclaban amor y remordimiento. En la mía, el pesar de haber crecido y haberme alejado de ella.

Los muertos se nos aparecen en cada edad de la vida y varía, según el momento, la naturaleza de nuestro reencuentro con ellos. Hoy camino por estos 124 metros cuadrados y los estoy sintiendo, a los dos. No tengo miedo ya a su presencia fantasmal. Sólo trato de reconstruir todas aquellas figurillas que mi madre lanzó contra el suelo en la noche en que yo he situado el principio de mi rendición. Unir las piezas rotas. Entender que su amor se degradó con tanto estrépito como la misma pasión con que se había forjado. Nosotros, los cuatro, personajes secundarios, sólo vinimos al mundo para complicarles aún más las cosas.

Una tarde de enero, medio año después de que muriera mi madre, recogí a mi padre del banco para subir a casa. Me irritaba que esperara en la calle con ese frío hiriente. Me molestaba sentirme responsable de su miedo no confesado y de su soledad. Le dije: hola, sin más, y caminé hacia el portal sin cruzar la mirada con él. Venía de acostarme con un chico. Era la primera vez, y había sido tan fácil, indoloro, natural, que el tío me había dicho: «¿tú no eres virgen, verdad?». Yo le dije: pues claro que lo soy, pero con una sonrisa maliciosa, para que sospechara que le estaba mintiendo. Por hacerme la interesante.

CADA VEZ QUE EL VIENTO PASA

Papá viene a comer todos los sábados. Es tan puntual que en cuanto suena el telefonillo mi marido echa el arroz. Hasta hace un mes venía a las dos en punto, pero a raíz de una discusión que tuvimos sobre los tres vasos de vino que se bebía antes de sentarnos a la mesa, ahora llega a las dos y media, tras pasar esa media hora en el bar Navarinos y beberse los vinos que le da la gana. No sé cómo lo hace, pero siempre se las arregla para encontrar en cada barrio un bar «Señores Años 70's», su época dorada en cuanto a barras se refiere. Son cafeterías de entonces, unas, tipo pub inglés, con algún reservado para una cita clandestina al fondo, otras, de estilo marinero con sus timones y nudos enmarcados. Papá entra en Navarinos y el camarero le sirve la primera copa nada más verlo aparecer. En un mes se ha convertido en cliente, y algunos hombres de la barra ya le saludan por su nombre. A él le gusta presentarse por su nombre y su apellido. Es un hombre al que le gusta mucho su apellido.

Papá tiene en cada barrio del Madrid que frecuenta un bar donde refugiarse, una cuadrilla de amigos a los que siempre ha de ver en el contexto de una barra en concreto y con los que de vez en cuando se pelea por cuestiones políticas y luego se reconcilia. Antes, contaba con barras que le eran familiares por toda la geografía española; antes, cuando era el señor auditor que visitaba las obras para que cuadraran las cuentas y advertir pufos o irregularidades. Se dejaba agasajar en la marisquería o el asador por los empleados, pero no perdonaba esos ratos perdidos que pasaba acodado a las barras.

Estoy arrepentida de haber discutido con él por lo del vino. Lo único que he conseguido es que si en casa yo le negaba la tercera copa, en el bar se tomará cuatro, sólo por salirse con la suya.

Son las dos y media y suena el timbre de la calle. Mi marido echa el arroz. Esto es un mecanismo de relojería, un reloj de cuco suizo con todos los personajes aplicados a su faena. Lo oigo carraspear cruzando el pequeño jardín, pararse para dar una calada, y emitir por el camino esa suerte de canturreo nasal que denota molestia, irritación. A papá no le gusta nada nuestra nueva casa. Para llegar a la cocina hay que bajar, subir y volver a bajar escaleras. De ahí el canturreo. Y al oírlo, cada sábado, me dan ganas de decirle antes de darle un beso: subirías y bajarías mejor las escaleras si no fumaras mientras lo haces, y si no te hubieras bebido ya unos cuantos vinos. Pero, al final, me posee el influjo que tuvo sobre la niña que fui y su opinión se impone: a esta casa le sobran escaleras, maldita sea. Ninguno de los dos contamos con que en su criterio sobre nuestra casa interviene algo que se ha revelado hace bien poco y que lo cambia todo: es un viejo. Él se comporta como si no lo fuera. Yo me comporto con él sin la condescendencia que se suele tener con los ancianos y no le paso ni una.

Cuando hace calor, como hoy, se protege del sol con un sombrerito pequeño de tela de safari, que no le cabe en la cabeza, y un chaleco *beige* lleno de bolsillos. Podría llevar en la mano una escopeta en vez del bastón, o un cazamariposas. Su cara de otro tiempo, cuarteada y morena por una afición irreductible a la intemperie, se ha quedado pálida en el último año. Ha envejecido en cuestión de meses. Hay signos en él que evidencian un declive, la lentitud en los pasos o esa voz asmática de los enfermos de EPOC, pero no acepta haber entrado en el último acto y sigue practicando aquellos excesos de señor de barra de los años setenta. Se celebra esa modernidad que llegó a España con las tribus de los ochenta, pero nadie parece haber reparado en los ejecutivos de una década anterior, que descubrieron el whisky, las barras de escay con remaches dorados, los ligoteos a deshora, la inevitable música de fondo, el tabaco rubio americano, la infidelidad. A su manera golfa, rompieron con el estereotipo rancio del oficinista, aunque de esa modernidad estuvieran excluidas sus mujeres.

Entra papá en la cocina y le da dos besos a mi marido. Son dos besos contundentes, como de padre, patriarca, padrino. Los acompaña con una suave, o no tan suave, colleja. A sus excompañeros de la empresa les da esos mismos besos; a mis amigos, en cuanto los ve dos veces, también, y yo advierto que se quedan sorprendidos por esa brusca efusividad.

Trae una bolsa de tela colgada en bandolera. Dentro de ella, su inseparable bolsito de piel, la célebre mariconera que llevaban asida a la mano los señores fumadores. Nada más entrar saca de ella varios paquetes de tabaco y hace un despliegue sobre la mesa de la cocina, como si los dispusiera para jugar un solitario. Marlboro, Ducados, Coronas que le trae un buen amigo canario, Lucky Strike o Chesterfield. Necesita tenerlos a la vista para calibrar cuál es el cigarrillo que cuadra en cada momento. Como todos los viciosos, encubre su dependencia con sibaritismo. Más miedo me da lo que lleva dentro de la bolsa. Hay fotocopias de artículos nuestros que regala a algún parroquiano de barra si lo ve oportuno. Sabe que eso me disgusta, que su vanidad retrae y encoge la mía, pero mi marido me dice que se pierde energía luchando contra lo inevitable. Papá lo fotocopia todo, hasta el carnet de identidad, para de esta manera dejar el auténtico en casa. También suele llevar fotocopias de reportajes en defensa del tabaco de procedencia dudosa y foto-copias de columnas de escritores, en su opinión, más tolerantes que yo, que escriben en contra de la segregación de los fumadores en los lugares públi-cos. Definitivamente, esta época no le gusta. La otra tarde mi hermana y yo nos sentamos con él en una terraza, pidió un cubalibre y al decirle la camare-ra que no servían bebidas alcohólicas, gritó: «Pero ¿qué está pasando en España?». En este caso en par-ticular no pasaba nada alarmante: nos habíamos sentado por equivocación en una heladería, pero él había pronunciado ya gran parte de un encendido discurso, porque todo lo interpreta como un signo de estos tiempos en los que siente restringida la li-bertad para ejercer su amado vicio y observa, por otra parte, un relajo en las costumbres sociales que le incomoda. Todos los sábados viene contando al-guno de sus episodios de pedagogía callejera: ha dado un toque con su bastón a un chaval que en el autobús ha puesto los pies en el asiento de delante, o ha impartido una charla a un grupo de adoles-centes que se sube al banco con la patas, dice, con las patas ensuciando ese lugar sagrado donde él lee el periódico todos los días. ¡Su banco! A ese banco al que se acercan los vecinos para charlar un rato con él y pedirle consejo sobre la Declaración de la Renta, la intención de voto o sobre asuntos médi-cos, porque este viejo temerario que fuma y bebe desafiando su salud de octogenario tiene las páginas gastadas de una gran enciclopedia médica y diagnostica a ojo. Es autodidacta. Si le aqueja algún mal, que casi siempre está relacionado con los bronquios o el hígado, relee esos capítulos en donde ya la letra sobre el papel biblia está gastada, y habiendo detectado el origen del problema, que por supuesto en su opinión jamás está relacionado con el tabaco o la ingesta de alcohol, marcha al médico de la Seguridad Social con la lista de medicamentos que precisa. Tome, la lista. No pide por pedir, él sabe. Yo controlo, dice. No se fía de los titulados. No, no me fío, este país está enfermo de titulitis. No reclama diagnósticos, ni obedece a consejos de salud. Para qué, para arreglarte una cosa te estropean cinco, y siempre quieren abrir, abrir, abrir. Él sólo visita el ambulatorio para salir de allí con sus recetas. Yo no voy a pasar la tarde a una sala de espera, como otros, que están ociosos.

No sabemos si creerle, nunca sabemos si creerle, pero, por lo que cuenta, parece que el médico ya ha aprendido a tratar a este tipo que no acepta un papel subordinado de paciente. Con el tiempo han entablado una extraña amistad. El otro día tomamos un vino juntos en el Azul y Oro. ¿Un vino? ¿Con quién, con el médico? Sí, le he dicho que le presto cuando quiera la casa de Ademuz. ¡Pero, papá! Se la he ofrecido sí, ese hombre necesita salir, airearse. ¿Le has dicho al médico que necesita airearse? Sí, señora, como me lo dijeron a mí en Cádiz cuando tú naciste y nunca lo he olvidado: descansa, haz un deporte que exija concentración, cánsate. Así se lo he dicho. ¿Y él, qué te contesta? Me hace caso, se desahoga conmigo. Le sirvo de gran apoyo. El ambiente del ambulatorio es deprimente, viejos achacosos, niños expandiendo sus virus, todos exigiendo antibióticos que no se van a terminar y tirándolos luego a la basura. En este país todo el mundo quiere antibióticos. Tienen la sala de espera saturada, es tanto el tiempo de espera que a mí me da tiempo a salir tres veces a la calle a fumar. Yo, en cambio, voy ya con mi listado. ¿Le das la lista? Sí, la llevo escrita, y a veces ni se la doy, se la dicto, porque no entiende mi letra. Yo también tengo letra de médico. Y todo se solventa en cuestión de cinco minutos cada dos meses. Pues no me parece normal, papá, que un médico extienda recetas de esa manera. Me las da porque me respeta, porque yo no saturo la sala de espera, porque no me quejo y no exijo antibióticos que luego voy a echar al váter.

El oscuro episodio de Cádiz ha planeado siempre en sus narraciones sobre el pasado, que no son muy detalladas si se trata de recordar algo triste. A mi padre no le gusta lo triste. Huye de ello y edita su propia biografía, que dice estar escribiendo en servilletas a modo de pensamientos en el bar, el Mijares, al que va por las tardes. A veces, mi hermana y yo torcemos el gesto, porque se presenta a sí mismo como un padre abnegado, casado con una mujer enferma. Un tipo sufrido. Exigimos que cuente la verdad, la que nosotras presenciamos, a alguien que se ha pasado la vida rehuyéndola. Y no deja de ser estéril, y tal vez algo cruel, que queramos que se recuerde a sí mismo con crudeza cuando sabemos que ciertos recuerdos lo atormentan cuando está solo.

Le gusta que yo sea humorista, aunque en ocasiones le asuste mi tendencia a referir episodios familiares, pero acaba aceptándolo, porque en realidad lo que yo escribo obedece al trato que él nos obligó a aceptar desde pequeños: encubrir con humor justo aquello que careciera de gracia. Hace no mucho publiqué un relato sobre la operación a corazón abierto de mi madre, y lo llamé así, «Corazón Abierto». Cuando llegó a casa, me dijo: «está bien escrito, pero es muy triste». Esa preposición adversativa contenía un reproche tácito, una petición, escribe de lo que te apetezca, pero no de aquello que me causa dolor. No vulneres nuestro pacto. Y yo pensé que habría cosas que no podría escribir hasta que él muriera. Lo de Cádiz, el relato de aquellos días, surge porque sin duda fue cardinal para él, pero siempre confuso e incompleto, envuelto en misterio. Como en tantas otras cosas, es como si sus hijos tuviéramos la obligación de entenderlo todo con un enunciado corto y abstracto. A mí me gustaría elaborar un relato articulado del pasado, de ese pasado que no recuerdo pero en el que ya estaba involucrada, pero sólo cuento con frases inconclusas y la transformación de la realidad de un hombre permanentemente alterado.

DÍAS DE LOCURA

Pocos días antes de yo nacer, a mis padres les toca el gordo en la Lotería del Niño. Con parte de ese dinero se compran su primer coche. Mi padre aprende a conducir por sí solo, sin clases, y con todos nosotros dentro. Si muere él, para qué habríamos de vivir sus hijos. Hace aspavientos con la mano por la ventanilla porque aún no se fía de su pericia y esos gestos de primerizo se le han de quedar para siempre, cuando conducir sea para él como andar. Para aliviar el agotamiento de mi madre tras mi nacimiento, y tal vez paliar su soledad de madre con cuatro hijos, papá decide llevarnos a que pasemos una temporada al pueblo. Es nuestro primer viaje en coche: de Cádiz a Teruel. Mis tres hermanos detrás, cinco, cuatro, tres años, y yo delante, con tan sólo unos meses, en brazos de mi madre y al lado de ese hombre que conduce a trompicones y con un cigarrillo en la mano.

Papá nos deja en casa del abuelo, que siempre habremos de sentir como nuestra, y allí pasamos la dulce primavera de aquel campo de frutales y huertos, en brazos de tías y vecinas. Él se vuelve a Cádiz solo. Tiene treinta y dos años, ya ha comenzado a despuntar en la empresa por su sorprendente habilidad contable. Es ambicioso, trabaja sin reparar en las horas que pasa en la oficina o en las obras, vuelve a veces con cuentas por cuadrar a casa. Su dicha consiste en saber que ella le espera y su desdicha se basa en un temor sin fundamento a que esa presencia se desvanezca. Ella conoce su aprensión, y como intuye que irá creciendo según pase los días en soledad, se angustia con la idea de que la incapacidad para estar solo le empuje a buscarse a otra. En las primeras cartas que se intercambiaron y que viajaban de Ademuz a Málaga hay una desesperación de amor novelesco en la letra de mi madre, «*te quiero más que nunca y mejor que siempre. Ya te lo he dicho muchas veces, si me dejas, me moriré, me moriré*». Están hechos el uno para el otro. Comparten un amor excesivo, celoso, desconfiado, que puede en cualquier momento desembocar en desgracia.

Ella, mi madre, es dócil, como no podría ser de otra manera estando con él, sus rasgos son finos, armoniosos. Cuando está seria parece una criatura asustada; cuando sonríe, lo hace de manera tan entregada, enseñando una dentadura preciosa, que hay un despliegue de dulzura al que es difícil no rendirse. Esos dos gestos suyos tan opuestos, la timidez y la entrega, lo cautivaron desde que la conoció en el patio del cuartel de la Guardia Civil de Málaga, donde ella había ido para ayudar a su hermana, la mujer del capitán, en la crianza de sus niños. Mi padre veía sonreír a aquella chica, quedarse seria de pronto como si escondiera una pena, hablar con el acento limpio de ese enclave prodigioso que él más tarde haría suyo y pensaba, la quiero ya, y decía: cásate conmigo mañana. Cuando ella se volvió al pueblo, a él le entraron las prisas, los miedos, pidió su mano por carta al padre, y al cabo de dos meses viajó por primera al pueblo para casarse.

En las fotos, tomadas por la joven fotógrafa del pueblo que se convertiría sin ella pretenderlo en cronista de aquel universo rural, se los ve entrar muy serios a la iglesia, rodeados de los chiquillos pobres que se apuntaban a cualquier festejo; formales y apurados luego ante el cura; sonrientes ya cortando la tarta que tiene a su pareja de novios de rigor en el último piso, con la cortinilla de chirimbolos de fondo en el bar de un primo en el que se hacía el convite. Todo humilde, todo enternecedor, sincero, consecuencia de un deseo imperioso. Él, con años de soledad a sus espaldas, falto de ternura, sin saber cómo darla tampoco, con una vida errante en la niñez y en la primera juventud, dos años de guardia civil patrullando a caballo por los montes de la sierra de Málaga, pasando frío en la noche, destrozándose los pies con botas siempre más pequeñas que sus pies, y pareja de otro guardia tan apesadumbrado como él. No le gustó esa vida en la que, sin estudios, no hubiera podido llegar más que a capitán. No le gusta el carácter mansurrón de su padre. No le gustaría una mujer como su madre a la que teme más que ama. Trata de emigrar como cortador de árboles al Canadá. Pero el viaje se frustra. Prepara oposiciones para policía, pero se desconvocan, y de pronto recurre a lo que para él ha sido casi un juego, una habilidad que le resulta tan sencilla que no la había contemplado como una manera de ganarse la vida: los números. Los números, que son para él el lenguaje más comprensible, como lo es para el músico la partitura. El educador en la academia le dice: «ay, si pudieras estudiar». Y esa frase, esa carencia, le torturará toda la vida. La arrogancia será su manera de esconder el complejo, el rencor hacia sus padres porque sólo le dieran estudios al hermano pequeño.

Cuando escribe al que sería su suegro para decirle, quiero casarme con su hija, quiero casarme pero tiene que ser pronto, ella parece estar alimentada por la misma prisa, y él ya tiene un destino para ofrecerle un primer hogar: Ceuta. Al día siguiente de la boda, con la resaca a cuestas dibujándole las ojeras a él y el susto en los ojos a la novia, ponen rumbo al sur, donde ella irá dando a luz, en cada traslado, a cada uno de los hijos, aunque para el primer parto, aún temerosa, viaja embarazada de Ceuta a Teruel en busca del abrigo de sus hermanas. Málaga será siempre la ciudad soñada, Málaga, el barrio del Palo, el rincón de pescadores en el que ella hubiera deseado quedarse para siempre, recogido y familiar, donde el mar es amable y en los atardeceres puede bajar a pasear a la orilla de la playa. Tal vez allí sí, allí su acento preciso y claro se hubiera dejado contagiar por la sensualidad y el relajo del sur, allí hubiera podido ser otra, transformarse, y dejar a la chica de pueblo atrás, pero él no cree que ésos sean deseos a considerar. En su necesidad de prosperar no cabe la debilidad, y la nostalgia es un lujo que ellos no pueden permitirse. Málaga se queda atrás, simbolizando siempre el lugar donde ella hubiera querido echar raíces. En Málaga da a luz a su tercer hijo, Chechi.

Cádiz es otra cosa, no se parece a nada. Cómo no te va a gustar Cádiz, mujer. Él le presenta las nuevas ciudades como si fuera un agente inmobiliario o un cronista local. Todo son ventajas. A él le apasiona ese griterío desacomplejado, la bulla continua, como si la calle fuera a la vez la intimidad y el zoco. Si no fuera por el viento, que lo atemoriza y le obliga a refugiarse, éste sería su sitio. Pero ella, cargada de críos y embarazada de nuevo, se refugia en un piso sin calle ni barrio, en un edificio exento y alejado de la ciudad, a merced de los vientos, muy apropiadamente situado en la Carretera Industrial de Cádiz, y para hacer su nido reproduce en él, con los escasos muebles de su primer hogar de casados, el pisito de Málaga, en el que a su vez ya reprodujo el anterior, y así trata de hacer siempre, creándose una patria doméstica que le haga menos dolorosa la vida nómada.

Estudia la joven madre detenidamente las fotos que les han hecho en la azotea del edificio a los pocos días de mi nacimiento para el libro de familia numerosa, se siente algo marchita. De niña padeció unas fiebres que le dejaron como secuela un soplo al corazón. Sólo ahora, tras enfrentar cuatro partos muy seguidos, el médico le ha recomendado prudencia y evitar un quinto embarazo. Papá tuerce el gesto porque había soñado con tener una casa llena de niños, siete, ocho. Le gustan los hijos cuando son chiquitillos porque no interfieren con sus opiniones, porque son cómicos, primarios como los cachorros de cualquier especie, porque viven fascinados bajo su mando. Le gusta decir: mi prole.

Tras dejar a la familia en casa del abuelo vuelve en coche a Cádiz. Va haciendo paradas en los bares de cruce y bebe una copa en cada uno de ellos. Entiende la carretera como un lugar de encuentro, como una intemperie segura y familiar. Se siente en la plenitud de la vida. No está solo. Una mujer lo ama, lo admira, tolera su carácter celoso, se pliega a esta vida nómada donde todo es susceptible de cambiar de un día para otro y, sufrida como es, asume la soledad que conlleva no tener tiempo de encariñarse con un entorno. Cuatro niños han salido de su vientre y en los cuatro reconoce la huella paterna.

Él disfruta de una masculinidad indiscutida, de una fogosidad que no se ha apagado con los hijos. Al contrario, la contemplación de su mujer embarazada refuerza la idea de que el placer es aún mayor cuando da sus frutos. Por eso, trata de hacerse a la idea, aunque le escuece, de que tal vez la recién nacida, yo, será la última. Llega a Cádiz y entra en el piso. Huele a ella. También percibe, como un sabueso, el rastro de los olores infantiles, pero por encima de los aromas de los primeros lápices escolares y de las papillas se impone el de su mujer. Es el olor natural que desprenden sus pechos, redondos, muy blancos, mullidos, llenos ahora de leche, más bellos tras haber descendido un poco con una maternidad sin tregua que comenzó hace cinco años. Es el perfume que emana de su carne misma, tan retenido en la memoria olfativa de él que así se lo describirá dieciocho años más tarde, cuando ella ya no esté, a su segunda mujer.

Huele el piso a intimidad interrumpida. Abre la maleta y ahí la deja, sobre una silla. Va a la cocina y no sabe qué hacer porque no sabe hacer nada. Sale a la gran terraza donde cada atardecer se sentaba en pijama con los niños. De pronto se asombra de lo apartado que está el edificio de cualquier asomo de vecindad, de Cádiz, la abigarrada ciudad que más que calles se diría que se vertebra en pasillos por los que anda la gente como si fueran continuación de una angosta intimidad; Cádiz, siempre agitada, gregaria, bullanguera, tan volcada al exterior que es casi imposible sufrir o disfrutar el mordisco de la soledad, Cádiz, parece una postal coloreada y recortada sobre el cielo; Cádiz, qué lejos queda Cádiz de este piso rodeado de grúas, de bloques gigantescos de hormigón donde algunos domingos hace sorprendentes fotos a sus hijos, asomados al interior de una gran tubería o subidos a ella, como si tuviera una intuición de encuadre neorrealista. Luego revela las imágenes de los niños en un cuarto oscuro, entregado a una de tantas aficiones pasajeras, en las que se aprecia un talento inesperado e inconstante.

La ciudad, a lo lejos, y el mar abierto enfrente. La casa expuesta a estos vientos que, dicen, alimentan la locura. Ella no le tiene miedo al viento ni a las tormentas, ni a las alturas. Mi madre es serena y se asoma a la baranda para contemplar los rayos iluminando el cielo, el agua encrespada y amenazante, el estruendo bélico de los truenos. Disfruta del espectáculo desde niña, cuando se asomaba con su padre y sus hermanas al balcón de la cambra para admirar la riada que limpiaba el pueblo de arriba abajo. Sonríe para sus adentros, se ríe de mi padre, pero se acaba plegando a sus miedos y no los llama miedos para que él no se ofenda temiendo que ella lo tome por un cobarde. Suelen meterse en un cuarto interior a esperar a que amaine la furia del cielo: los niños, viendo al padre fumar y mirar al suelo, y a la madre, concentrada en una labor, familiarizada ya con estas rarezas que ama y no comprende.

Por un momento, papá, barruntando una amenaza del viento de Levante, se pregunta por qué la trajo aquí, a este edificio sin barrio, donde puede sentirse aún más aislada, más desprotegida, pero borra de inmediato ese amago de culpa y lo vuelve contra ella, por imaginarla ahora en el pueblo, rodeada de cariño y lealtad, y él solo, solo, solo.

Se sienta en uno de los sillones de la sala, tan poco relajado como si estuviera expectante en una sala de espera. Se acuesta esa noche sin cenar. Bebe un coñac y fuma en la oscuridad, trata de imaginarse cómo va a llenar o a ordenar el tiempo. En cuanto la claridad del amanecer entra por la ventana, se asea con ese afán meticuloso en la limpieza íntima que lo distingue de otros hombres. Mientras se afeita a navaja, recuerda la imagen de ella, reflejada en el espejo, entrando al baño cada mañana con un café. ¿Cuánto tiempo le dijo que se quedara en el pueblo, un mes? Qué disparate.

Sale a la calle y echa a andar a grandes zancadas para alcanzar la ciudad. Todo cambia a la luz del día y a él le encanta ese renacer urbano que huele a café, a suelo baldeado y a la hoja áspera del geranio. Cádiz le seduce. Piensa en lo poco que ha visitado ella este paraíso. Es como si los dos vivieran cada jornada en dos universos diferentes: él, en la aspereza de la obra y en la agitación de los bares del centro, y ella, en ese piso que parece internarse en el mar portuario como la proa de un barco. El aroma del café inunda su olfato como una promesa antes de adentrarse en el bar Brim, donde ya lo conocen; el dueño, sin preguntarle, le da los buenos días al tiempo que le sirve el café y unas tortas de Inés Rosales. Tan sólo dos desayunos o dos vinos son suficientes para que en esta ciudad de camareros vivos y rápidos te consideren un cliente. El traje claro revela su condición de oficinista, de casi señorito por la estatura y por el aspecto noble, aunque él baja siempre al terreno del pueblo, que es donde se desacompleja y se mueve a sus anchas. Hablan de ese incipiente viento de Levante que ya se huele y que sumirá a la ciudad en unos días de sequedad y arena.

Abre con su llave la oficina, y allí, trabajando, espera a sus compañeros. Esa normalidad laboral le envuelve y le protege. Fuma sin tregua, baja a tomar otro café, sale a picar algo, regresa al trabajo. No visita la obra, hoy las grúas están paradas. A la hora de salida se queda con un colega tomando vinos. Pero el tipo se marcha y él, sin ni siquiera decidirlo, como empujado por la necesidad, comienza a vagabundear. En algunos bares lo conocen, en otros se da a conocer. Aquella vida nocturna de soltería que le hacía apurar el tiempo en la calle hasta que llegara la luz de la madrugada y volver a su cuarto en la pensión se acabó prácticamente cuando ella entró en su vida, aunque de vez en cuando se sienta arrastrado por el viejo impulso y pierda la voluntad y regrese de amanecida para encontrarla llorando. Abrazado a ella, exudando nicotina y alcohol, le murmura: anda, mira que eres tonta.

Nota la barba crecer. Pasea por la calle resuelto, como si tuviera un destino, a la manera que aprendió de niño para pasar desapercibido o para disimular la soledad. Sus pasos le conducen al Pai Pai, un lugar que ha frecuentado sin ella en esas noches de escapada que responden a un impulso incontrolable. Caben en su ser dos hombres, el tenaz y el disperso, el cumplidor y el desmadrado, el puritano y su reverso. Uno contiene la tendencia delirante del otro, lo salva a menudo del caos, como si activara un mecanismo de autodefensa; ella detesta a ese otro hombre descontrolado, desearía borrarlo de su vida, pero esa aversión de mi madre provoca en él el efecto contrario: desobediente empecinado vuelve a perderse.

Una mujer con voz de hombre está cantando un bolero. A esa voz masculina, áspera, se superpone, en su recuerdo, la voz de ella, la voz de mi madre, que aunque cante haciendo las tareas de la casa, siempre parece estar susurrándole a un oído, al de los niños, al suyo.

Cada vez que el viento pasa
Se lleva una flor
Yo sé que nunca más volverás,
mi amor.
No me abandones nunca
al anochecer,
que la luna sale tarde
y me puedo perder.

Detesta el sabor de la melancolía, y poco a poco, el alcohol le ayuda a romper barreras y acortar distancias, y sin saber cómo se integra en la mesa de al lado, charlando con otros tipos que tal vez estuvieran en principio tan solos como él. Las luces tenues del cabaret, las risas, deforman los rostros de sus nuevos amigos y embotan el sonido, por no decir el tiempo, que, amorfo, se expande en una madrugada eterna. Esto le trae recuerdos del joven de identidad difusa que fue, antes de ella, a merced de la corriente salvaje a la que le sometía su carácter impulsivo. Cuando sale de allí siente el azote del viento y la turbiedad del cielo. Tras dos o tres cafés que comparte con resacosos de última hora, toma un autobús de vuelta a casa. Se queda dormido y sueña perturbado con la voz de ella, que le amenaza con no volver. Al levantarse en su parada, se hace un pequeño desgarrón en su traje de lino *beige* por un clavo que asoma en el asiento. Cuando está en la acera, escribe en un billete la matrícula del autobús.

Al entrar en el piso teme seguir inmerso en el sueño porque un manto de polvo claro ha cubierto la mesa, el aparador, la cama, la cuna, los juguetes de los niños. Se dejó la ventana abierta. Una vez que la cierra, se sienta en el comedor, inmóvil como una figura pompeyana a la que la muerte hubiera pillado por sorpresa.

Nunca ha recordado los días que pasó sin dormir, tal vez tres, en su cabeza hay mostradores que se suceden, sin lógica ni horario, el de la Manzanilla o el de Casa Manteca, conversaciones de frases inconclusas en esquinas de la Viña, cabezadas fugaces a horas indeterminadas en la oficina. Abre los ojos, recién salido de un sueño largo y profundo, y lo primero que ve es a un hombre con una bata blanca, de su misma edad, de su misma complexión, casi con idéntico rostro. Se le parece tanto que duda por un momento si no será él mismo reproducido en sueños, aconsejándose que ha de ordenar su vida, proteger su mente del delirio, descansar por un tiempo, practicar un deporte, y llamar a su mujer para que vuelva en cuanto le sea posible. ¿Por qué no se aficiona a la pesca, amigo?, le dice, «la pesca obliga a meditar, y a concentrar la mente en algo muy simple». Siempre le han dicho que se parece al director del psiquiátrico de Cádiz, muchas veces lo han confundido con él, y así es, ahí lo tiene, firmándole una baja y tratándolo como a un hijo aunque sean de la misma edad.

Cuando vuelve ella, a los pocos días, en un taxi, con los niños, acompañada de su padre y su hermana, alarmada por el telegrama, él trata de disimular su derrumbe. Mandó limpiar la casa, se aseó, y los esperó simulando que nada hubiera pasado, pero ella lo observa con aprensión. Está flaco, tembloroso, avergonzado. La niña mayor se le acerca. Papá, que viene Marisol, llévame a verla. Papá, que viene por carnavales. Y él le acaricia las trenzas. Marisol, papá, le repite la niña intuyendo que su padre la escucha desde un lugar remoto. La niña mayor, que apenas tiene seis años, se ha sentado en el sofá y, prematuramente responsable, sostiene en sus brazos a la pequeña de apenas unos meses, le canta una canción, Chiquitina, Chiquitina, y el padre siente el deseo imperioso de que todos mueran, ella, los niños, él mismo, para que nadie ni nada pueda alterar la vida de este refugio.

Poco a poco, la presencia humana que habita todos los rincones del piso le va rescatando de la irrealidad. Ella encuentra en un bolsillo del traje crudo un billete con números escritos con mal pulso. Él se queda pensando, tratando de recordar, hasta que, al volver vestirse la americana desgarrada, recuerda, y sale de casa en busca de ese autobús concreto. Mira los números que él mismo escribió, parecen los trazos de un niño, desalineados y temblorosos. Espera hasta que aparece el bus, busca el asiento donde sobresalía el clavo y se sienta en él, con aprensión. Una amenaza de vómito le acude a la boca. Antes de apearse le dice al conductor que se acaba de rasgar el traje. El autobusero le aconseja que vaya a la oficina y reclame, que él más no puede hacer.

Emprende esa misión como si de su éxito dependiera la curación del mal que a punto ha estado de arrojarle a lo que él siempre ha temido, a perder la cabeza. Todas las mañanas, en horario de oficina, de baja y ocioso, se dedica a reclamar de una ventanilla a otra una compensación. Ha comenzado a pescar en las rocas por las tardes. Al principio, en su natural impulso expansivo, trata de entablar conversación con otros pescadores, pero viendo que no aceptan de buen grado la charla y que el sigilo es una condición para integrarse en el grupo, se calla, adopta con reticente docilidad esa disciplina, y siente por primera vez el beneficio del silencio compartido. Al mes, recibe dinero del ayuntamiento para comprarse otro traje.

En su narración de este episodio acude siempre a este desenlace feliz, aislándolo hasta convertir en invisible el resto, modificando la historia a su antojo para ir borrando poco a poco de la memoria de los demás la evidencia de unos días de locura.

¿Quién va a limpiar el barro que dejan con las zapatillas en invierno en su banco esos niñatos? No saben nada, dice, no saben lo que cuesta el agua que beben, no saben de dónde viene el agua que riega las plantas de ese parque que él ha visto brotar del secarral que había delante de casa cuando llegaron en el 73, este parque que han llamado Darwin. Les habla, a los muchachos que le escuchan como a un viejo con la cabeza perdida, de esa agua de la presa del Atazar con la que los barrenderos habrán de limpiar la mierda que ellos dejan, pisando desconsideradamente el asiento en el que él toma el aire cada mañana, haga calor de agosto o frío de enero, leyendo el periódico, pasando consulta a los vecinos. Les habla a los muchachos de aquellos obreros muertos de la presa que desafiaron a una naturaleza imponente para que ellos vinieran ahí a llenarlo todo de barro. Y los chavales le miran como se mira a un perturbado, o al menos eso imagino yo, que también puse mis botas sobre ese mismo banco, aun sabiendo la procedencia del agua milagrosa de Madrid que salía del grifo.

Papá quiere su banco limpio. Siente nostalgia de un mundo en el que un viejo podía afear la conducta a un grupo de jóvenes y ellos agachaban la cabeza y corregían su comportamiento mansamente. Yo no sé si así era el mundo en realidad, pero de esta forma es como a él se le aparece en sus recuerdos, siempre modificados. Ahora anda por las calles tratando de recuperar ese pasado en el que había más consideración, y señala la falta de urbanidad, y reprueba al prójimo. Papá, papá, un día alguien se te va a encarar y puedes tener un disgusto. ¿A mí, quién?, dice, como si mi advertencia fuera un menosprecio. Su violencia interior, ésa que le recuerdo estallando en los viejos momentos de cólera, bulle ahora vigorosa pero estéril en su pensamiento, porque ejerce un autoritarismo sin vasallos, y anda por la calle como tantos señores Sammler del Upper West Side con los que me cruzo en invierno por Nueva York, igual de rumiante y de cabreado, plena su mente de diatribas, ejerciendo estupefacto una minuciosa observación de este presente que no comprende y estudia como un entomólogo jubilado.

Creo que siente cierto placer en imaginar escenas conflictivas en las que él se ve obligado a intervenir, con agresividad si es necesario, para devolver al mundo a una antigua armonía. No he conocido a nadie más quijotesco. Como el Quijote blandiera su lanza él levanta el bastón y a punto se queda muchas veces de atizarle a alguien que está quebrantando la paz urbana. Quiere intervenir en el equilibrio del mundo y no ve la manera de hacerlo. Murmura su vieja melodía de irritación cuando en el semáforo asegura presenciar cómo las madres, impacientes, aferradas al móvil, lanzan por delante el carrito de sus bebés para obligar a los coches a pararse. Puede que lo haya visto una vez, pero él convierte la anécdota en categoría. Canturrea malhumorado cuando los móviles suenan alto en el autobús, cuando los niños juegan al balón pegados a la terraza en la que cada tarde toma unos vinos y rellena el sudoku, cuando lo menosprecian por viejo o cuando no consideran su merecida autoridad de viejo. Tiene una necesidad imperiosa de reconocimiento porque siente cómo su presencia se va diluyendo en el tiempo presente. Yo, que no puedo evitar reprenderle, siento pena con frecuencia de este jefe que se quedó sin subordinados, de este padre que perdió una autoridad tantos años indiscutida. Quisiera a veces levantarle el castigo y decirle, papá, durante el día de hoy puedes mandar arbitrariamente tanto como desees y nadie discutirá tus órdenes.

Cuando le sirvo el arroz en el plato, él se enciende un cigarrillo. Ya no tiene ansia por la comida como en aquel entonces y ahora se distrae con cualquier cosa. Incluso apoya la cabeza en la mano como el niño que en el comedor escolar se enfrenta a una ración demasiado grande y la comida se le hace bola en la boca. Siento un impulso de cogerle la cabezota y darle un beso, pero me reprimo porque perdí la costumbre.

Despliega por igual su optimismo y su cólera. Ama su barrio, su piso, su terraza donde sale a fumar por las noches y a respirar el aire que le falta. Es la única terraza que queda sin cerrar en el edificio. Las señoras de su bloque, en cuanto se quedan viudas, cierran la terraza. Lo dice como si hubiera algo de deslealtad a los maridos muertos. Su bloque, lleno de viudas con las terrazas cerradas con aluminio, y él resistiendo, asomado a su terraza de un segundo piso, elegido así para paliar el vértigo. Enviudó dos veces, y la segunda vez, irónicamente, vivió en un piso de lujo frente al Hospital de Maudes, adonde había ido tantas veces de niño, recién acabada la guerra, a recoger a su tía que era enfermera en aquel hospital de mutilados del frente. Ahora tampoco está solo: una señora, a la que él llama «su escudero», duerme en su casa para que él pueda sentir una presencia humana y no le invadan los espíritus o los demonios que fabrica su mente. No lo dice así, pero yo lo sé. Los sábados se queda solo y, «como ya sabéis que no puedo comer solo», mi hermana y yo nos vamos turnando.

Le gusta el arroz, sí, le gusta el arroz caldoso que le prepara su yerno, pero mientras la comida se enfría él se fuma el cigarro al que va dejando crecer, con cada profunda calada, la ceniza, y nos obliga a estar pendientes de ese tabaco quemado que puede caer en el guiso. Papá, papá, la ceniza. Papá tiene la mano sobre la carpeta que ha traído en la bolsa y avisa de que nos trae algo muy sorprendente. Se ríe, goza con el misterio. Está relacionado con una multa tráfico por exceso de velocidad que recurrió hace meses. Su actividad, desde que se jubiló, son las reclamaciones; antes eran un complemento, pero ahora se centra obsesivamente en luchar, dentro de su humilde ámbito, como dice, contra el abuso y la corrupción. Y es ahí, en esos juicios de naturaleza numérica, donde centra su astucia y brilla su inteligencia. «Un entreverado loco —decía el Caballero del Verde Gabán de *Don Quijote*—, lleno de lúcidos intervalos.»

Mi hermano me llamó el otro día para contarme que se había encontrado con un viejo compañero de papá de los años gaditanos, y que le había preguntado con cariño por él, «¿y aquello que le pasó, no volvió a darle?», dijo señalándose la cabeza. Aquello, aquello. Mi hermano es más prudente que yo y no quiso indagar. Soy consciente de que cada vez que me he sometido a algún tipo de terapia psicológica alarmada por un creciente estado de ansiedad he acabado en cada consulta hablando de él, como si al descubrir el origen de su estado mental pudiera acceder al mío. La psicóloga Michelena, atenta y perspicaz, se aventuró con el diagnóstico más certero sobre mi padre, muy similar al carácter quijotesco: se trata de una inteligencia con tendencia al delirio; en su caso, un delirio mantenido bajo control durante sus años productivos por el trabajo y las obligaciones familiares. Ahora, habitando la jornada sin reglas de los hombres jubilados, tiende a frecuentar en exceso el terreno de sus fantasías.

Hace unos meses se encontró un óleo en la basura, una copia casera de *Las muchachas en el puente*, de Edvard Munch, y se lo llevó a casa. Al decirle yo que qué necesidad tenía de recoger de la basura algo que carece de valor, al poner en duda su criterio, provoqué un aceleramiento de su imaginación: al sábado siguiente trajo el cuadro para que lo viéramos. Antes había pasado por Navarinos con el cuadro y se lo había enseñado a sus nuevos colegas de mostrador. ¿Y si Munch, se aventura, hubiera pintado varias copias del mismo cuadro? ¿Eso puede ser?, le preguntaba a mi marido buscando apoyo. «Puede ser, puede ser —le contestaba él con ironía, pero sin dejar de seguirle la corriente—, aunque de ahí a que acabe en un contenedor de Moratalaz este Munch ha tenido que dar muchas vueltas.»

Es posible que ese humor filial del yerno sea siempre más efectivo que mi irritación. Yo le advertía de que no fuera por ahí diciendo tonterías, que lo podían tomar por loco, y esa desautorización de su juicio, por mucho que éste fuera quimérico, aceleraba aún más el mecanismo de su delirio. Mi marido, divertido y tolerante con su excentricidad, le prestó unos catálogos de Munch, y yo le reprendí luego por alimentar su fantasía. «Déjalo, así se entretiene, se concentra en una sola obsesión.» Y vaya si se entretuvo, durante unos meses dedicaba el tiempo reglamentario de los almuerzos de los sábados a darle un repaso a la corrupción, donde atinadamente y con alma de viejo contable analizaba el mal endémico de España, y luego se las arreglaba para deslizar la conversación al tema recurrente: Munch. La excusa para llegar al noruego era a veces peregrina: mi cumpleaños, «felicidades, hija mía, por cierto, naciste el mismo día que murió Munch»; una subasta récord de un cuadro del artista, 119 millones de dólares («pero no es el tuyo, Manolo», le decía mi marido), o los mismos asuntos esenciales de la condición humana, la angustia, la muerte, la soledad. Todos los caminos durante unos meses llevaban a Munch. Hasta que al cabo de un tiempo, procurando yo que sus disertaciones se agotaran sin poner resistencia o mostrar irritación, aburrido probablemente él de este viaje inesperado al expresionismo nórdico, soltó esa presa y dejó, al menos en apariencia, de considerar que por obra del azar cabía la posibilidad, remota, pero cabía, de que en su casa albergara, apoyada contra la pared, una de las grandes obras de la pintura del siglo xx.

Hubiera sido más práctico ignorar el primer atisbo de su fantasía, dejarla correr o considerarla incluso dentro de lo posible, facilitarle que fuera haciendo el camino de vuelta, porque los delirios quijotescos suelen anidar en los caracteres autoritarios, que no aguantan la burla ni la oposición a sus ideas, por absurdas que éstas sean. Pero tal vez mi crecimiento fuera la consecuencia de poner en duda sus ideas y los planes irrealizables de un padre extravagante: papá nos habla de los seres de otros planetas, papá ha visto ovnis, papá quiere tener un castillo, papá va a comprar un cortijo y nos lleva a verlo, papá ha encontrado unas monedas romanas que le harán rico, papá ha deducido quién es el culpable de este asesinato sin resolver que aparece en el periódico, papá conoce a un bebé robado, papá habla del «triángulo del crimen» en Levante; cuando hay un delincuente célebre, o una mujer que, perturbada, acuchilla a sus compañeros, papá se las apaña para establecer con el caso algún tipo de conexión, papá conocía a los padres de la muchacha que perdió el juicio, papá tomaba café con ese delincuente apodado el Solitario. Papá está tirando del hilo siempre y la humanidad entera sale de su ovillo mental. Lo extraordinario es que, en ocasiones, lo que nos ha parecido puro desvarío, acaba siendo cierto o casi cierto.

Los recursos contra la multa de tráfico por exceso de velocidad en la M-30 son un tema que colea desde hace tiempo. Se sienta a su mesa en el despacho donde antes cerraba ejercicios de empresa y ahora analiza facturas, multas o el orden del día de la comunidad de vecinos. El papeleo. No le falta imaginación y emprende proyectos imposibles. Durante un tiempo intentó que la Comunidad de Madrid le subvencionara el arreglo de sus cuartos de baño dentro del programa de conservación histórica. «¿Por qué no? El edificio tiene ya cincuenta años. El otro día oí en *Versión Española* que los exteriores más complicados de encontrar para los rodajes son los de los años setenta.» Por fortuna, este asunto ha quedado olvidado tras una negativa seca y contundente de la institución reglamentaria. Su desatada inteligencia está dedicada a no pagar o a pagar lo menos posible en el terreno que sea. Y desde un principio no ha estado dispuesto a pagar esa multa por exceso de velocidad, así que ya, a los postres, saca una carta que le mandó al Director General de Tráfico. «Era mi última baza», dice. Nos la lee con esa voz de galán que, aunque rasposa y sofocada por el tabaco, todavía conserva. Le cuenta, al director general, por qué cree que la multa fue injusta, entra en unos detalles que nos resultan difíciles de entender, confusos y tramposos. En el siguiente párrafo, se desliza por argumentos humanos y personales: deja bien claro a dicho director general que su expediente como conductor es impecable y que, dado su oficio de auditor de Dragados y Construcciones, ha recorrido España de punta a cabo llevando a cuatro hijos con prudencia y responsabilidad. Se ofrece generosamente a ayudarle en el eterno problema de la congestión del tránsito urbano. Él no es un ciudadano pasivo, él se presta a un compromiso. Es un aspecto, el de la circulación, que siempre le ha preocupado, tanto es así (carraspea), tanto es así que viene a cuento recordar que mi hija con once años y gracias a mi ayuda ganó un concurso de redacción infantil que ustedes convocaban. Es escritora. Posiblemente usted la conocerá. Y carraspea porque sabe que está internándose en un territorio conflictivo. Me nombra. Y prosigue: yo le ayudé a escribir aquella redacción en la que se ofrecían varias ideas para aliviar de tráfico la ciudad, y ella, añade, como niña aplicada que era, tomó nota, y recibió dicho premio en 1973. Le saluda afectuosamente.

Mi marido y yo nos hemos quedado mudos.

—Papá —digo desolada—, pero esto no está bien. ¿No te das cuenta de en qué lugar me dejas?

Papá, sin atender a mis palabras, se saca otra carta de la chistera. La más importante, la que le hace reír como un pillo, con la que trata de demostrarme que los demás lo entienden, que al resto del mundo le parece de puta madre, que no consideran que su comportamiento sea erróneo o inadecuado. El director general le ha contestado. Ha revisado la multa. Tiene usted razón, le escribe. Yo no entiendo por qué le dan la razón. El director general ha ordenado retirar la dichosa sanción. Y se despide con un saludo afectuoso que extiende a la hija, felicitándola por el premio del 73, y al insigne yerno, con una ironía que creo que papá no capta, o tal vez sí, pero le da igual, porque al fin y al cabo él lo que deseaba era no pagar la multa y lo ha conseguido.

—Tiene gracia, ¿eh? —dice—. ¿Eh?

Sabe que no la tiene, pero lo dice y lo repite para eludir mi enfado. Y mi enfado se irá diluyendo, como cuando era niña. Tendré que olvidar el mal humor que esto me produce, la vergüenza, la incomodidad. Sólo cuando vuelva a repetir de cuando en cuando eso de «pero tuvo su gracia, ¿eh?», le contestaré secamente que no y que en mi nombre mando yo. Conseguirá, estoy convencida, que el dichoso asunto del premio, su inadecuado comportamiento, su travesura de viejo infantil, acabe por transformarse en comedia. Lo envolveremos todos en humor para que sea tolerable, lo aceptaremos como los padres acaban asumiendo al hijo mandón.

Ya lo he hecho otras muchas veces, lo de convertir su excentricidad en sainete, en sátira, en viñeta cómica, pero entonces toda su fuerza, su ira, su inteligencia brutal y su carácter indómito quedaban transformados en algo entrañable, anecdótico, que hacía reír pero rebajaba su personalidad a la del abuelete gruñón. Tampoco sabía yo traducir su simpatía en palabras, esa sociabilidad tan callejera con que buscaba relacionarse con cualquiera, esa necesidad de alternar con los desconocidos. Cuando se vio convertido en personaje de mis comedias sintió una gran extrañeza, lo sé, porque él a sí mismo se toma muy en serio, le gusta inspirar respeto e incluso miedo. Así que verse por escrito, escenificando sus manías y su carácter autoritario, expresando pensamientos incorrectos, que le convertían en un ser estrambótico, fue para él algo traumático. Posee un gran sentido del ridículo, una necesidad de ver reforzada su identidad masculina todo el tiempo, y en un primer momento verse así, cómico a los ojos de todo el mundo, hizo que el suelo temblara bajo sus pies. Pero la vanidad funcionó como ese bálsamo que cura cualquier herida. Al aparecer por sus mostradores habituales y observar cómo le celebraban sus ocurrencias narradas por mí, sintió la compensación de reforzar su popularidad.

Cuando se va, tras ponerse el gorro que no le cabe en la cabeza, meter el tabaco en la mariconera y la mariconera con las fotocopias en la bolsa de tela, cuando le veo caminar lentamente hacia la puerta, grande y torpón, experimento la resaca de todos los whiskies que él se ha tomado tras el vino de la comida, y al vaciar los ceniceros siento que respiro con dificultad, como si me hubiera fumado yo todos esos cigarrillos de distintas marcas que se apelotonan unos sobre otros. Abrimos las ventanas y descansamos exhaustos. Siempre deja tras de sí una sensación de cansancio y derrota. Él gana siempre, sea cual sea la discusión o el concurso.

En la entrega de aquel premio de redacción me dieron un sobre. Se trataba de un vale para canjear en la tienda Deportes Todo. Mi padre me acompañó la mañana del sábado a la Puerta del Sol, donde estaba el establecimiento. Era una tienda inmensa, y hacía honor a su nombre: allí había de todo lo que se pueda necesitar para practicar cualquier deporte. Pero yo no necesitaba nada. Era una niña patosa, algo rellena en mi primera adolescencia, y muy poco interesada por la actividad física. En una ocasión mi carácter fantasioso me había llevado a querer participar en los campeonatos de mi colegio, donde se promocionaba mucho el atletismo, pero nunca entendía muy bien en qué consistía cada especialidad. En la carrera de relevos no le entregué el relevo a la siguiente corredora, en el lanzamiento de disco a punto estuve de abrirles la cabeza a las chicas que pasaban por la pista corriendo, en baloncesto recibí la pelota en plena cara sin que las manos se propusieran agarrarla, en salto de longitud no lograba avanzar más que unos centímetros. Pero me fascinaba aquella tienda, la posibilidad de canjear mi cheque, la ropa deportiva, la belleza de esos complementos atléticos que nunca sabría manejar. Mi padre le dijo al dependiente que me buscara un polo, un polo de Lacoste, y a mí aquello me trajo recuerdos de Mallorca, de cuando fui una aspirante a niña pija. Satisfecha con mi polo granate, seguí a mi padre al primer piso, donde se encontraba la sección de pesca. Lo observaba pletórico con el vale en la mano. Me enseñaba un cesto de pescar, y otro, y otro, y yo opinaba sobre los cestos y las cañas y los anzuelos. El vale le daba para un cesto y una caña. «¡Y el polo, eh, eh!», me decía, no fuera a ser que se me ocurriera quejarme. Al dependiente le informó, no sé si como justificación: «Es que a la niña no le gustan los deportes». Y salimos de Deportes Todo, los dos premiados, cada uno con nuestra bolsa, camino del aparcamiento. Aunque a él no se le pasara por la cabeza sentir hacia mí, hacia la niña, algo parecido al agradecimiento, yo experimenté la vanidad, no la generosidad, de haberle comprado algo muy caro a mi padre. Un regalo con el que nos martirizaría en carretera parando en cuanto viera un río apetecible para echar la caña. Un regalo que ahora entiendo que consideraba más suyo que mío ya que, según su testimonio, me escribió la redacción, o yendo aún más allá: ya que él me hizo como soy.

¡GRACIAS A TODOS!

Allí el tiempo vivido fue tan vivo
Que siempre a la propia vida sobrevive
Y cada día pienso que regresa
Su esplendor de fruto y de promesa

Sophia de Mello

Mi hermano sostenía con las dos manos los restos envueltos en el sudario. El tiempo había dejado tan poco de ella, que parecía un bebé en los brazos aprensivos de un padre primerizo. Mis primos, familiarizados en el trato con los difuntos, se hacían cargo de todo el proceso. Tras despegar la lápida, habían extraído el ataúd de mi madre del columbario, y entregado a mi hermano César los huesos hábilmente agrupados en la mortaja por el enterrador. Una frase me golpeó la memoria. La pregunta que me hizo mi abuela Sagrario cuando vino a visitarnos tras la muerte de mi madre. ¿Cómo la amortajaron?, preguntó. Y yo lo consideré, como todo lo que venía de ella, un indicio de su frialdad, de una mente que sólo sabía reparar en los detalles prosaicos porque no era capaz de comprender los sentimientos.

La ropa que mi madre viste en mis recuerdos es el traje de chaqueta marrón que se puso para viajar con mi padre un puente de mayo. Fue el último viaje que hicieron los dos. Creí entender que se trataba de una reconciliación. El estado de ánimo de mi casa dependía de los enfados y las reconciliaciones de mis padres. Era agotador amoldarse a ellos: tras una temporada de silencio y enfrentamientos de pronto una noche los oías charlar animadamente en el cuarto. Yo los odiaba entonces por haberme embarcado en una guerra en la que la paz se firmaba sin contar contigo. Ya casi no me acostumbraba a que estuvieran relajados y cuando les observaba momentos de complicidad me irritaba.

Recuerdo aquel viaje porque los amigos de mi hermano Chechi invadieron la casa, la llenaron de música, de humo, ocuparon todas las habitaciones, incluida la de mis padres. Yo iba por el pasillo con la misma aprensión que si me viera cruzando sola un bosque: veía en la penumbra bajar a una chica medio desnuda de la litera de arriba de la habitación de los chicos, a una pareja morreándose bajo la colcha en la de abajo, encontraba la puerta del dormitorio de mis padres con el pestillo echado, en mi sofá cama a unos cuantos tíos fumando porros, a un chaval sentado sobre los apuntes de Derecho de mi padre en la mesa baja donde solía estudiar, y en la cocina a otros tantos, incluido mi hermano, friendo huevos con salchichas, matándose de risa y saltando hacia atrás cada vez que el aceite chisporroteaba. En el váter, cerraba los ojos y meaba de pie, como en los bares.

Mi hermana se había marchado esos días con el novio, mi hermano Manuel andaba entonces siempre desaparecido con temas del Partido, y yo vagaba por el pasillo, mirando de soslayo lo que ocurría en los cuartos sin saber dónde refugiarme, tratando, eso siempre, de ser cómplice de mi hermano, de serle leal, de no decepcionarle; sólo cómplice, ya que aún no me consideraba mayor para ser partícipe. Miraba a unos y a otras con fascinación y envidia. Me ignoraban como se ignora a un gato, y como un gato yo recorría mi casa pegada a la pared. No sabía si me sentía rechazada por mi edad o si al final acabaría resultando que yo jamás gozaría de un espíritu tan gregario como para dejar mi casa en manos de desconocidos. Unas horas antes de que llegaran mis padres ayudé a mi hermano a limpiar. Había huellas de la juerga del suelo a las paredes. Sobre el parqué, una capa pegajosa que sonaba bajo nuestras pisadas y nos hacía reír. Sentí alivio cuando vi aparecer a mis padres; aún conservaba algo de aquella antigua lealtad hacia la autoridad que suele convertir a los hermanos pequeños en traidores y en chivatos. A mis catorce años yo ya no estaba en esa fase, pero me inquietaba que alguien hubiera estado entre las sábanas de mi madre.

Llovía en el camino de vuelta, dijeron mis padres, pero aun así bajaron del coche para pasar la tarde junto al río. Era lo habitual, lo hacíamos en casi todos los viajes para que mi padre echara un rato la caña. Nosotros esperábamos en silencio para no espantarle las presas. Pero unos cuantos días después, mi madre le contó a la vecina que en vez de la caña se habían echado la siesta sobre la hierba. Y se rieron, como se reían siempre cuando había algo que no podían expresar abiertamente delante de mí.

La lluvia o lo que hubiera sido, una ducha en un hotel de carretera, hizo que brotaran los rizos de su pelo grueso e ingobernable, esa melena sensual que aparece en sus fotos de juventud y que la moda de la época afeó más tarde con cardados y permanentes. Mi padre le impedía el paso al baño, le tocaba el pelo rebelde y le decía riéndose: «no te peines, no te lo aplastes, déjatelo así», y añadía ese diminutivo cursilón de su nombre que había leído en las viejas postales que se enviaban cuando eran novios. Yo, que hasta el momento sólo había temido que mi madre percibiera lo que había ocurrido en la casa durante su ausencia, los observaba con el rencor que a los niños les provoca que los adultos anden comportándose fuera de su edad, coqueteando. Ignorándome.

Mi madre es también esa mujer que veo ahora en una inesperada película de Super 8 que acabamos de rescatar de los armarios sin fondo de mi padre. Nunca la había visto en movimiento desde que murió. Se acerca a la cámara saludando, saludándome. Regresa de pronto al mundo de los vivos. Camina con ese vaivén en sus andares tan característico, como de cierta laxitud en las caderas. Viste un pantalón de pata ancha y un blusón de flores bordadas, media cara queda oculta tras unas enormes gafas de sol y el pelo, aunque cardado, está más largo que de costumbre, como la melena de una mujer italiana de entonces. Está muy delgada, juvenil, disfrutando de su corazón restaurado unos meses después de la operación. Es ella, saludándome treinta y cinco años después de que se fuera. Ella, antes de haber sido castigada por la decepción y por la inminencia de un final que ahora sé que presintió.

Treinta y cinco años después respondí mentalmente a la pregunta de mi abuela: la enterraron envuelta en un sudario blanco. Como a mi padre, al que sí velamos en el tanatorio de Madrid antes de emprender el viaje al pueblo. ¿Quién hubiera pensado en vestirlo? ¿Mi hermana, yo? No hubiéramos sabido imitar su aire negligente, esa manera de llevar ropa cara sin envaramiento, dejando botones de la camisa desabrochados y los pantalones siempre algo caídos. Cómo vestirle para un velatorio siendo fieles a su estilo, con la corbata floja, como él solía anudársela, y respetando su melena blanca despeinada. Mi padre vestido con corrección en el ataúd hubiera parecido un capo, un dictador, un líder tiránico; mi padre vivo parecía un poeta ruso, un director de orquesta a lo Bernstein, un hombre iluminado, un excéntrico del Upper West Side. En mi memoria aparece a veces vestido de pescador, con las botas marrones de goma cubriéndole las piernas y el cesto lleno de cebos y cucharillas cruzado en bandolera. Oliendo a trucha y a tabaco. Es ésta la imagen de su época de esplendor. Alegre, expansivo, su mente bajo control por la ambición laboral, la crianza de los hijos, la admiración de su mujer.

Y es así como se me aparecen los dos, capacitados para protegerme. Cuando recuerdo su tiempo de decrepitud o su decadencia tengo que esforzarme, aunque se trate de un recuerdo más próximo y del final de esta historia.

Mientras la pequeña madre envuelta en el sudario era custodiada en los brazos del hijo, los hombres abrieron el ataúd del padre. Estábamos cumpliendo un deseo que expresó algunas veces, cuando en las sobremesas, desinhibido por el alcohol, confesaba algo que le importaba mucho. Temiendo que la comodidad nos llevara a desobedecerlo, desconfiando de sus hijos, había dejado su última voluntad, machacón como era, por escrito, encima de su mesa de trabajo:

Hijos, si me ocurre algo llevadme al pueblo con mamá.

Con mamá. Debajo de esta frase, la fecha. Su letra manuscrita, numérica, estrambótica, conmueve. La nota estaba ahí nueve años antes de su muerte, esperando el momento, debajo de un abrecartas. Puede que su desconfianza fuera la del hombre autoritario que teme que el respeto que imponía se esfume tras su ausencia, o la de tantos viejos que sospechan, con razón, no ser tomados demasiado en serio por los hijos.

Pero nosotros cumplíamos escrupulosamente su voluntad. Mi hermano colocó a mamá en el ataúd, sobre el pecho de él. Sonreí al pensar que el reposo eterno de mi madre iba a ser ferozmente alterado, aunque quería creer que, aliviados los dos de las agitaciones anímicas a las que les sometió la vida, la pareja que formaron antes de venir yo al mundo encontraría la manera de regresar a los años de alegría y complicidad. No soporto la soledad, escribió mi padre en un diario que nos cuesta descifrar. El hombre que dejó a su mujer tantas veces sola, hundida en el abandono, no soportaba la soledad, y no entendió la vida sin ella: hechizado por su ausencia, cultivó una imagen de su mujer idealizada, y borró cualquier rastro de su comportamiento hacia ella que pudiera ser reprochable. Mi hermana y yo solíamos irritarnos cuando eludía en un relato los momentos dolorosos que, sobre todo las niñas, habíamos compartido. Tratábamos sin éxito de encarrilar al incorregible.

Bajamos del cementerio los hermanos, los familiares, los amigos. A este pueblo que ha ido despoblándose en los últimos años vuelven en julio los hijos y nietos de los que en los sesenta emigraron a Valencia, a Barcelona. Mi padre solía decir: «si me invitaran todos aquellos a los que coloqué en el Rincón no pagaría nunca en un bar». Era tan recurrente en sus vanidades que tratábamos de no alimentárselas, pero ahora que no me oye le reconozco un fondo de razón. En los años sesenta, en los setenta, cuando abundaron las obras públicas, él llegaba al pueblo como el padrino al que se le podía pedir una colocación para el hijo. Manejando una grúa, de maestro albañil, de auxiliar administrativo, de peón. En una u otra tarea los iba colocando. Se tomaba la molestia de llamar al delegado de obra en una autopista, en un puerto, en un pantano, y siempre conseguía encontrar un hueco para ese muchacho que hasta el momento no había salido del pueblo. Los chavales eran reticentes a emigrar y a él, curtido en el nomadismo, ese apego le sacaba de quicio. Sus ascensos laborales se habían construido sobre el desarraigo, extendido luego a su mujer, marcando la infancia de sus hijos. No entendía que un hombre joven quisiera estar cerca de su madre. ¿Por qué habría querido él estar cerca de la suya?

Parecía entonces un potentado, así lo recuerdo yo, pero se trataba de su porte y de la estatura que le otorgaban mis ojos de niña, porque no era más que un jefe administrativo que a fuerza de talento y esfuerzo llegó a auditar obras tremendas. Tan directo se mostraba expresando sentimientos que suelen camuflarse que reclamaba que su generosidad fuera recompensada, y lo decía. El mundo estaba, para él, repleto de desagradecidos. Ahora sé que la generosidad siempre se ejerce esperando una pequeña recompensa.

Si en efecto hubieran acudido al entierro todos aquellos a los que colocó en estas tierras descendería una multitud desde el cementerio al pueblo. Pero, papá, papá, la gente se olvida de los antiguos favores, solemos olvidar a quien nos ayuda a alzar el vuelo. Si no eres un hijo de papá, alguien habrá de echarte una mano. Pero él no aceptaba esa excusa, era difícil de comprender para alguien que en la casilla de salida había estado tan desamparado.

Bajábamos del cementerio contemplando la belleza de una vega hoy vulnerada por algunas construcciones invasivas, horrendas, pero que, resistiendo a la presencia del ladrillo, aún resulta conmovedora: un paisaje de montañas chatas donde florecen los almendros y los manzanos en los trazados horizontales que conforman los bancales. Y los ríos, abajo, en la vega, los ríos Turia y el pequeño, caudales inquietos que fueron paisaje de nuestros baños infantiles, de las excursiones familiares en las que las tías preparaban las paellas y mis tíos las chuletas a la brasa entre un pan crujiente untado con ajoaceite. No se le puede pedir más a una infancia, y yo la tengo ahí, encapsulada, como un tesoro que me ha permitido entender que en la melancolía o en la pena siempre hay un recoveco por el que se filtra la alegría. Y que la alegría a su vez ha de estar abierta a la tristeza para no convertirse en un sentimiento estúpido y banal. Es eso mismo lo que experimentábamos la otra tarde, la melancolía anticipada por no poder ver nunca más a nuestro padre unida a una sensación de cierto regocijo. Yo celebraba no haberle alargado la vida, a pesar de las dudas de mi hermana. Una decisión tomada en aquel cuartucho sin ventanas del hospital, pegado a la sala donde él yacía, agonizante. Celebraba no haberle condenado a despertarse en una unidad de cuidados intensivos con un tubo abriéndole la boca, aterrado y sin capacidad de maldecir. Celebraba también su descanso eterno junto a mi madre.

No fuimos malos hijos, papá, reconócelo, aunque sé que lo sabías, aquí lo estoy viendo por escrito, en el cuadernillo verde donde resumiste tu vida en cinco páginas. Fantaseabas con escribir tus memorias, pero tu mente no podía enfrentarse al recuerdo y menos aún ordenarlo.

No fuimos malos hijos, padre, aunque en los últimos años nos hablaras de esas hijas modélicas de tus amigos que atendían con devoción a sus padres. Era incongruente este velado reproche viniendo de alguien que se casó al poco de morir el amor de su vida. Sé todo lo que criticaron entonces tu falta de consideración, tu rápido alivio del luto, el escándalo que se montó porque dejaras sola a la pequeña, a mí, aunque te acercaras al barrio los días de diario para comer conmigo. Pero tras la comida te esfumabas, me dabas un beso y me recordabas que me llamarías por la noche. Mi padre era tan autoritario como ingenuo. Llamaba por la noche, yo le decía que a punto estaba de acostarme y una vez representado el consabido teatrillo salía a tomarme unas cañas. Aún era chica de barrio y no me iba muy lejos. Sé que las vecinas comentaban que me había dejado a mi aire justo cuando una chica necesita más vigilancia y les daba mucha pena mi desmadre, que se hacía evidente porque me veían en la esquina de la torre, dándome el lote con un chico. Lo achacaban a mi orfandad. Y no era cierto, yo venía dándome el lote mucho antes.

Pero yo te comprendí siempre. Tu independencia me beneficiaba, iba ligada a la mía. Si no me necesitabas, podía ser libre. No quería verte en el banco de la calle, esperándome. Sin madre, y con el padre viviendo ahora con otra mujer en un barrio céntrico: así me llegó la independencia, de manera abrupta. Quizá con los años la interpreto como traumática, porque ahora observo aquella época con cierta aprensión, consciente de los peligros que me acechaban, pero si te soy sincera agradecí no verme en la obligación de cumplir el papel de la hija del viudo que le espera con la comida puesta, y también que me libraras de convivir con una mujer a la que apenas conocía. De vez en cuando, para escenificar esa paternidad que otros decían que no ejercías convenientemente, me acompañabas al médico. Yo me sentía protegida por tu compañía y a un tiempo temía que de alguna manera te portaras mal. Íbamos aquella tarde en taxi hacia el dentista. Tú delante, como siempre, sin perder tu condición de conductor, avisando al taxista de la siguiente maniobra. Volvías de una de tus comidas de trabajo, que se prolongaban hasta las cinco o las seis de la tarde, exudabas alcohol, despedías humo, llevabas la corbata en el bolsillo. Abriste las ventanillas del taxi para despejarte. El alcohol no te adormecía sino que aumentaba tu sociabilidad, y fuiste hablando con el taxista, indagando en esa vida ajena por la necesidad de llenar el vacío, subiendo la voz para compensar el ruido del viento.

Yo iba sumida en el dolor que me mordía hasta los ojos, e inevitablemente recordaba aquella otra mañana no tan lejana en que llevábamos a mamá en la ambulancia desde la playa al hospital. Su último viaje. Yo, detrás con ella. Ella, con los ojos pavorosamente abiertos, rogándome de vez en cuando que le dieran un Valium, como si yo tuviera alguna influencia sobre aquel sanitario que respondía a la desesperación de la enferma con un parco no puedo, no estoy autorizado. Escuchaba a mi padre hablar sin pausa con el conductor. En realidad, sólo hablaba mi padre, refiriéndose a asuntos banales, preguntando detalles sobre el tráfico o la carretera con su necesidad de mantener una conversación. Recuerdo también cuando murió mi tía Concha, la que fuera mi segunda madre, mi madrina. Ella, agonizante, y la voz de mi padre sonando como un contrabajo, constante y monótona, en la puerta de la casa del pueblo. Mi marido comprobó entonces lo que yo tantas veces le había contado sobre actitud de mi padre en los momentos dramáticos. Yo no encontraba explicación a esa manía irritante de neutralizar el dolor con palabras triviales. Dos años más tarde mi marido, sin mala intención pero con una torpeza que yo no supe advertir a tiempo, escribió un relato inspirado en aquellas horas de recogimiento familiar que fueron perturbadas por la verborrea de un padre descrito como charlatán y presuntuoso. Mi padre se dolió, se vio reflejado, se sintió ridículo y dejó de venir los sábados a comer a casa. A veces la ficción, al describir a un personaje escuetamente, convierte en estereotipo o en caricatura a una persona compleja, que no cabe en un libro. Mi padre no cabía en dos adjetivos, no cabe en un libro, porque ese hombre áspero y rudo, charlatán, sin duda, que carecía de la malicia de quienes encubren la vanidad con falsa humildad. Ese hombre verborreico y fanfarrón, que a veces podía ser cruel, estaba también incapacitado para el rencor, y no pudiendo resistir las ganas de vernos, nos escribió una carta, una carta sincera y honda, declarando que sus sentimientos estaban por encima de cualquier malentendido literario. Esa carta, que no he podido volver a leer, porque me hace daño, y que provoca en mí una mezcla de remordimiento y de amor, está fotocopiada entre sus papeles, como fotocopiada está su vida entera, en su afán de que nada quedara en el olvido.

La psicóloga me dijo: ¿nunca pensaste que hablaba precisamente en esas situaciones dramáticas porque estaba aterrado? ¿Que trataba de conjurar con asuntos triviales la inminencia de la desgracia?

Aquella tarde en que me acompañabas al dentista, entraste en la consulta, saludaste a todo el mundo en la sala de espera. Yo me preguntaba por qué no habría ido sola; al fin y al cabo, más que su compañía, lo que necesitaba era que pagara la cuenta. Me llamaron para que pasara a consulta y él me siguió, le dijo a la enfermera, yo entro, yo entro. El cigarrillo en la mano, las palabras, yo lo notaba, como deshechas, las de quien necesita echar una cabezada. Saludó al dentista con excesiva efusividad y se sentó en una silla, apoyado a la pared. Lo veía de reojo, buscando un sitio donde echar la ceniza. Por un momento, temí que decidiera tomar una de esas pequeñas palanganas para escupir como cenicero. Cerré los ojos, pero lo oía carraspear, toser, moverse, se movía todo el tiempo. El médico, claramente exasperado, le sugirió, amablemente, que volviera a la sala de espera, y él dijo que prefería quedarse conmigo, que yo era muy miedosa, aprensiva. Comenzó a hablar de mí como si fuera una niña pequeña que él conociera y yo no. De pronto, en uno de esos gestos incontrolados de quienes tienen unas extremidades demasiado largas y una gran torpeza, se apoyó con la mano en la pared para no perder el equilibrio y apagó la luz, apagó la luz por completo. Se quedó la sala a oscuras, el médico con el torno dentro de mi boca. El dentista, ahora, como una orden que no esperaba respuesta, dijo: «es mejor que espere fuera». Yo hubiera pedido perdón como se piden disculpas por el mal comportamiento de un niño chico, pero seguí con la boca abierta y los ojos cerrados. Volvimos en silencio en el taxi. Sin preguntarme, le dio al taxista la dirección de Maudes. Su mujer nos estaba esperando, afectuosa, dispuesta a aliviarme el dolor. Me dieron un potente analgésico y me dijeron que me acostara en su cama, en su cama de matrimonio. Las paredes estaban recubiertas de espejos. Me veía en la penumbra, con la luz de la lamparita, multiplicado mi dolor en aquellos paneles simuladamente envejecidos, de color caramelo. Parece un puticlú, pensé. Estaba hundida en el colchón más tierno en el que me había acostado jamás, arropada por una colcha que no pesaba, acunando un desconsuelo que iba dejando lugar al sueño. Ahora entrarán, me temía, y tendré que levantarme para irme a otra cama. Cerré los ojos y cuando los abrí se colaba la luz del mediodía entre las láminas de la persiana. Me levanté y se levantaron decenas de chicas como yo en bragas y sujetador. En el comedor me esperaba el desayuno. Ellos ya no estaban. No sé dónde durmieron. Me sentí como la niña que mi padre había descrito.

Bajaba la cuesta empinadísima del cementerio escuchando a mis hermanos y dialogando ya con mi padre sin haber tenido tiempo todavía para echarlo de menos, pero entrando en ese tipo de confesiones que jamás se expresan en vida. Acostumbrada estaba a hacerlo desde los dieciséis años con mi madre muerta, cuando en ocasiones, sintiéndome rencorosa y dolida, le reprochaba haber alimentado mi inseguridad, o le recriminaba haber sido poco comprensiva e incluso dura con mis neurosis. Durante algunas épocas me obsesionaba con estos asuntos no resueltos hasta que la herida supuraba de tan intensa para dejar paso a una paulatina reconciliación, y entonces es cuando la echaba furiosamente de menos, acusando esa orfandad que se me revelaría muchos años después de su muerte.

Han sido muchas las veces en que, aturdida por algún ataque público o por un desengaño privado, he preguntado a mi madre, ¿y ahora qué, te pondrías ahora de mi lado? Cada vez que peleaba por ser respetada, para no ser tratada con condescendencia, por acusar una falta de consideración, me dirigía a ella: ¿me respaldarías, mamá? Cuando aborté, cuando reivindiqué que otras pudieran hacerlo, cuando fui abandonada, cuando me perdí en la noche, cuando me envolvió el desorden, cuando fui negligente, cuando la vida me pudo, ¿me habrías reprendido o me habrías ayudado a levantarme del suelo? Tantas veces que elegí llorar a solas para que no me viera mi hijo de niño, tantas en las que pensé: mamá, ¿sabes el daño que me hizo tu llanto, sabes cuánto endureció mi corazón y me hizo refractaria a la gente que llora demasiado? Y cuando he salido a la calle y he caminado al lado de otras mujeres, algunas de ellas ancianas, como serías tú si te hubieras esforzado en vivir, trataba entonces de imaginar si hubieras concluido ese viaje hacia tu liberación que habías comenzado dramáticamente un año antes de morir. Miro a esas ancianas que se han transformado en el tercer acto de su vida y quiero verte a ti, renovada, distinta.

Mi pobre madre, desprendiéndose de su vulnerabilidad, de su injusta dependencia, de su victimismo, mi madre, vieja y libre. Tantas veces imaginada por mí como una de esas viejas empequeñecidas pero perseverantes en su coquetería, como figurillas japonesas, tomándome de la mano para andar por la calle. y yo diciéndole: mamá, ¿qué sentido tuvo sufrir tanto por un hombre, morirse, perderse esto?

No, no hemos sido malos hijos. Al contrario, aceptamos ser los personajes secundarios en vuestra historia. Y aún ahora, cuando os dejamos atrás, seguimos representando tozudamente leales nuestro papel subordinado. Nos movemos en un mundo donde todo se juzga de manera implacable. Podría decirte: papá, me hiciste ansiosa, inestable, obsesiva, me arrebataste la parte de vanidad que me correspondía, antepusiste tus deseos a los nuestros, tu ejemplo me predispuso a pensar que cualquier hombre me abandonaría en cuanto advirtiera en mí una señal de debilidad. Siendo todo eso cierto, ¿qué sentido tendría malvivir en la queja? A mí me sigue atrayendo tu carácter inestable, iracundo y caprichoso, porque la mayor verdad, la que se impone sobre el reproche, es que nos amabas con una furia que a veces dolía, nos amabas, aunque fuera el tuyo un amor dulce y violento. Podría reprocharte, mamá, que no calibraras el daño que tu dolor me hacía, esa necesidad tuya de que una niña, una niña entonces, sí, tomara partido y obedeciera órdenes contradictorias: no crecer para permanecer arrimada a ti, ser adulta para combatir en tu mismo bando. Pero ahora reconozco en ti un hondo estado depresivo que no te permitió actuar de otra manera. Y distingo y aprecio el patrimonio que me has dejado, una delicadeza que impregna lo que toca, un sentido del humor agazapado, el calor de esa cercanía física que te capacita para amar.

No creo en Dios, aunque lo intenté, pero sí en esos recuerdos que a fuerza de asaltarnos producen fantasmas que nos acompañan. Yo los oigo, a ellos, a los fantasmas, y presto atención porque temo que el olvido me robe el color de sus voces. A veces me causan tormento; otras, cobijo contra la intemperie. La muerte de mi padre me provoca una tristeza sin aristas, pura, carente de miedo o remordimiento. Todo lo contrario a lo que ocurrió con ella. Tal vez se debiera a que mi adolescencia encubrió el dolor, o lo rechazó, y sólo dejó la rabia. No subí al cementerio cuando la enterraron a ella. Sentí las miradas de reproche de mis tías y me perdí aquella tarde por las calles del pueblo, sin encontrarme con nadie, porque casi todos los paisanos habían subido a despedir a la que fuera amiga, tía, hermana, sobrina, cuñada o vecina, a la chica que hasta el día en que salió del brazo del chico de Málaga, guapo y determinado, había crecido y madurado en esas calles empinadas, sin intención de cambiar aquel paisaje por otro.

Pasé la tarde del entierro de mi madre subiendo y bajando cuestas, en el paseo más solitario que jamás emprendería, sabiendo que faltaba a mi deber social, rebelándome contra una tristeza obligatoria que se me iba a imponer durante todo un verano rodeada de familiares, detestando esa orfandad que me señalaba y que despertaba miradas de lástima. Había crecido aferrada a la madre enferma y ella había decidido morirse cuando yo acariciaba planes, a veces insensatos, de despegarme de ella, de ser libre. ¿No había elegido entonces el peor momento para irse? Su muerte fue una rendición que se gestó mucho antes, cuando la abandonaron las ganas de vivir.

Aprendí a admitir que mi carácter me condenaba a no compartir mis penas con nadie. Deseaba volver a Madrid para refugiarme en la invisibilidad de la ciudad, y para quedarme sola en casa, poner un disco, tumbarme en mi sofá cama, cerrar los ojos, *how deep is your love, I really want to learn, cause We're living in a world of fools, breaking us down,* imaginando que alguien me rescataría en algún momento de ese estado de abulia fantasiosa, para devolverme de nuevo a la vida.

El entierro de mi padre ha sido sereno. Su muerte no desbarata un hogar ni deja cuentas pendientes. Es la muerte de un viejo. Como suele ocurrirles a los hijos, echo en falta no haber indagado más en algunos capítulos de su vida que a él le resultaban dolorosos. El no haber sido el hijo elegido para tener una carrera, el haberse visto desamparado en Madrid a los nueve años, aquellos muchos planes que se le truncaron, por mala suerte, por falta de respaldo; el origen de sus miedos, los días en que padeció un colapso nervioso en Cádiz y que él solía atribuir al azote del viento de Levante por no admitir que su mente era frágil, propensa al delirio. Ahora, trato de imaginar lo que no sé, todo aquello que se me revela como un misterio, la vida llena de incógnitas de mis padres, y camino entre algunas certezas y muchas incertidumbres.

Él no solía explayarse en asuntos personales, le inquietaban, pero esa era una actitud propia de su generación, de su condición masculina y de un carácter refractario a cualquier victimismo; monologaba sobre la corrupción, sobre política, sobre el deterioro de la educación, sobre Hacienda, los morosos, los corruptos, los privilegiados. Eran asuntos a los que su mente de contable había hecho muy sensible, aunque si se hurgaba podía advertirse que en ese asunto había también una conexión personal. Al ver a un político respondiendo ante la justicia por corruptelas, comentaba: «¿por qué no se suicida?». Él hubiera sido incapaz de soportar la humillación social. Presumía de no haber robado en su vida. Nosotros no entendíamos que no robar fuera un mérito que tuviéramos que celebrarle. Pero él se había pasado la vida conteniéndose, sufriendo la tensión que le debía generar convivir con el estraperlo, el disgusto que le producían los chanchullos de su madre, la rapacidad, y luego, una vez que comenzó su vida laboral, el sometimiento permanente a la autoridad abusiva, que moldeó el carácter de aquellos que habían sido niños de la guerra. ¿Quién más que el contable ha de resistir la tentación de meter la mano en la caja? Más aún cuando eres testigo de cómo otros con menos mérito y menos esfuerzo se enriquecen. El espectáculo de la corrupción había vertebrado su vida. Cuando escribía en su pequeño diario verde que el problema de España era la corrupción, venía a decir, yo la he sufrido.

Sus monólogos se centraban también en el asco que a menudo les entra a los viejos por un mundo del que se sienten excluidos. Ese nihilismo creciente que los hace extremadamente sensibles a cualquier signo de caos que observan en la calle o en la televisión. Ven acercarse el final de su vida y lo entienden como el acabamiento del mundo.

Tras el entierro vivimos dos días de paseos por el campo y de comilonas. No al estilo de esas películas francesas en la que los comensales recuerdan al muerto con comentarios ingeniosos y réplicas mordaces. Nosotros nos reuníamos alrededor de una paella que habían preparado mis primos, y apurábamos con el vino recio las anécdotas de siempre, las archiconocidas, las que han sobrevivido al azote del tiempo y son ya como esos cuentos antiguos que se dramatizan siempre con las mismas palabras y buscan llenar silencios y mantener las emociones contenidas. Mis hermanos fumaban un cigarro tras otro, como en las Nochebuenas, y formaban sobre sus cabezas esa gran nube de humo bajo la que yo me había criado. Imaginaba la gran nariz de mi padre asomando entre las hileras de humo como se aparece Dios en las películas religiosas, en la espesura de un cielo tormentoso; mi padre, sus ojos astutos aprobando y apreciando los vicios que había sabido transmitir a sus hijos.

Nos entregamos a sobremesas largas, quizá el mejor homenaje para aquel que tanto las disfrutó. Llegó la tarde aliñando el poleo con un chorro de anís, y nos invadió la noche con licores caseros que nos hicieron perder el sentido del tiempo. Yo sabía que se trataba en realidad de una despedida más profunda. No se puede regresar a los sitios aquejada de una continua melancolía por lo que ya no existe. Resulta un sentimiento empalagoso para los que se han quedado. El único de nosotros que ha sabido habitar de adulto el pueblo, con la alegría con que lo experimentaba mi padre, es César, que disfruta de los paseos por el campo, y de ese trato diario, superficial y afectuoso que permite la convivencia entre gente que vive tan cerca. Me recuerda a mi padre moviéndose incansable de un lado a otro, recordando nombres, planeando excursiones, preso de una actividad incesante. Como a mi padre, el azar le hizo auditor por su habilidad innata con las matemáticas, aunque su alma fuera campestre y le hubiera correspondido una vida más entregada a la naturaleza. Mi hermano, que debió haber sido veterinario, médico rural, dibujante, agricultor o todo a la vez, que heredó el mismo ímpetu de un padre que se empeñaba en emprender aventuras agrícolas en sus ratos libres, buscando una especie de manzana que brotara con fuerza en estas huertas ricas en azufre; mi hermano, se convirtió en un ejecutivo como él, y tuvo que rendirse al nomadismo al que obligaba ese trabajo ingrato. Sueña con liberarse del trabajo en el que lo colocó mi padre con dieciocho años, mandándole lejos del Madrid de entonces, del barrio, de un ambiente en el que aquel muchacho, como se refería a él mi padre, podía perderse. El desarraigo fue un efecto secundario, pero de alguna forma lo padecimos todos sin movernos de Madrid. La muerte de mi madre desencadenó la estampida.

Es la primera semana de agosto. Mis hermanos se han marchado de vacaciones y mi marido y yo venimos desde hace unos días a ordenar papeles, a limpiar, a adecentar el piso de mi padre. Huele a tabaco, a polvo, a espeso, a cierta suciedad retestinada. Es tan profundo el olor, están los muebles y las telas tan impregnados de él, que no se alivia abriendo las ventanas. Hay una capa de mugre que cubre la superficie y el interior de algunos muebles y bolas de pelusa formadas por pelos, telarañas, polvo, piel muerta, fibras que se agolpan bajo el sofá o la cama.

Parece una casa de la que sus habitantes salieran huyendo hace años, y han pasado tan sólo quince días desde que mi hermana y yo estuvimos aquí, visitándolo. Trajimos la cena preparada y nos metimos en la cocina, en esta cocina que tantas veces habíamos limpiado ella y yo, con la pulcritud que mi madre nos exigía a las niñas. Sin poder evitarlo, repasamos con mirada crítica cada rincón. La mujer que atendía a mi padre, la que dormía en la casa y que le acompañaba cada tarde a la terraza de la Lonja donde solía rellenar el sudoku o escribir pensamientos en servilletas, su escudera, como él cariñosa y extrañamente la llamaba, no era muy cuidadosa en lo que a limpieza se refiere. Pero él no reparaba en ello, sólo le importaba no estar solo.

Mi padre esperaba a que organizáramos la cena sentado a la mesa del comedor, irritado, sabiendo que las hijas fisgoneábamos, que no podíamos evitar sentirnos dueñas de ese territorio y abrir cajones y armarios con desparpajo y mirada crítica. Le oíamos canturrear su vieja melodía de desaprobación, receloso de que nos estuviéramos inmiscuyendo en su intimidad. Yo le dije: papá, cuántas cosas inservibles hay en el cajón, ¿para qué quieres dos sacacorchos rotos? ¿Por qué no abrimos este nuevo? Este nuevo te lo regalé yo hace dos años y no lo has abierto. Él se levantó, con la dificultad del que se ahoga y con la impaciencia de siempre pero sin la capacidad de andar rápido. «¡No, dejad las cosas en paz! ¡Todo sirve! ¡A mí me sirven los tres!» Me quitó de las manos el sacacorchos al que le faltaba una de sus asas y lo hincó en el corcho de la botella con su habitual torpeza y una fuerza tan desproporcionada que la espiral se le hincó en el dedo y le abrió la piel transparente y deshidratada, su pobre pellejo de anciano. La sangre comenzó a brotar escandalosamente y nos apresuramos a vendarle la mano de mala manera, tratando de no sacarlo más de quicio. Comió la tortilla con la mano herida temblorosa, envuelta en aquel mal vendaje, y la cabeza apoyada en la otra, como un niño que se consuela tras un accidente. Su genio irreductible nos impidió advertir que estaba muriéndose. Esa noche estaba muriéndose.

A partir de ese momento comenzamos a complacerle. Volvió lentamente a su sillón, un sillón de un azul desvaído en el que pasó prácticamente el último año. Le servimos un whisky y se encendió un cigarro, comió algo de chocolate. Las fuerzas no le daban para acercarse el pitillo a la boca. Ese simple gesto le obligaba a hacer acopio de un esfuerzo que entrecortaba su respiración. Se conformaba con sentir el filtro en los labios. Con dar un pequeño sorbo al whisky. Éstos habían sido sus vicios, sus consuelos, sus dependencias y siguieron siéndolo hasta el final. Eran, aunque no lo supiera él ni nosotras, los caprichos de la última cena que se le da a un condenado a muerte. Daba miedo dejarlo solo, era insensato y, sin embargo, le dimos un beso y nos fuimos, dejándolo libre para tomarse el somnífero contraindicado con un sorbito de whisky.

Mi marido se ha propuesto ordenar los papeles. La casa está llena de papelajos y es como practicar una arqueología que se remontara tan sólo a los años setenta. Para cada uno de los hijos mi padre tenía reservada una carpeta, ahí entran las notas, los recibos, alguna prueba médica. Nuestros escritos, los de mi marido incluidos, están ordenados cronológicamente. Mi último artículo está ahí, el primero del montón, el que se publicó ese último domingo que estaba vivo. También recortaba crucigramas en los que aparecía mi foto o ese tipo de recordatorios absurdos en los que algún periódico da cuenta de mi cumpleaños. Nuestra presencia, la de sus hijos, inunda el piso, con artículos enmarcados, con fotos en las que salimos feos, con algún trofeo grande, pesado y mostrenco sobre la repisa de la entrada: «lo tengo aquí porque si entra un ladrón no voy a perder el tiempo llamando a la policía, yo le abro la cabeza». Encima de su mesa, bajo el abrecartas, sigue el papel donde escribió sus últimos deseos. Son dos. El primero está cumplido. Luego hay un gran espacio en blanco, como si hubiera habido algo que hubiera querido añadir y no se atreviera. Muy al final de la hoja, escribió otra petición, «no vendáis esta casa, se la puede quedar Inma vendiendo la suya y dándoos vuestra parte».

Sonrío porque advierto el carácter manipulador de mi padre. No son deseos, son órdenes. Es el ateo que quería organizarse un reposo tranquilo en el más allá y determinar las condiciones de nuestra felicidad después de muerto.

Yo no sé si mi hermana quiere vivir en esta casa. Lo más seguro es que le angustie volver al mismo lugar del que un día quiso salir, y que lo entienda como un retroceso. Pero yo empiezo a imaginar cómo será eso de poner este piso a la venta, la rareza de enseñar cada habitación a unos extraños, desvinculando el espacio de todas las escenas que vibran en mi memoria cuando entro en cada uno de los cuartos. Y cómo será observar esta torre de pisos desde fuera, cuando un día pase en coche por la autopista de Valencia y la vea alzándose, la primera de mi barrio, en este promontorio de nombre horrendo, Arroyo Fontarrón. ¿Creeré ver la sombra de mi madre sentada al lado de la ventana esperando a verme volver del colegio? ¿La de mi padre fumando, acodado en la barandilla de la única terraza no cerrada del edificio?

Desde que hemos llegado siento sus presencias, me rozan o me traspasan cuando camino por el pasillo estrecho. A mi padre lo veo ahí, en el cuarto diminuto, encorvado sobre una mesa baja, estudiando el tercer curso de Derecho. El cenicero, rebosante de colillas, y agitando él de vez en cuando los hielos del whisky. Mi madre me espera en el salón para ver una película, está sentada en el sofá, y me retira como siempre de hacer mis deberes, se resiste a mi crecimiento, contribuye a mi escaqueo escolar aunque luego me exija, incongruente, que saque buenas notas. Nunca hace falta que me insista, me siento a su lado. Me sumo a sus bromas si está contenta, a ese humor tan suyo que se ha ido volviendo más cáustico según avanza su deterioro físico. A veces me asombra y me hace pensar que una madre que no conozco se está apoderando de la mía. Mi hermana está estudiando en el cuarto de las niñas. Los libros de Filología se amontonan sobre su mesa y sobre mi pupitre, que uso poco. Es la más recta, la más cumplidora. A mí el juego me tienta, no sé resistirme a la diversión. Ella me toma el pelo porque dice que cuando nadie me ve aún hablo con mis muñecas. Y no es verdad. Bueno, un poco. A mi hermano Lolo lo veo salir de su habitación por la mañana ya con la boina del Che y la trenca puesta, tal y como entró en su cuarto la noche anterior. Tose por el pasillo de camino a la puerta porque tuvo tosferina de niño. No sabemos dónde cena. A veces no viene a dormir. Tiene un mundo aparte del que intuyo algo cuando me lo encuentro en el local del Partido Comunista. Cambia de novia más que de camisa, va y viene siempre como agitado, como un ejecutivo de la revolución. El otro día mi hermana y yo nos lo encontramos en la plaza del Sarma. Estaba con unos amigos. A ellos nos los presentó como «unos camaradas», a nosotras como «unas compañeras». Desde entonces nos referimos a él como el compañero de piso. Chechi es ahora César, aunque le pasa como a mí, que no se aclara y aún le quedan ramalazos de la infancia. Ha empezado veterinaria, pero no se concentra. A veces preparamos una cafetera para estudiar por la noche lo que no hemos estudiado durante el día y acabamos bailando sobre las sillas, con la música baja para no despertar a mi padre, pero bailando como locos. Cuando no está con sus amigos sigue jugando conmigo. Le gusta retarme, apostarse algo de dinero por retos francamente tontos. La otra noche me dijo que si lograba meterse una naranja entera en la boca le tendría que dar tres pagas del domingo. Y yo acepté. Lo consiguió pero no podía respirar, empezó a ponerse rojo, y tuve que llamar a mis padres. Eran las dos de la madrugada. Mi padre se levantó, le sacó la naranja de la boca con cierta violencia y luego le dio un tortazo. A mí no me dio porque salí huyendo a mi cuarto, y porque a mí casi nunca me da.

Mi padre se despierta en mitad de la noche y para tranquilizarse se toma media tableta de chocolate que tiene en la mesilla. A veces sale gritando del cuarto porque nos la hemos comido nosotros. Por las tardes, uno a uno, vamos visitando su mesilla. Hasta que nos acabamos la tableta y la culpabilidad queda diluida. Sabemos la que puede montarse de madrugada si encuentra vacío el envoltorio, porque el chocolate es indispensable para que vuelva a conciliar el sueño. Es paradójico, le tenemos miedo, pero no podemos evitar desobedecerlo en cuanto no está. Mi padre es muy nervioso. Algunas mañanas, cuando se levanta a las seis para ir a trabajar, le oímos decir en el cuarto de baño que le va a dar un infarto y que nos quedaremos solos. Cuando dice solos quiere decir solos los cuatro con mi madre y sin que él nos traiga dinero a casa. Sé que es espantoso pero me tranquilizo pensando que al menos el piso ya está pagado. Mi padre se lleva a menudo la mano al corazón, él cree que va a reventar de los nervios, pero es el corazón de mi madre el que está roto.

En los últimos tiempos, mi madre le contesta que se debía haber casado con aquella novia de Gaucín, la que era hija de un fabricante de chocolate, y así viviríamos todos más tranquilos. Siempre dice la misma incongruencia desde la cama cuando él se levanta a echarnos la bronca de madrugada. Si se hubiera casado con la chocolatera nosotros no seríamos nosotros plenamente. Mi madre, a su vez, se habría casado con el médico del pueblo que la pretendía cuando se metió por medio mi padre, de tal manera que una mitad de nuestro ser sería gaucinesca y la mitad ademucera. Prefiero ser yo en mi integridad absoluta, aunque a veces se respire tan mal ambiente.

En esta casa que ahora, muerto mi padre, podría venderse nos movíamos los seis, detenido el tiempo en mi memoria en aquellos mediados setenta, repitiendo cada uno las acciones del día a día, las que conformaban cada uno de nuestros caracteres y nos definen en el recuerdo. Mi padre, hombre de acción, contrario a la pereza, recorriendo a zancadas el pasillo; mi madre, contemplativa, algo perezosa, buscando siempre un rincón en el que rumiar sus pensamientos o leer. Y nosotros cuatro, que somos ruidosos, que añadimos amigos que aumentan el ruido, y que discutimos a menudo, nos insultamos, y a veces hasta llegamos a las manos, sobre todo los chicos; nosotros, que aunque ocupamos el lugar abusivo que se conceden los adolescentes a sí mismos, estamos convencidos de que nos sobra espacio para albergar secretos porque las casas de nuestros amigos son muchos más modestas. Somos de los ricos del barrio. Mis padres han decorado la casa con esmero. Es la primera que tienen desde siempre y para siempre, para siempre. *Para siempre* es una expresión que apenas conocíamos, pero la salud de mi madre ya no permite más traslados. La decoración es austera: pocos muebles, pero sólidos, discretos. Con el tiempo sabré percibir que son elegantes y que componen un ambiente armónico. No hay casi ningún cuadro, sólo un óleo pintado por mi padre, impulsado en una época por una de esas aficiones artísticas a las que se entregaba feroz y fugazmente, en el que se ve una calle estrecha de Ademuz. Está en el recibidor. Cuando vienen visitas, mi padre los hace situarse lejos, en el salón, pegados a la terraza, para ir avanzando luego lentamente hacia el cuadro con el objetivo de que imaginen que caminan por esa misma calle que desemboca en la iglesia. Hasta los trece años yo me colocaba detrás de la visita y hacía el mismo paseíllo. Entonces aún conseguía trasportarme a ese lugar del pueblo y creía andar sobre el asfalto pulido por los pasos humanos, oír a los cientos de pájaros que a la hora del cuadro, al atardecer, sobrevuelan el campanario piando como locos, chillando. Podía imaginarme, seducida por las imperiosas palabras de mi padre, traspasando el lienzo y saliendo a la plaza del Raval donde se alza esa iglesia imponente para un pequeño pueblo, pero ocurrió que llegó el día en que empecé a advertir el absurdo de todo aquello, el día en que colocándome como solía detrás de la visita me dio un ataque de risa. Y ya no he parado de reírme. Las cosas que decía o hacía mi padre comenzaron a parecerme extravagantes y de secundarle cualquiera de sus fantasías pasé a no dar crédito y a adoptar una mirada crítica. Por otro lado, reconozco que esa misma credulidad que un día se esfumó es la que hizo de mi infancia un período en el que convivían sin trauma lo real y lo mágico.

Él y sus ideas, sus actos, sus muchos proyectos irrealizables parecían hechos a la medida de una mente infantil.

Sólo unos cuantos adornos atesorados a lo largo de los años y que habían sobrevivido a los traslados lucían en la estantería de nogal al lado de las novelas del Círculo de Lectores y de la colección Reno, de las enciclopedias de las maravillas del mundo y de los libros de ovnis de Von Daniken y de fenómenos paranormales no resueltos a los que mi padre era tan aficionado. La mitad de esos adornos acabó hecha añicos aquella noche en que mi madre quiso romper su vida en común estrellándola contra el suelo.

En el diario encontrado por mi marido en un cajón de su escritorio, mi padre escribió esta especie de biografía que leemos ahora:

Tengo setenta y siete años. Desde el año 1973 vivo en este barrio, que para mí es mi pueblo. Mi resumen de sitios en los que he vivido es: con mi padre, siete traslados, y veinte por mi cuenta (doce de ellos con mi mujer y mis hijos). Además de los períodos entre un traslado y otro pasamos temporadas en el pueblo de donde era mi mujer, que me dio felicidad, mucha felicidad. Soy hijo de militar. Mi padre se jubiló de capitán. Yo tuve siempre un sentimiento liberal. Por eso, a los dieciséis años comencé a trabajar de contable. No quise ser guardia civil. A los dieciocho años comencé el servicio militar en la Guardia Civil, en la serranía de Málaga, muchas noches a caballo por la sierra, desde el 47 al 50. Fueron años muy duros. Se me destrozaron las uñas para siempre por las botas de dos números menos que el mío. Uso un 44. Pero siempre me sentí libre, yo me mantenía casi desde niño, no como mis hermanos, y aprendí a tener independencia y disciplina. En formación lo probé todo: estudié contabilidad con doce años. Luego comercio. Contabilidad en la CCC con doce años. Ingresé en la Escuela de Arquitectura en Barcelona. Lo tuve que dejar. Preparé oposiciones a policía que se desconvocaron a última hora. Quise irme de emigrante a Canadá, pero no me dejaron salir por ser menor de veinticuatro años. Y ya en Madrid, con mis hijos adolescentes, hice tres años de Derecho en la Complutense, con el acceso a mayores de veinticinco años, consiguiendo varias matrículas.

A los veinticuatro años volví a la constructora en la que había empezado a los dieciséis. Abrí las oficinas en el protectorado de Marruecos, ascendí, y monté mi primera casa en Ceuta tras casarme con una mujer maravillosa. Con ella, pese a su estenosis mitral, tuve cuatro hijos. A los veintitrés años de casado, murió. Estoy orgulloso de una vida en la que destaco la honestidad y haber educado a cuatro hijos que son honestos también, inteligentes y buenos. Me volví a casar. Fue distinto al primer matrimonio. Ella era una viuda también con cuatro hijos. Pero aliviamos nuestra soledad y fuimos felices. La terraza del piso en el que viví con ella daba al Hospital de Maudes, donde a los nueve años, cuando mi madre me mandó a Madrid solo, yo recogía por las tardes a mi tía, que era enfermera en aquel hospital de heridos de guerra. ¡Qué vueltas da la vida! Mi segunda mujer murió de cáncer. ¡Otra vez solo! Luego sobreviví con ayuda de externas, hasta que llegó la que hoy es mi escudera, que lleva cuatro años interna y encontró en esta casa un remanso de paz. Ahora se ha ido por un mes, del 20 de agosto al 20 de septiembre, a disfrutar de unas merecidas vacaciones. Esto es, a vuela pluma, un resumen de mi vida: ¡Gracias a todos!

Esta manera tan sintética de contar una vida me recuerda aquello que contaba Antón Chéjov sobre el diario que seguía su padre y que Antón y sus hermanos leían con gran divertimento a escondidas.

En él, Pável Yegórovich daba cuenta con tal objetividad de sus quehaceres cotidianos, de los cambios de tiempo, el peso de los cerdos, el estado de los cerezos, las trastadas de los perros o las idas y venidas de sus hijos, que más parecía un registro mercantil que un cuaderno donde tratara de reflejar sus estados de ánimo o desahogar asuntos íntimos. A Chéjov le conmovía esa incapacidad de su padre para contarse a sí mismo. El escritor dejó constancia de cómo el autoritarismo brutal de su progenitor le había arrebatado cualquier asomo de felicidad en la infancia, y aunque nunca ocultó la herida que había dejado en su corazón la crueldad con la que había sido educado, la enorme humanidad del escritor le llevó a tratarlo con afecto cuando se hizo viejo. Esa falta de autoanálisis que se reflejaba en el diario paterno, esa nula huella de lo sentimental, más que irritarlo le permitió tolerar su analfabetismo emocional, tratarlo como a un tullido, y de ahí nació una actitud comprensiva hacia él.

Mi padre, al contrario de Pável, era un ser emocional, y su dureza, cuando la ejercía, era la consecuencia de un temperamento muy alterado. Detrás de cada frase del pequeño resumen de su vida yo sé lo que en realidad hubo y lo que oculta, la mezcla de amor y de remordimiento. Sé discernir entre las verdades y las verdades a medias. Pero me enternece leer esa despedida, ¡Gracias a todos!, porque siento que la pronuncia desde un escenario, dando la vuelta a un ruedo, a punto de hacer mutis por el foro, y hay en ella una aceptación alegre de una vida agitada por los acontecimientos pero también por sus tormentos interiores.

Tal vez debió morirse en ese momento. A los setenta y siete años, cuando aún podía alternar por los bares y refugiarse en sus vicios con cierta gallardía. Irse cuando uno es todavía uno íntegramente. Irse sin deterioro y sin rabia.

Hay carpetas que encierran informes sobre colegas que afanaron algo de dinero. Algunos eran amigos suyos. Se llegaba entonces a acuerdos. El tipo devolvía el dinero y si se había tratado de una cantidad excesiva se le echaba a la calle. Pero este trance se vivía discretamente. Todo con tal de evitar la cárcel. El dinero era goloso y tentador cuando se estaba a cientos de kilómetros de casa. Él conservaba esos informes como la prueba de una buena obra, de un concepto de justicia diferente.

Hay decenas de folios de aquellos que llevaban su nombre a la derecha en los que había escrito poemas. Entre su letra de carácter numérico y la seriedad de la tipografía del encabezamiento parecen operaciones matemáticas en vez de versos. De hecho, nos sorprende un poema escrito sólo con números. No sabemos descifrar su sentido, tal vez él le diera a cada número un significado mágico. Y puede, además, que se hubiera tomado dos o tres whiskies. Hay versos sobre la soledad de aliento machadiano, y algunos discursos para las reuniones de antiguos compañeros de la empresa, de prosa retórica y celebratoria. Al final de todos ellos siempre anima a los asistentes a levantar la copa. Se habla en ellos de la libertad, de los ideales, de los amigos, del comer y del beber. Hay fotos que atestiguan ese amor por las comidas y las largas sobremesas. Son decenas de fotos de sobremesas. Hombres jóvenes fumando, hombres maduros fumando y bebiendo, ancianos retirados fumando y bebiendo. Las fotos echan humo y los personajes parecen envueltos en su bruma. Hay decenas de fotos de carnet, se puede seguir el curso de su vida, su juventud, madurez y envejecimiento en esos retratos. Los últimos de fotomatón, en ése que hay ahí mismo, a las puertas del supermercado. De hecho, hay una de los últimos tiempos. No se sabe para qué la necesitaría. Y en ella sale triste, espantado, como si fuera consciente de la inminencia de la muerte. Su rostro imponente convierte la imagen en un retrato de Richard Avedon.

Encontramos de pronto postales de una mujer que le escribe desde Suiza. Mi marido sabe algo de esa historia, sabe que estuvo en Suiza con ella, porque ya en el sofá, tras la comida, con una copa o dos y creyendo que yo me había quedado dormida, solía animarse a confesarle asuntos de faldas. En los últimos años, con esa desinhibición que dicen se despierta en los viejos, disfrutaba contándole algunas de sus aventuras verdes, porque eran asuntos verdes, como en el cine del destape. La señora suiza escribe que desea que se vuelvan a ver. La señora suiza de origen español trata de conquistarlo diciéndole que ella le dará unos cuantos consejos de salud para que goce de una mayor calidad de vida. La señora suiza se ofrece a ayudarlo para que deje el tabaco. Y para que dosifique el alcohol. La señora suiza dice que ella sabe de lo que habla porque hace ya muchos años que puso distancia de la cultura española, que se basa en la comida excesiva, en el tabaco y en el alcohol sin control. Es cómico que alguien tuviera tan poca perspicacia como para considerar a mi padre un hombre dócil y reformable. Ella describe todos aquellos vicios que vertebraron su vida.

Hay más mujeres, mujeres en restaurantes, mujeres en salones que no conozco, que a veces parecen bingos, mujeres con las que sin duda tuvo algo parecido a una relación. Él quería casarse, así lo decía, pero Hacienda le complicaba el matrimonio.

Y hay fotos antiguas de mis padres en las páginas de un álbum de cartulinas negras medio rotas, pequeñas fotos en blanco y negro con los bordes ondulados que yo fotografío con mi móvil para agrandar sus caras y estudiar sus expresiones. Las he visto muchas veces pero es ahora cuando las encuentro sorprendentes. Toda la pacatería de esos años cincuenta, toda la obligada formalidad, el puritanismo, el peso de la religión católica que condenaba a los jóvenes a besarse a escondidas o a casi ni tocarse hasta que llegaban al altar, la propia estrechez de mi madre, siempre tan comedida, todo eso queda asombrosamente anulado por la fuerza del deseo de esos dos jóvenes de las fotos, que, saliéndose del guión al que les condenaba la época que les tocó en suerte, se tumban en la hierba abrazados, sonrientes, con gestos de picardía, desvergonzados, rendida mi madre en los brazos de él, mi padre incapaz de controlarse y poniendo su mano bajo el pecho de ella, como sosteniéndolo. No había reparado en esa expresividad, idiota de mí, en esa fogosidad tan patente en sus sonrisas, no lo había visto, yo, condescendiente, que como todos los hijos pensaba que la pasión es un invento del presente y que ellos, nuestros padres, fueron ajenos a ella.

Hay títulos de bachillerato en los armarios, ese tipo de cosas que se quedan olvidadas por los cajones en casa de los padres, depositarios resignados de un pasado para el cual nuestros pisos no encuentran espacio. Hay un diploma. Espera, espera, este diploma es el que me dieron cuando gané el célebre concurso de redacción de la Dirección General de Tráfico. Lo tomo en mis manos. Mi nombre ahí. Me vienen ráfagas de lo que escribí en aquellos dos folios. Voy con él en la mano hacia la habitación diminuta, donde mi padre estudiaba por las tardes y mi madre sollozaba los domingos cuando se quedaba sola, una habitación asfixiante por su estrechez, como un vagón de tercera, y entonces, recuerdo ahora, lo presencio apoyada en el quicio de la puerta, cómo me acerqué a él y le dije: tengo que hacer una redacción sobre el tráfico. No había pretensión literaria alguna en mí sino la obligación de cumplir con un deber escolar. Como si fuera un recuerdo censurado, la memoria me devuelve frases, frases que yo iba escribiendo con ideas fantasiosas dictadas por un tipo de imaginación que no era la mía. Scalextrics supersónicos, no como el gris y agobiante de Atocha, que recorren la ciudad con la suavidad con la que vuelan los ovnis, propulsados por ese tipo de energía aún por inventar que no contamina, calles en las que pueden moverse los peatones con total libertad sin que los perturbe el tráfico. Ciudades higiénicas, parecidas a las que aparecían en las ya viejas películas de ciencia ficción, urbes inspiradas en esas comunidades de marcianos que podías imaginar sólo con mirar al cielo nocturno y teniendo fe.

No era habitual que mi padre me ayudara con los deberes, porque él perdía la paciencia enseguida, no comprendía que para enseñar hay que adaptarse a una mente infantil. Pero dado mi desinterés por el mundo del automóvil acudí a él, y ahora, por sorpresa, con mi diploma en la mano y sentada en la mesa baja en la que él se disciplinaba para sacar su tercer curso de Derecho, se me hace evidente que él me dictó aquella redacción, y luego, sorprendido por la considerable cuantía del premio, se sintió con el derecho de apropiarse de gran parte de la recompensa. No deja de ser pueril que un padre defienda la autoría de la redacción de su hija de diez años, pero reconozco que en su reivindicación infantiloide tenía razón y eso me lleva a constatar que sus delirios se forjaban, precisamente, cuando se le contradecía o se le desacreditaba, aunque fuera en un asunto tan banal como éste.

Ay, papá, papá, me enseñaste a no tener nostalgia, a reprimirla. Y creo que he sabido vivir sin rendirme a ella. Yo también podría escribir una breve memoria de mi vida haciendo recuento de todos mis traslados, que ya no son menos que los tuyos. Entonces, si no soy proclive a dejarme a llevar por la tentación de la nostalgia, ¿por qué me descompongo cuando imagino que este escenario de nuestro pasado familiar será pisado, manoseado, diría que ultrajado por extraños? Forzada a no sentir pena por los lugares del pasado, el único suelo donde se hunden mis raíces es el parquet de este piso en un barrio que más que estar en Madrid, mira hacia Madrid, con la misma perspectiva de un cuadro de Antonio López. Aquí se resume mi pasado, en los 124 metros cuadrados que comprasteis con el dinero de la Lotería del Niño en el 62, ubicado en un terreno por donde aún corrían las ovejas en los años cincuenta. Si pierdo esto, dime, qué me queda.

Tú quieres manipular nuestro futuro, decides después de muerto qué es lo mejor para nuestra felicidad. A mí me ocurre algo parecido, tal vez es un comportamiento heredado: quisiera manejar los hilos, influir en los deseos ajenos. Soy tan arrogante como tú y creo calibrar qué es lo que les conviene y lo que no a las personas que quiero. Quisiera ser Dios y manejar los hilos. Me pasa en la calle con los desconocidos, con los amigos, con cualquier conocido que va y me plantea una disyuntiva. Pregunto, indago, sopeso y luego deseo actuar. Quiero influir en las vidas ajenas, mejorarlas según mi criterio, aun a costa de la voluntad de sus dueños, que yo considero avanzan por la vida desorientados, sin encontrar el camino que los conduzca a un lugar sereno.

La casa, la que fuera nuestra, está abarrotada de objetos inútiles, cachivaches sin sentido de los que no querías desprenderte. Para ser fiel a tu deseo, padre, que en realidad es el mío, debo serte desleal. Comienzo a imaginar todos los muebles, objetos, trastos que han de desaparecer de mi vista para que este piso se parezca a aquel hogar austero, carente de pretensiones, que reflejaba vuestro buen gusto en común, que era hábilmente dictado por mamá. Quiero devolver este hogar a su origen, desvestirlo de una confusión mental que te llevó a dejarte arrastrar por la acumulación y a perder el sentido del gusto.

Entonces, siento como una fiebre que me arroja a la actividad, como si comenzara una misión que tengo que cumplir con fe ciega, y con la ayuda de mi fiel Blanca, que en tu boca sería mi escudera, comienzo a desprenderme de todo aquello inservible, innecesario, hortera, aparatoso, feo. Caen a las grandes bolsas de reciclaje los sacacorchos, sí, papá, la lealtad no se encuentra en un sacacorchos, caen los cubiertos rotos, las ollas sin asas, los pequeños objetos inútiles que llenan los cajones, los servilleteros viejos, las jarritas recuerdo de mesones, de mieles, de cuajadas, las fotos enmarcadas en las que estamos tan feos, papá, los artículos que enmarcaste, el cuadro de Munch que cogiste de la basura, esas láminas que Dios sabe de dónde salieron en unos marcos que encogen las paredes, fotos nuestras en actos oficiales, una tele que ya no funciona, almohadas eléctricas en desuso, ladrones con los cables rotos, tazas sin asas, lámparas sin tulipa o tulipas sin pie, tu sillón azul desvaído, ése en el que pasaste el último año, padre, mi amor no disminuye si dejo en la basura este sillón.

Viajamos en una furgoneta a un punto limpio cuando anochece, nos deshacemos de aparatos que no vale la pena reparar, papá, eres el rey de la obsolescencia programada, convertimos en trapos las sábanas rotas y las mantas las usamos como hatillos donde meter ropa que donamos a la parroquia. Al bajar algunos cuadros al contenedor de la calle, de nuestra calle, siento en mi nuca las miradas de todas esas mujeres que cerraron sus terrazas de aluminio en cuanto se quedaron viudas, y compruebo que cuando subo a casa y me asomo a la terraza alguien ya se lo ha llevado todo, porque llevan días vigilándome, como cuando me daba el lote con un novio en la esquina. Salgo al paso del chatarrero, llevo a la farmacia todo ese arsenal de ansiolíticos, somníferos, analgésicos, ventolines, bisolvones y antibióticos que hacían de tu armarito una puerta directa al suicidio.

Sé que estoy como poseída, que deseo con furia salirme con la mía, que quiero que esta casa vuelva a ser aquella que fue nuestra, el pequeño reinado de mamá, del que casi no salió una vez que la tuvo decorada para siempre. Ese «para siempre» es lo que yo quiero recobrar. A mediodía, mi marido y yo salimos a comer en alguno de los bares del barrio y los camareros nos invitan a un vino en memoria de mi padre. Han perdido un cliente. Y el banco, ese banco que era más suyo que de nadie donde los vecinos se le confesaban, donde daba consejos médicos, donde desafiaba a los muchachos por poner las botazas en el asiento y les hablaba de los obreros que habían arriesgado su vida por llevar el agua a Madrid, parece combado en ese lado izquierdo en el que él solía sentarse, protegido por esa intemperie que tanto le gustaba, en enero o en agosto, dispuesto a interrumpir su lectura del periódico por entablar conversación con cualquiera que se acomodara a su lado. Mirando a Madrid, su descampado de siempre, aquel por el que yo me aventuraba para ir hasta el instituto, convertido hoy en el parque Darwin.

Y llega un día en el que vuestro piso, papá, mamá, parece el de aquel entonces, ha vuelto a su aspecto de 1975, más viejo todo, las tapicerías, la estantería de nogal, los libros con ediciones que ahora tienen una peculiaridad de época, los escasos adornos. Todo gastado. Todo perfecto, para mí. Mi hermana vuelve esta tarde de vacaciones. Poco sabe de estos días de trabajo agotador, poco sospecha de mi objetivo. Estoy trazando la línea de su futuro. Ella entrará. Se echará a llorar cuando vea el cambio. No querrá quedarse aquí, no, no querrá, dirá entre los sollozos no contenidos de las personas que saben llorar ante los demás, que para ella vivir en este piso sería como volver a aquella adolescencia. Yo haré que la comprendo, le diré que cuando quiera colgamos el cartel de Se Vende en la terraza. Nos sentaremos en el sofá. Recordaremos aquellas noches en las que, tras la muerte de mi madre, analizábamos hasta las tantas de la madrugada el comportamiento de mi padre. Criticábamos con tal dureza su egoísmo, sus iras repentinas, su supuesta falta de preocupación por nosotras, que nadie hubiera dicho que éramos las mismas hijas que al día siguiente le íbamos a recibir con una sonrisa, yo le colgaba el traje, Inma le daba conversación, las dos nos reíamos cuando nos decía muy serio: «¡no quiero que me deis la razón en todo, necesito alguien con quien discutir!». Habíamos aprendido a sacarlo de quicio.

Sé que esta noche mi hermana no se podrá dormir, que le dará vueltas a la idea de volver a la casa donde estudió su carrera, medió entre mis padres, me cuidó a mí, me contó películas y novelas todas las noches, se comportó como una joven en exceso responsable en esa casa caótica. Le apenará, por otra parte, que alguien vulnere nuestros recuerdos. No puede verse a sí misma enseñándoles a unos extraños el cuarto de las niñas, donde mamá esperaba mi regreso de la escuela desde la ventana, en el que escuchábamos música folk americana, en el que ellas se intercambiaban confidencias de las que yo era excluida. ¿Cuánto dinero podríamos pedir a cambio de entregar ese espacio que mi madre decoró para siempre?

Esta noche, a punto de dormirme, yo también pensaré, pensaré en lo que mi hermana estará sopesando. Sólo tendré que esperar unos días hasta que la decisión de hacer esta casa suya brote en su pensamiento como una idea propia. Somos ejecutores de la felicidad de otros, papá.

Y pensando esto, me echo en el sofá, miro el salón que parece el de entonces, y me hundo en el sueño. Tengo catorce años, duermo con la fiereza de una adolescente. En breve vendrá mamá a decirme que por qué no voy a la pastelería Gloria a comprar unas bambas con nata para merendar.

EL NIÑO Y LA BESTIA

María, una sobrina lejana de Aranjuez a la que yo no conocía, vino a casa una tarde de julio de 2016. Se sentó frente a mí y me miró con esos ojos grandes que no pestañean y que ahora conozco tan bien. Yo trataba de buscar algún atisbo genético en sus rasgos, pero María posee una cara tan dulce que es difícil emparentarla con esa otra parte de la familia de grandes narices, barbillas cuadradas y mirada incisiva. El parecido llegó luego, o tal vez así lo quise creer, cuando descubrí a la mujer tozuda que es, tozuda, decidida, resolutiva.

Se me había presentado por mail diciéndome que tocaba el corno inglés, que vivía en Berlín, y que había ido adaptándose obras para ese instrumento peculiar; queriendo crearse un repertorio, ya que se trata un tipo de oboe poco frecuentado por los compositores, algo sorprendente, porque su sonido tiene la capacidad de transmitir un mensaje penetrante y lleno de hondura, como si se tratara de una voz que nos narrara una verdad desde el más allá.

Me dijo María que de vez en cuando se reunía con otros colegas para salir de ámbito de la música clásica y adentrarse en aventuras más experimentales. Con su marido, el contrabajista Ander Perrino, había organizado un sexteto con el que pretendían explorar terrenos literarios. Una ópera contada, me dijo. Una historia que se cuenta con palabras y música. La voz como un instrumento más. María me pedía un texto para su proyecto, también mi voz para interpretarlo. Había oído hablar de mí en el entorno familiar desde que era niña. Cuando me escuchaba por la radio, cuando veía mi nombre en la portada de un libro, ella se imaginaba conociéndome y restableciendo un lazo familiar que la vida tan nómada de mi familia había roto.

Hacía tres años que había muerto mi padre y yo andaba tanteando el terreno para escribir sobre él. No quería hacer un ejercicio nostálgico, no soy proclive a la nostalgia, tampoco una suerte de memorias, ni algo puramente sentimental. Deseaba que la escritura fuera la continuación natural de un ejercicio al que me había entregado desde niña: a observar, a observar a mi padre, a tratar de entender un comportamiento errático, imprevisible, que iba de la calidez a la furia sin darte tiempo a reaccionar. No hay persona a la que yo haya dedicado más horas de conversación que a mi padre. Desde el análisis que hacíamos de él mi hermana y yo con nuestra manía de exprimir los asuntos hasta que se agota el sentido de las palabras, a esas horas de terapia a las que tantas veces he acudido para calmar mi ansiedad y en las que la presencia paterna ha acabado por acaparar el espacio que yo debía dedicar a mis propias neurosis. Aunque podría trazar una línea clara y certera de sus obsesiones a las mías, de sus angustias a las mías, porque es inevitable reproducir algo de los esquemas mentales de quien te educó, jamás eso mermó mi cariño. Como él, soy dura y no tiendo a culpar a los demás de mis incapacidades. Dicen que de los muertos se acaba añorando más las manías que te irritaban que la coherencia de sus actos: si hay algo que yo no quisiera borrar de su recuerdo es aquello que en su día me avergonzó o me irritó. En la habitual idealización de los muertos, tan practicada en el ámbito familiar, hay una falta a la verdad que me saca de quicio.

Cuando María vino a casa aquella tarde de verano yo había escrito un cuento sobre el primer ingreso de mi padre en el hospital por la asfixia del EPOC; en el segundo, encontraría la muerte. Dedicaba unos párrafos a una peripecia infantil que mi padre nos contó muchas veces a lo largo de su vida. De niña yo escuchaba su aventura en el Madrid devastado de 1939 como si fuera un cuento y mi padre su pequeño héroe. Él mismo se definía así, como un chaval valiente, astuto y temerario. Lo era. Pero también había una voluntad inquebrantable de presentarse así ante el mundo, acostumbrado a ocultar sus miedos como una forma de conjurarlos. Ocurrió que a raíz de aquella estancia hospitalaria, sumido ya en el pesimismo que le producía la inevitable cercanía de la muerte, cambió la naturaleza de la historia, desvelando una versión oscura de aquellos meses de la primera posguerra en los que hubo de sobrevivir a la soledad con apenas nueve años. Encubrir la desgracia con humor había sido una constante en su vida, era una estrategia para no mostrarse como una víctima, para justificarse y para sobrevivir. Su decadencia física le dejó sin aliento en un sentido literal y también le minó ese sistema de autodefensa mental que tantas veces le había salvado del miedo.

María, con un brillo de dulce inteligencia en su mirada, también me observaba abiertamente. Yo había sido en su infancia una de esas ausentes parientes dickensianas que algún día han de hacer una reaparición a lo grande para restablecer una fortuna arrebatada. Sentada frente a mí, derecha, poseedora de esa sólida complexión propia de los músicos que han de acarrear de aquí para allá con el peso de sus instrumentos de trabajo, me explicaba su proyecto con una determinación que despertó mi confianza en ella.

Sentí algo parecido al remordimiento por no haber frecuentado a la familia de Aranjuez. Mi padre les guardaba lealtad. Alguna vez visitaba al primo Lázaro, y siempre los llamaba en las fechas señaladas de rigor. Sentía hacia ellos una gratitud que no se apagó nunca. A pesar de que la asombrosa historia que contaba sobre su desgraciada estancia en Madrid tocaba a su fin en un Aranjuez donde él encontró cobijo y consuelo, sus hijos nunca tuvimos tiempo, curiosidad o ganas para acompañarle en una de aquellas visitas, y los lazos que él mantenía se rompieron definitivamente con su muerte.

Su ausencia me hizo preguntarme por qué yo, que tantas preguntas hago, le hice a él tan pocas. Tal vez ocurría que él era tan charlatán que no dejaba espacio para nuestra curiosidad. A menudo lo escuchábamos sin abrir la boca y rumiando cada uno nuestros asuntos.

Le dije a María que escribiría un texto para el escenario y que trataría de entender cómo era eso de narrar una historia inmersa en una banda sonora. Cuando se fue sentí una inexplicable necesidad de establecer un vínculo con esa parte de la familia a la que sólo me sentía unida por aquella historia de mi padre niño. Y pensé que el cuento tantas veces contado obraría el milagro y acercaría a mí un pasado del que surgían ahora infinidad de preguntas que me urgía responder. Ya no estaba mi padre para hacerle la gran pregunta: ¿Papá, tuviste miedo?

Ahora sé que lo tuvo. Realicé una cronología hacia el pasado. Todos esos comportamientos, miedos, terrores mal disimulados, iras, paranoias y desconfianzas que yo había observado desde pequeña, primero con fervor y luego con mirada crítica; su afición a las fantasías como manera de controlar el mundo, su amor posesivo hacia nosotros, la grima y el rechazo que le producía la enfermedad, toda esa personalidad indescriptible y abrumadora, se me presentaba ahora como el camino más eficaz de llegar hasta el niño que fue, el crío perspicaz, de brillante inteligencia, al que se le negó el estudio y escatimó el cariño. El miedo a la soledad ya no le abandonó nunca, marcó su carácter a fuego. Pero jamás de su boca brotó la palabra *trauma*. La escribo yo ahora porque he rastreado el origen de su tormento.

La psicoanalista Mariela Michelena me habló de que cuando el niño está inmerso en una experiencia traumática reacciona con estupor y sorpresa. Su único afán es la supervivencia y esa supervivencia depende de la negación de aquello que le está ocurriendo. Obedece al mandato único de salir adelante, no puede gastar energía en sentir, asustarse o compadecerse. Pero si años más tarde, en la edad adulta, vive una situación que le recuerda a aquella vieja experiencia infantil en la que el dolor fue camuflado, como le ocurrió a mi padre en Cádiz, revivirá el dolor con más intensidad, sumándose dos sufrimientos, el del pasado y el del presente. Así fue. Mi padre sospechaba que en un estado de soledad continuada podía perder la cabeza y evitaba enfrentarse a ese trance.

Cuando escribí el cuento se lo leí a Antonio, mi marido. Le pedí que se sentara en el sofá y yo me puse a cierta distancia, de pie, como si estuviera ya sobre un escenario. Estábamos a la luz de una lámpara de lectura y a la de las pobres llamas de nuestra falsa chimenea de gas lisboeta. Tras sentir su emoción, supe que el primer paso estaba dado. Se lo envié a María, que ya estaba impaciente. Ella se había dejado el móvil encendido en la mesilla y escuchó la entrada del correo en su buzón a las dos de la madrugada. Lo leyó y lo entregó a los músicos. Ander lo empezó en el tren, de vuelta a casa tras los ensayos, y no pudiendo contenerse lo siguió leyendo mientras caminaba por Mitte, su barrio, antes de llegar a su portal en la Chausseestrasse. Lander, el violista, regresaba en tren a Bilbao, tras haber tocado en Barcelona en un festival de música de cámara. El violinista Rodrigo Bauzá, lo leyó en su apartamento de Berlín. Rodrigo es de Formosa, una región mísera de Argentina. Me dijo que le hizo pensar en su papá, porque a pesar de que las circunstancias históricas no se parecían en absoluto al Madrid de la primera posguerra, el padre de Rodrigo vivió el mismo desamparo afectivo que el mío al ser el elegido entre los hermanos para que unos tíos se hicieran cargo de él y aliviaran la escasez que padecía la familia. Laura se sumergió en el cuento en un descanso entre las clases de clarinete que imparte como catedrática en la Escuela de Música de Frankfurt. Jarkko, el pianista y compositor, me contó que durante una estancia en una residencia en Arenys de Mar leía el texto una y otra vez cada mañana, daba un largo paseo tras el desayuno y luego, en una actitud más contemplativa, intentaba imaginar la música de alguno de los párrafos. Y un buen día llegó, escuchó de pronto la melodía o, por decirlo así, un cúmulo de sensaciones musicales.

Yo quería que sonara Madrid bajo los pasos de mi pequeño héroe, que viviéramos aquella ciudad de 1939 en la que no se vivía la paz sino la derrota. Jarkko Riihimäki, el compositor finlandés, vino a verme. Era la primera vez que visitaba Madrid. Paseamos por los barrios en los que el niño vive su aventura, y no pasó mucho tiempo hasta que yo pude escuchar las primeras piezas, tituladas con nombres que me llenaban de emoción, *El Rastro*, *Reminiscencia de mi padre*, *Atocha*, *Manolo*, *A mi hermano*, la *Marcha fúnebre*. Me parecía asombroso que hubiera experimentado tanta conexión con el texto, porque en aquellas notas yo sentía viva la presencia de ese crío audaz y desamparado que camina por una ciudad que apenas conoce.

Al fin estoy en Berlín, en este mes de noviembre de 2018. María ha trabajado tan concienzudamente en el proyecto que vamos a representar nuestra ópera contada en el Admiral Palast, un precioso teatro de 1910 que sobrevivió a los bombardeos de la Segunda Guerra Mundial. Ha conseguido que la Embajada de España incluya nuestro espectáculo en la celebración del hermanamiento entre Madrid y Berlín. Estoy alojada en la misma calle del teatro, la Friedrichstrasse, y me espera una semana de ensayos que no sé cómo voy a abordar. Esta misma noche hemos cenado todos juntos para irnos conociendo. Mi sexteto, este Linien Ensemble que fue bautizado porque Linien es una calle popular berlinesa que hace referencia a las líneas infinitas que se cruzan en el espacio, que se sabe dónde empiezan pero no dónde acaban, como este proyecto que hemos emprendido. El Linien lo componen el violín, la viola, el piano, el contrabajo, el clarinete y el corno inglés. O lo que es igual, Rodrigo, Lander, Jarkko, Ander, Laura y María. Ahora tengo miedo a decepcionarlos, a que todo el esfuerzo que han reunido para llegar hasta aquí, a que toda la confianza que han puesto en mí se desmorone. Los he ido escuchando en grabaciones de sus conciertos y estoy impresionada por su enorme talento. Soy la mayor, podría ser su madre, y sin embargo, siento que no tengo nada que enseñarles. Ojalá pudiera resucitar mi buen oído infantil, el de la niña que tenía una de esas voces blancas que llenan el espacio con una cualidad angelical. Yo era aquella que podía romper los cristales de una vidriera con sus agudos.

Miro la ciudad desde mi habitación del Eurostars. Un gran ventanal del techo al suelo parece sobrevolar las vías de un tren elevado. Es una visión expresionista, berlinesa en mi concepción fantasiosa de Berlín, entre cinematográfica y pictórica, que me parece un buen presagio de lo que está por ocurrir. Por la mañana, tomo ese tren para llegar a la RBB, la Radio de Berlín-Brandeburgo, donde nos han prestado un estudio gracias a que Ander toca en la orquesta. Voy atenta a no perderme porque sé que soy torpe, y con la excitación de esta vida breve que se me ha ofrecido como un regalo inesperado, cuando ya he superado los cincuenta y se supone que debería conformarme con escribir libros y artículos, convertirme en una escritora formal y de actividad previsible. Pero mi verdadera vocación no es literaria sino aventurera. Me gusta la acción, me gusta exponerme, aunque eso desate esas mil manías que en las épocas sosegadas, esos períodos en los que el miedo está bajo control, permanecen calladas y latentes, deseando hacerse notar a la mínima, activar su resorte. Cada mañana, antes de emprender el camino a la radio, me entrego a esos rituales numéricos que siento me han de librar de un desastre que veo acercarse amenazante. Estoy de nuevo sometida a mis viejas supersticiones, pero tal vez sea una vulnerabilidad que comparto con los cómicos y que debo de una vez por todas asumir. La angustia a exhibirme con la necesidad de ser escuchada.

Cuando llego al estudio de la radio y me siento rodeada por la calidez de los músicos desaparece la inquietud y, por momentos, floto por encima de las notas. Me animan a que cante y yo hago lo que puedo con esta voz que es la sombra de lo que fue. Comemos juntos en el comedor escolar de la radio. La consabida bandeja donde el camarero deja caer a golpes de cazo la grasa animal, el puré de patata, la pasta infantiloide. Llenamos el estómago porque actuar cansa. Los escucho hablar inglés, alemán, español. Trato de estar en guardia, de prestar atención. Presta atención, escribió Machado. Y Raymond Carver siguió su consejo medio siglo más tarde tal y como contaba en el poema «Ondas de Radio». Soy la única que no sé leer música, así que no me queda más remedio que prestar mucha atención, agudizar mi oído.

La víspera del estreno llegan mi fiel amiga Lali, mi marido, dos de mis hijos, Elena y Miguel, mi hermana, a la que no le había contado cuál es la historia que escuchará mañana. Siempre se tiene que enterar por los demás de lo que hago, me reprocha. Sabiendo ahora como sabe de qué trata el cuento me riñe por no haberla advertido. Yo intuía que debía venir, dice considerando que esta historia también es patrimonio suyo.

Me da pavor perder la voz, que se me descomponga el estómago, que se me trabe la lengua. Ya nos han comunicado que hemos llenado el teatro y lejos de tranquilizarme esa buena noticia, la presencia segura de cuatrocientos espectadores me perturba. Mitad alemanes, mitad españoles, que atesoran cuentos familiares parecidos al mío, protagonizados por niños que vagaron sin amparo por una ciudad destruida, que jugaron entre escombros, que padecieron miseria.

Aún no he salido al escenario y ya se me ha secado la boca. Tengo el paladar de cartón y la saliva gruesa. Pero ya no puedo salir corriendo. Cuando los músicos terminan de afinar camino lentamente hacia el centro del escenario, me sitúo ante el micrófono. Tras esta semana de ensayos ya no concibo mi relato sin música, sin esta música que ya está a punto de sonar. No sé quién soy, ni qué profesión tengo, ni a qué obedece lo que voy a hacer. Envuelta en el clamor de los primeros aplausos miro hacia arriba, hacia los focos, como si pudiera hablar con Dios y pienso, papá, ejerce de padre, esta vez sí, protégeme.

Y comienzo a leer.

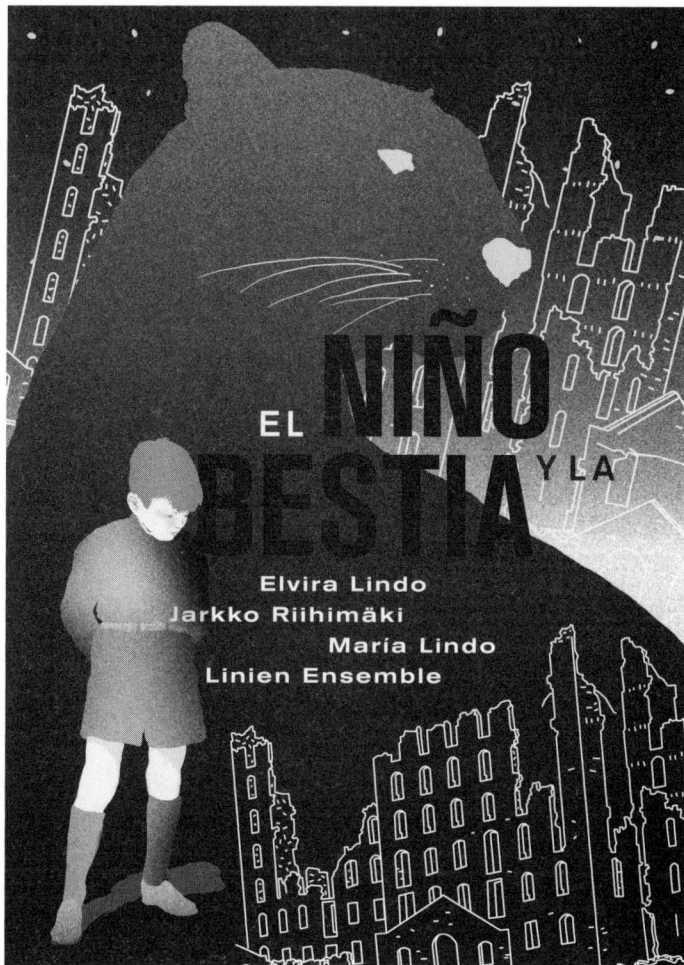

Mi mano dentro de su mano febril
Pienso, ésta es la última vez que disfruto este
    tacto
áspero y noble.

Como esculpida en madera,
la mano,
que fuera protectora, que fuera cruel
la mano de mi padre.

Tras esta cortinilla blanca
se cuela el rumor del mundo hospitalario,
el olor a fármaco, a desinfectante,
a decadencia y a aliento agitado.
Un olor espeso y vaporoso
que envuelve a los que agonizan
y a los que burlan por esta vez a la muerte.
Pasos que van y vienen,
ajustando sueros, vigilando latidos
Todo contaminado por la inminencia
del adiós.

Pero algo sagrado se convoca detrás
de esta leve cortinilla blanca:
es la intimidad del final,
que no precisa más que
de un trozo de tela
en un rincón de la planta de cuidados
    intensivos.

—Padre, ¿nos sientes?
Aquí estamos tus hijos y tus nietos.
Te rodeamos.
Nuestras manos posadas sobre tu cuerpo,
como si participáramos de un exorcismo
    improvisado
que aún pudiera
extraer de ti el mal que te está matando.
Padre, he tomado tu mano derecha.
¿Sientes mi mano dentro de la tuya?
Como cuando era niña,
pienso que puedo comunicarme
contigo sin hablar.
Contigo o con Dios.
¿Recuerdas, Padre mío,
cuando me rescataste de aquel viento
que a punto estaba de arrancarme de la tierra?
Yo pensaba en ti mientras me aferraba a las
    rejas
de una alcantarilla para no ser
barrida por el viento de la sierra.

Esperaba el milagro,
y tú de pronto apareciste.
Veo ahora tu cuerpo inclinado
por el huracán corriendo hacia mí,
envuelto en una nube de tierra,
y tus manos
levantando a la niña de cinco años,
apretándola contra tu pecho,
regresándola sana y salva
a casa.

Como Dios, eras salvador e implacable,
fiero hasta provocar el dolor
de tus hijos,
que fuimos tan hijos como siervos,
adoradores de la figura paterna
hasta que conseguimos liberarnos
de tu poderoso influjo.
O tal vez no,
y sigas siendo por siempre
el Vigilante, el Juez.

Padre mío, padre,
quisiera acompañarte adonde
quiera que te estás yendo.
Tal vez hayas emprendido ya
el pedregoso camino del recuerdo,
tal y como aseguran es
el ritual de los moribundos

para poder encontrar la luz del reposo eterno.
Padre mío, padre, déjame acompañarte en ese
viaje,
en un viaje por un tiempo
en el que yo aún no existía.

Veo al niño salir de la estación de Atocha. Lo escoltan dos guardias civiles y parece que lo llevaran detenido. La gente los observa de soslayo porque nadie se atreve a mirar lo que no debe. Tal vez el chiquillo se ha escapado y pretendía tomar un tren o es una huida que han propiciado sus padres. ¡Hay tanta gente que quisiera largarse de este Madrid derrotado!

El crío despide sin mucha ceremonia a los guardias. Uno de ellos le ha hecho una somera indicación con la mano señalándole el camino que ha de tomar. El niño se queda solo. Y cuando un niño está solo se nos antoja más pequeño, más tierno, más desposeído. Pero es un día soleado y sereno y el crío aprieta en su mano el trozo de papel que le escribió su madre con la dirección de la tía. La tía no ha venido a buscarlo. La tía es enfermera, soltera e impaciente por encontrar un novio, pero está de acuerdo en hacerse cargo por un tiempo de un niño al que todavía no conoce.

Manuel, así se llama el niño. Manuel nunca ha estado en Madrid, pero no está asustado. Ha pasado ya tanto miedo que el miedo ha desaparecido para dejar paso a un estado de alerta que conforma su carácter y que le ha de durar toda la vida. Manuel tiene nueve años. Es delgado como todos los niños de la guerra, y alto, como sólo unos pocos. Su cabeza es grande y noble, así como sus rasgos: una narizota bien dibujada que casi descansa sobre la boca carnosa; la barbilla, cuadrada y rotunda, revela un carácter decidido, y tiene unos ojos de mirada intensa, aguda, entre temerosa y agresiva. Las orejas parecen tirar de su rostro hacia atrás como si fuera un animal al acecho. Si fuera un animal no hay duda de que sería un zorro.

El viaje del que llega ha sido muy largo, pero va andando con alegría. Viste dignamente si se le compara con los niños con los que se cruza al bajar por la Ronda de Atocha. Luce zapatos con suela que lo distinguen entre tanto crío en alpargatas; una chaqueta heredada del hermano mayor que ya le viene chica; los pantalones, por debajo de la rodilla y en la mano una caja atada con una correa que él llama pomposamente maleta. Pensó que iría su tía a buscarlo, pero no se ha presentado. No le importa. Otro estaría aterrado, cualquiera de sus hermanos temblaría de miedo, pero él no. Es listo. Listo cuando le interesa, y malo siempre, dice su madre. Su madre es aún más lista que él y él percibe que no es como las otras madres. Hace poco tuvo que arrearla un puñetazo a un niño que le dijo, tu madre es mala. Su madre, al enterarse, se echó a reír: «Mejor mala que pánfila».

Ahora hace un año que se le cayó el pelo. Pensaban que su padre había muerto en la guerra. Se creía ya huérfano y hasta había tenido sueños de huérfano: varias veces se le había aparecido el padre vestido de capitán, sucio y con sangre empapándole el uniforme en el lado del corazón. Pero una mañana, mientras jugaba en la plaza del pueblo en el que están destinados, vio aparecer una figura cubierta de harapos marrones, como un mendigo. No lo reconoció al principio. Se quedó paralizado, como así se quedaba cuando se le aparecía en la noche. Aquel hombre harapiento cruzó la plaza, fue hacia él, eligiéndolo entre todos los niños, le puso la mano en el hombro, y le dijo en un susurro, «hijo mío». Se llevó tal sobresalto que a las horas ya se estaba quedando con los rizos en las manos. Fue calvo durante unos meses. Le llamaban tiñoso, pero él sabe que no fue culpa de la tiña sino del susto, hasta que un ungüento mágico que le dio una bruja le hizo brotar de nuevo el pelo. Le picaba el cráneo y su madre le pegaba fuerte en la cabeza para que no se rascara. Es un pillo, es malo, es propenso a la bronca. Si hay una pelea, allá está él, el primero. Su madre, que también es lista, sabe que es el único de la familia que puede sobrevivir estando solo. Y lo manda entonces escoltado por dos guardias civiles que viajan en misión oficial a Madrid.

Ahora no se acostumbra a que su padre esté vivo. Desde que lo vio regresar de la muerte lo ha sentido como un fantasma habitando en el reino de los vivos sin mucho convencimiento. Lo piensa mientras camina por esta ciudad que no conoce, lo recuerda y tiene dudas de si está vivo o muerto. Esa inquietud le generará para siempre pavor a los espíritus, a los lugares cerrados, le hará alejarse de los lugares santos, y huir del silencio y de la soledad.

Madrid 1939. Se respira el aliento de los muertos por la calle. Los que cayeron bajo las bombas, los fusilados que a diario siguen desplomándose en las vallas del extrarradio, los muertos de hambre, de tuberculosis, las muertas de malos partos, de miseria, de infecciones, de miedo. Los muertos de miedo.

Manuel vive en la plaza del Campillo del Mundo Nuevo. Su tía y él comparten un pisito, un piso con un comedor, el cuarto de ella y un chiscón para él donde no caben más que un catre y una palangana. Ha arrimado la cama a la ventana y así se duerme y se despierta con los ruidos del patio. Ella lo llama antes de irse al trabajo y él se despierta, pero no sale del cuartucho hasta que ella no se ha ido. Su tía tiene la mano más larga que su madre, que ya es decir. Unas veces le pega con razón y otras por gusto. Le pegó el día que se comió todo lo que le habían dado en la cartilla de racionamiento, su ración y la de ella. Eran alubias y no pudo evitarlo. Se las comió sabiendo que su tía le cruzaría la cara, pero justo eso hizo que se las comiera con más ansias todavía.

Cuando se queda solo cierra el balcón, aunque ya hace ese calor seco y duro que hace presentir un verano agobiante. Teme obedecer un impulso que le obligue a tirarse. No sabe por qué le vienen esos pensamientos. Teme también tirarse a las vías del metro o cerrar los ojos y ponerse delante del tranvía. Lo único que le hace sufrir es pensar que puede volverse loco de repente.

Lo mejor para combatir la locura es salir a la calle, ir en busca de la acción. Así que echa a andar por las calles del Rastro. Hay puestos de cachivaches a diario. De suelas de zapatos, de tornillos viejos, de mesas sin patas o de patas sin sillas. Bajan las lavanderas cargadas como mulas con bolsas de ropa camino del río; pasan las señoras de cara adusta vestidas de luto, a veces con velo de salir de misa; se cruza con ancianas de rostro pergaminoso y la pañoleta como pegada a la cabeza y con muchachas de negro que habrán perdido al padre o al hermano. Hasta las niñas guardan luto. Por la cuesta de

Mira el Río Baja todos van y vienen atareados. Las viejas encorvadas, los vendedores de objetos ruinosos y los niños en alpargatas rotas que dejaron la escuela antes de la guerra y ya trabajan.

Le ha dicho su tía que no vaya con las manos en los bolsillos, que parece tonto y que le puede parar un guardia. Así que trata de aparentar que hace algo, que tiene un plan. Tenía miedo de parecer un paleto por venir de un pueblo a la capital pero, aunque no posee más ropa que la que lleva puesta, en el barrio de la Latina casi parece un señorito. Cuando llegó a Madrid no sabía si su tía lo mandaría a la escuela. «Igual te manda a la escuela», le había dicho su madre. Y él se había imaginado siguiendo a diario un camino a la escuela, un maestro y unos compañeros. Siempre ha sido bueno en el estudio y muy malo en el juego. Se pelea siempre, no sabe perder. Pero su tía no le dijo nada de la escuela y él no preguntó.

Desde el primer día lo mandó a las colas del Auxilio Social con la tartera y eso es lo que hace por las mañanas. Guardar cola. Vuelve a casa, se come su parte, mira al balcón con aprensión y se vuelve a echar a la calle. Ocurrió que un día no pudo contenerse, se comió las dos raciones y la tía le cruzó la cara. No lloró. No llora porque es duro.

Suele andar rápido, como si tuviera un objetivo, una misión. Los que caminan sin tener un por qué son sospechosos. Y él tiene todo el día para levantar sospechas. La tía le ha advertido que si se mete en un lío lo manda de vuelta a casa. Y él piensa que para su madre sería casi como verlo regresar de la muerte. Otro que vuelve del más allá.

Pero su naturaleza es animosa. A fuerza de saludar a quien no conoce ya ha conquistado al dueño del bar de la plaza. A veces se gana un refresco a cambio de hacer recados y luego pasa un rato acodado a la barra, como si fuera un hombre, rodeado de mutilados del frente. Ha de hacer tiempo hasta la caída de la tarde en que irá a buscar a la tía al hospital. La tía tiene un nombre, Casilda, pero él la ha bautizado como la Bestia por la paliza de aquel día, y así será como la llame cada vez que cuente esta historia, una y otra vez, hasta en los días finales de su vida.

La Bestia lo maltrató, pero el niño que no sabe perder siente que cada vez que usa ese mote, aunque sea sólo en su pensamiento, se venga de ella. La venganza íntima y tozuda de borrarle el nombre al enemigo para denigrarlo se convertirá en una costumbre.

No tiene miedo a las palizas pero sí a estar solo, y muy solo se queda los sábados cuando la tía se marcha de paseo con las amigas hasta la Puerta del Sol, o los domingos cuando se va a misa. Él la sigue, la sigue a distancia como un perro, parándose y mirando al suelo si ocurre que ella se vuelve y le hace un gesto así con la mano para que la deje en paz y desaparezca. Pero él, insistente, la espera en la puerta del templo, como si fuera un niño mendigo. Mendigando compañía.

En la puerta de San Isidro hay mendigos viejos que tienen reservado el sitio y que espantan a gritos a los niños pobres que van a pedir. Los niños revolotean como las moscas: huyen de momento, pero al rato vuelven a acercarse. Él se divierte viendo cómo burlan la autoridad de los guardias y la de los mendigos: no tienen nada que perder y no sienten miedo. Manuel es consciente de que no tiene aspecto de pedigüeño y lejos de consolarle esa circunstancia siente bochorno por no tener qué hacer, por ser tan sólo un chaval esperando en las escaleras de piedra a que salga su tía.

Sólo entró en el templo una vez que hubo tormenta.

Éste es el niño sin miedo al que alarma la soledad, la altura del balcón, el ruido chirriante de los frenos del tranvía, el que teme morir de la tuberculosis que puede infectarle la chica de la portera.

La chica de la portera también va de negro, y canta muy bajito mientras cose, porque está del pecho y no le sale la voz. Antes de la portera hubo un portero, el padre de la chica, pero dice la tía que vinieron una noche a por él el primer verano de la guerra para darle el paseo.

La chica de la portera canta un cuplé que él conoce muy bien. Lo toca el organillero de la calle Carretas, el de Delicias, también lo ha escuchado en la radio, anda en boca de todo el mundo. Pero la chica lo canta de una manera que le encandila y se queda en la escalera escuchándola, muy quieto para que no lo descubra, avergonzado del pellizco que siente en el corazón. Ha de contener otro impulso: el de entrar en el cuartillo donde la chica cose, arrodillarse y abrazarse a su regazo. Piensa que ese deseo no es propio de un chico. No entiende a qué responde la necesidad de hundirse en sus faldas. Es un anhelo al que no sabe ponerle nombre.

Como aves precursoras de primavera / en Madrid aparecen las violeteras /, que pregonando / parecen golondrinas / que van piando, / que van piando.

Sólo si su hermano pequeño estuviera con él se atrevería a cantar, porque su hermano, aunque miedoso y cobardica, se aprende rápido los himnos, los cuplés, la zarzuela. Y si se lo pides canta, canta sin vergüenza alguna. Si estuviera su hermano en Madrid al menos tendría a quien defender, alguien por quien pegarse.

A veces camina durante horas. Cruza Madrid durante toda la tarde para hacer tiempo y llegar al hospital donde trabaja ella. Una vez la siguió sin que se diera cuenta y eso le bastó para aprenderse el camino. Si fuera un perro no hay duda de que sería un sabueso, porque como el sabueso distingue los olores de la ciudad que van mutando de un barrio a otro. Del olor a vino barato, madera vieja y estraza del Rastro al olor a derrumbe de Antón Martín, y de allí a los efluvios dulzones de Sol; del olor a café y a tinta de la Gran Vía al tufo oscuro de la calle Desengaño, donde mujeres pintadas de una manera que él no había visto jamás hacen gestos desde los portales a los hombres que pasan; del aroma escolar y a colonia de Chamberí a la peste a fiebre y a desinfectante del Hospital de Maudes.

Salen los moros del hospital militar apoyados en muletas a tomar el aire y algunos le dan una propina por el tabaco que ha recogido del suelo a la puerta de los cines de la Gran Vía. Suele ir al cine Callao porque ahora están echando *La fuga de Tarzán*, con el Tarzán auténtico que creció en la selva alimentado por simios.

Espera a que acabe la sesión mirando las fotos de la cartelera. El primer día observó cómo se lanzaban los niños a recoger las colillas del suelo y él hace lo que ve hacer, que es una forma como otra cualquiera de no estar solo. Envidia al hombre mono que habita en las comodidades de una selva donde siempre hace buen tiempo, hay lagos de agua cristalina, cascadas por doquier, lianas que desafían la velocidad del automóvil y frutas deliciosas. Todo ese paraíso ahí, radiante, ofreciéndosele a nuestro héroe, que ha construido su hogar en las ramas, y vive en la mismísima gloria, acompañado y protegido por la manada de los Mangani, con la que se comunica en un lenguaje que el hombre blanco, siempre amenazante y codicioso, es incapaz de entender. Qué habitable y acogedora se le representa esa jungla africana comparada con Madrid.

Huele en el hospital militar a sangre seca, a lejía y a gasa. De fondo, se escucha de vez en cuando el grito de un enfermo que rabia de dolor. Ha visto a su tía cruzar fugazmente el pasillo, y cuando la ve así, vestida de enfermera, siente una insólita admiración por ella. Imagina un futuro en el que él también tendrá una misión, algo que hacer, un uniforme, un horario y su nombre bordado en la pechera. Ha contado las personas que en Madrid han pronunciado su nombre desde que llegó y son tres: la tía, el dueño del bar y la chica de la portera. La portera se refiere a él como «el sobrino de Casilda».

Su tía nunca le ha pedido que vaya a buscarla al hospital pero a fuerza de verlo en la entrada se ha acabado acostumbrando a su presencia. Ahora, si se retrasa, le da un pescozón en la nuca. Él lo toma como un saludo, como un reconocimiento. No hace mucho, la tía compró en la calle un cucurucho de altramuces y durante el camino a casa, mientras comían del mismo cucurucho y marchaban al mismo paso, pensó que sus esfuerzos por ser querido estaban siendo al fin recompensados. Al lado de ella, disfrutó de estar protegido como un niño y de ser maduro como un hombre.

Ha escrito a su madre. A la derecha de la hoja, con caligrafía aplicada de escolar, indica la ciudad y la fecha. Madrid, 25 de mayo de 1939. Querida mamá. Mamá, no madre, como dicen los otros chicos. Es el único rasgo de ternura verbal que mantiene con ella. Trata de impresionarla y le cuenta que ha visto a Franco marchar por la Cibeles en un automóvil de 12 cilindros y que él estaba en primera fila, aunque la pura verdad es que el gentío enfervorizado no le permitió ni llegar hasta Atocha. Pero pudo ver cómo su retrato adornaba todos los escaparates con carteles que rezaban: «Franco, Franco, Franco» y «Gloria al Caudillo».

Le cuenta que ya conoce Madrid como la palma de su mano. Se esmera en nombrar las calles, en mostrar lo aprendido. Enumera cuáles son sus tareas. Las colas que guarda, los recados que hace. Le dice que tiene una amiga en la escalera, que el dueño del bar lo invita a refrescos, que hay vecinos que le saludan por el nombre. Y le describe esos momentos en los que la tía y él van paseando hasta casa comiendo altramuces de un mismo cucurucho, como si todas las tardes fueran aquélla.

Chupa con cuidado el sello que se trajo de casa. Fuera del sobre se quedan todos los terrores que le acucian cada día: el balcón del cuarto piso, la enfermedad, la muerte que en forma de luto puebla las calles, los hombres torvos sin una pierna o sin un brazo, las caras de hambre en las colas del racionamiento, su propia hambre y el día en que se comió la ración de la tía.

Queda fuera también del relato las horas que vagabundea sin nada que hacer, el tiempo de espera en los escalones de la iglesia, en la puerta del hospital de heridos de guerra, o en la de un colegio de Embajadores, por donde merodea hasta que salen los niños y se apunta a jugar un partidillo con una pelota de trapo. Reconoce a los niños errabundos como él, a los que tratan de disimular su desamparo y se pegan como los perros a las paredes para hacerse invisibles, a esos que cuando oyen de pronto un ruido que les asusta echan a correr hasta doblar la esquina.

No le ha contado tampoco a su madre algo que escuchó en la radio el día anterior al desfile y que desde entonces vuelve a su mente cuando menos se lo espera. El hombre de la radio dijo con mucha autoridad:

«La guerra no ha terminado. La guerra sigue. Sigue en silencio: en frente blanco invisible».

«En frente blanco invisible», se repite a sí mismo esas palabras para tratar de descifrarlas. Piensa entonces si no será la misma guerra todo lo que presencia a diario: los escombros de la Iglesia de San Sebastián, las chicas de luto, los niños cubiertos de harapos y hambrientos, los mutilados o esos hombres que dice su tía que caen fusilados cada noche al otro lado del río. No ha cruzado jamás el Manzanares por si todavía siguen allí por la mañana con los ojos abiertos como los pescados.

Puede que la guerra siga y todo el mundo lo sepa y disimulen por miedo, igual que es posible que su padre esté muerto y él sea el único que lo ve. Estas sospechas lo atormentan y lo inducen a observar el mundo con atención y recelo; alimentan de una vez la tendencia paranoica y la perspicacia. Fomentan la desconfianza en su carácter.

Pero llega esa fecha inequívoca en el calendario en la que todos los niños toman la calle, los desprotegidos y los amparados, y es imposible contener sus juegos callejeros, esos juegos que, tanto en la guerra como en la paz, son alentados por el calor y los días largos de la primavera. El niño Manuel, contagiado por ese repentino optimismo, pasa la jornada corriendo, de las colas del racionamiento a casa, de casa al hospital, del hospital al partido que cada día se juega en la explanada del Campillo del Mundo Nuevo. Imitando a otros chavales ha aprendido a subir y a bajar del tranvía en marcha y le parece ir volando cada tarde desde el Paseo de las Delicias al del Generalísimo. Van colgados los chiquillos como monos de la parte trasera del tranvía, haciendo equilibrios y saltando temerariamente cada vez que han de esquivar al guardia. Tiene las rodillas hinchadas, llenas de costras y moratones, pero su espíritu gregario le empuja a apuntarse al lío, aunque por primera vez en su vida intenta pasar desapercibido.

Escucha a uno de los niños de Embajadores asegurar que en el Retiro han abierto de nuevo La Casa de Fieras. A partir de ese momento, el deseo de ver animales salvajes como los que habitan en la selva de Tarzán ha colonizado sus sueños y sustituido felizmente a los fantasmas de la guerra. La inquietud que le provocaba averiguar él solo el camino al Zoo se alivia cuando una tarde, después del partido, el lidercillo del grupo propone que vayan todos. ¿Cuántos se unen a la expedición? Siete, ocho, nueve muchachos. A ratos marchan agarrados por los hombros ocupando la acera, acelerados, unidos y exaltados por la desobediencia a sus madres que les tienen prohibido alejarse tanto. Pero ¿quién habría de enterarse de esta pequeña fuga? Madrid se les queda chico. En la emoción de la travesura entonan una copla como si fuera un himno, a gritos, dejándose la garganta:

María de la O, / qué desgraciaíta / gitana tú eres / teniéndolo to / Te quieres reír / y hasta los ojitos / los tienes morados / de tanto sufrir

Enseguida enfilan la cuesta de Moyano y entran en ese parque del que Manuel ha oído hablar tanto. Por momentos, parece como si una hoz gigantesca hubiera talado de sola una vez cientos de árboles. Los troncos, anchos y chatos, desposeídos de la altura con la que acabó un hacha furtiva, componen un paisaje lunar propicio para los juegos de los niños que van subiendo y bajando de ellos a saltos.

Más allá, en el amplio paseo que atraviesa el parque, se amontona una cantidad asombrosa de coches, abandonados a su suerte tanto tiempo atrás que se han convertido ya en pura chatarra, pegados unos a otros como si allí hubiera tenido lugar un atasco atroz del que hubieran salido huyendo los ocupantes. Un chico dice: «éste es el atasco del infierno». Y así es, eso mismo parece. Los niños pasean entre las carrocerías aboyadas con prudencia, conscientes de estar presenciando una escena insólita, y se asoman al interior de las carrocerías, temerosos de encontrar algún muerto pudriéndose en un asiento. Hasta que uno de ellos, el lidercillo, se atreve a colarse en un coche sin puertas. Los demás le siguen. Y con la osadía que alimenta el miedo llenan el aire de onomatopeyas que emulan el claxon de los coches, el roce de las ruedas derrapando, los sonidos que la velocidad tiene para la infancia. Pero Madrid está lleno de guardias y de hombres mal encarados que espantan a los niños cuando mejor se lo están pasando, y así sucede. Observan que un operario se está acercando, pero como de costumbre con sólo chistarles los críos salen corriendo. Temerarios y temerosos, aventureros y conocedores del peso abusivo de la autoridad.

Corren de nuevo para alcanzar su objetivo. Uno informa de que Franco ha hecho traer desde África un elefante y un león, y un oso gris del Cáucaso. Manuel, el niño forastero del grupo, encuentra al fin una manera de hacerse escuchar, y se explaya a gusto describiendo un territorio que conoce muy bien, el de la selva de Tarzán, el huérfano de aristócratas ingleses que creció amamantado y protegido por la mona *Kala*. El niño fantasioso sabe todo lo que está escrito sobre la selva en las aventuras de Tarzán, y lo que no sabe se lo inventa, y siente esa emoción que tenía casi olvidada de seducir a los otros que, de pronto, reparan en él y le otorgan importancia. Mientras habla encuentra de nuevo a ese yo que había permanecido oculto y callado desde que llegó a Madrid. Éste que habla es él al fin, el niño locuaz, charlatán, egoísta, ansioso por acaparar la atención del prójimo. Los chicos lo escuchan en silencio, se sienten de veras transportados a la jungla por este nuevo amigo que encandila cuando habla, hasta que uno de ellos, un niño al que odia de inmediato por robarle el protagonismo, rompe el hechizo diciendo que la suerte es que los hijos de los caídos por España jamás serán huérfanos porque Franco es su padre.

Al fin llegan. La extensión de la valla que asoma al foso de los animales está acaparada por un tipo de niños que nunca ha visto por La Latina, niños bien con calcetines blancos y zapatos de cordones, vigilados por madres y niñeras, que toman el espacio como si fuera suyo. Pero él, olvidadizo ya de sus compañeros, se vuelve loco por hacerse un hueco, y lo consigue medio empujando, medio dando codazos. Sonriente pero contumaz, cegado ahora por su pasión.

Hay muchas más especies de las que él esperaba: hay un dromedario, un leopardo, una familia de leones. En el Madrid del hambre todo el mundo parece haberse reservado una golosina para los animales salvajes. Es la elefanta la más confianzuda de todos y una de las que anda tan campante fuera de las jaulas. Se acerca a los adultos que se atreven a ponerle chucherías en la trompa. El niño Manuel saca del bolsillo un currusco de su ración de ese pan amarillento, que le hace a diario llagas en la boca de lo áspero que es. Mira a los ojos al animal y le ofrece un trozo pan de centeno. La ventosa cuarteada de la elefanta lo toma con delicadeza de su mano. Se hace el propósito Manuel de volver a diario. Conseguirá que se hagan amigos, y tal vez pueda engatusar al cuidador para ayudarle en sus tareas.

Está seguro de que su capacidad para comunicarse con esos animales es extraordinaria. Se siente un elegido, poderoso y superior. Inspirado por su héroe, el huérfano adoptado por los simios, tiene la seguridad de que podría llegar a entender su lenguaje y a ser comprendido por ellos. Con la lógica implacable de la fantasía está configurando ya su futuro. Un futuro en el que quedan muy atrás su tía, el padre fantasmal, la madre fría y dura, y esos dos hermanos a los que siempre sentirá como privilegiados. Todos perdidos en el pasado de esta nueva vida en la que se ha de mover entre fieras sin miedo a ser devorado, pudiendo echarse una siesta al sol sobre la joroba del dromedario o dormir en la jaula de leones, como uno más de la manada. Podría quedarse esta misma noche si quisiera. Si quisiera, burlaría a los guardas que ya andan desalojando el parque porque van a cerrarlo. Podría, si quisiera, deslizarse tras la valla, caer al foso y dormir pegado a las rejas, bajo las estrellas, aliviado del frío del amanecer por el aliento caliente y poderoso de las fieras, que lo habrán de tomar a su cuidado como un hijo más.

Su hazaña será considerada una lección para el mundo: un niño, dirá el locutor de la radio, encuentra en una manada de animales salvajes una familia en la que sentirse acogido. Pero él tiene una fami lia. Sólo que cuando se despierta cada mañana y lo acucian lo que él llama pensamientos negros busca la razón por la que está en Madrid. Se aferra a creer que ha sido el elegido entre sus hermanos para esta aventura por ser considerado por su madre como el más audaz, el más valiente, el más listo. Se mantiene fiel a la versión materna hasta que ya en los últimos años de su vida siente que brota en él un rencor desconocido, siempre censurado, y contemplará aquel episodio como lo que fue: un inaceptable abandono.

Siente un pescozón en la nuca. El cuidador de las fieras le está avisando. Chico, estás atontado, ¿no ves que no queda nadie? Y él se da cuenta de que los chavales han emprendido el camino de vuelta al barrio sin él, o tal vez lo llamaron y él estaba demasiado entregado a sus fantasías. Echa a correr para alcanzarlos, bordeando ahora el parque porque lo que antes le parecía una magnífica aventura, quedarse a dormir bajo las estrellas, ahora se le antoja aterrador. Los ve de lejos, pero en el carrusel loco al que están sometidas sus emociones, se siente excluido por los que él había considerado sus amigos y rumia su pena.

La noche ha cubierto Madrid con un velo negro. Aunque la iluminación ha vuelto a la ciudad, no es suficiente como para embellecerla: si antes se andaba a oscuras, ahora se camina entre sombras. No sabe qué hora es ni qué explicación le dará a su tía cuando llegue a casa. Tal vez ella se haya acostado y ni tan siquiera se moleste en salir a preguntarle qué andaba haciendo. Le gustaría poder contarle a alguien todo lo que ha presenciado, el atasco infernal, la madre elefanta, el cachorro de león, también los amigos ganados, aunque no sabe ahora si los ha perdido. Echa de menos con furia a su hermano pequeño. Tampoco tiene a nadie a quien decirle que echa de menos al hermano pequeño.

Habitualmente, si su tía se va a hacer recados a la caída de la tarde por las tiendas del barrio él la espera sentado en la acera; prefiere quedarse viendo a la gente pasar que estar solo en el piso, sentado en una silla del comedor, alertado por cualquier ruido que escuche a sus espaldas. De ahora en adelante, salvo que esté acompañado jamás se sentirá protegido en el interior de una casa. Su hogar, ahora y siempre, será la calle, donde de alguna manera fue arrojado a los nueve años.

La plaza está desierta. En el bar sólo quedan dos hombres sombríos y el dueño está acodado en la barra, mirando la calle como si fuera un cliente más. Detrás está la foto de Franco y la pizarra donde se da cuenta de la variedad, escasa, de bebidas. Sube las escaleras, huele como siempre esa mezcla de olor a sopa de legumbres recalentada y al jabón que usa la portera para fregar el portal. Hace días que no oye cantar a la chica. Le preguntó a su tía por ella y ésta le dijo que cuando los tísicos echan sangre por la boca y ya no pueden ni con su alma se los llevan. ¿Adónde?, preguntó él. A la sierra. ¿Y allí qué hacen? Pues unos curarse y otros morirse, le contestó. Un escalofrío le recorrió la nuca, como cuando lo del pelo.

Es que su tía no teme a la enfermedad. Es que como es enfermera sabe arreglárselas para ser inmortal hasta el día en que se muera de vieja.

Mete la llave en la cerradura. La sala está oscura y él la cruza rápido y de puntillas para esconderse en su chiscón. De pronto, el pasillo se ilumina con la luz pobre de la bombilla pelada. Se vuelve y casi no le da tiempo a reaccionar, ni a verla, ni a cubrirse como otras veces la cara con el brazo. Una bofetada seca y dura le cruza la cara y le lanza contra la pared. Las manos le tiemblan cuando se las lleva a la boca y ve entre los dedos una mancha de sangre. No levanta los ojos para mirarla. Sólo la oye decir: «Esto se ha acabado. Esta misma semana te mando a tu casa».

Cuando se echa en el catre tiene la tentación de llorar pero se contiene. Está seguro de que su madre le hubiera dado también una paliza por lo que ha hecho, pero en su tierna concepción de los derechos que asisten a un niño, piensa que alguien que no es tu madre no tiene derecho a pegarte. Eso mismo piensa que le dirá a su madre en cuanto la vea, y ella sabrá perdonarlo. Pero hay algo que se le hace ahora insoportable: le aterra volver a casa como un fracasado. Le da mucho miedo decepcionarla. Para evitarlo comienza a urdir un plan y sólo se le caen los ojos de sueño cuando la luz del amanecer hace visibles las ventanas del patio de luces.

Va como todas las mañanas con la tartera a la cola del Auxilio Social. Y como todas las mañanas la sube a casa y sin esperar a la hora de la comida come con ansia su parte. El pan se lo guarda en el bolsillo. Baja a la calle, como cualquier día. Comprueba que la chica aún no ha vuelto de la sierra y como hace a diario pide a Dios que la salve. Sale a la calle que bulle como siempre con mujeres de negro que suben y bajan cargadas tras comprar y vender cachivaches en los puestos del Rastro. Entra en el bar. El dueño, le dice, «muchacho, qué tempranero». Y él, tratando de actuar con la misma naturalidad que de costumbre, le dice que su tía le ha pedido que le preste un duro, que se lo devolverá esta misma tarde cuando vuelva del trabajo. El hombre chasquea la lengua con cierto fastidio, porque se pasa el día fiando y prestando, pero confianzudo como es, se lo da.

Manuel sube de nuevo a casa. Saca la caja de cartón que él llamaba maleta de debajo del catre y mete el chaquetón con el que llegó, cuando aún hacía frío, la otra camisa y las dos mudas. Dentro seguía la foto de sus padres con su hermano mayor y otra de Angelito, el pequeño, recién nacido; la autorización que le escribió su padre para identificarlo y una estampa de San Antonio de Padua con la oración que debía haber rezado todas las noches, pero no se acordó. Se mira en el espejillo que cuelga encima de la palangana para comprobar si sigue siendo el mismo de todos los días. Salvo el labio hinchado nadie diría que está a punto de marcharse para siempre. Ensaya su cara de jovenzuelo para que no lo tomen por niño. Es una cara que domina muy bien. Cree que lo único que le falla son los pantalones, que son cortos.

Escribe una nota:

> *Querida tía,*
> *Me he marchado a Aranjuez con mis tíos. Yo escribiré a mis padres. Tengo un sello. No te preocupes por mí. Gracias por todo y adiós,*
>
> *Manolo*

Deja el papel junto a la comida, con la llave de la casa. Y sale veloz con su caja en la mano. Nadie tiene por qué pensar que lleva una maleta. Ni él mismo: es una caja atada con una correa. Cuando pasa delante del bar hasta se atreve a alzar la mano para saludar al dueño, que esta vez lo mira con cierta extrañeza.

Entra en el ultramarinos y compra una manzana. Echa cuentas del tiempo que podría sobrevivir con el mendrugo de pan de centeno y la manzana. Dos días, fijo. Le gusta pensar que su plan está trazado al milímetro.

Sube por la misma calle por la que bajó hace ahora toda una vida. Ya se ha acostumbrado a la penuria de la ciudad, y también a su rumor incesante. Ya no repara en los críos descalzos o mal calzados con los que se cruza, ni le asusta el chirrido metálico del tranvía que emprende el camino hacia el Paseo del Prado, ni se retrae al cruzar entre los coches que se resisten a obedecer a los primeros semáforos. No es consciente de que ahora que se marcha estaba comenzando a ser uno más, que ya no es un paleto ni un forastero. No se da cuenta de que es mucho el camino que ha avanzado él solo, sin ayuda, aprendiendo del mero acto de fijarse en los demás y de unirse a los otros. Bello, alto y singular, con el porte de un niño aristócrata al que la muerte inesperada de sus padres hubiera dejado desamparado en esta selva pobre, seca, estéril, plagada de habitantes desesperados por sobrevivir, inhabilitados por el hambre y el miedo para la generosidad.

Entra en la estación de Atocha y va directo a la taquilla. Pide un billete para Aranjuez y el vendedor se lo da sin apenas mirarlo. En su casa, en la casa familiar que dejó atrás, guardaba dos postales de Aranjuez de sus tíos. De los hermanos de su padre. En una de las postales se veía la foto coloreada de un palacio, y un jardín principesco en la otra. Aunque sabía que sus tíos no eran ricos él siempre se los imaginó viviendo en aquel palacio. En su imaginación, Aranjuez es el lugar paradisiaco donde su padre fue niño y fue feliz. No son dos cosas que vayan siempre unidas. Ese nombre, Aranjuez, resuena en su mente infantil como un lugar de ensueño, entre el paraíso bíblico y la selva africana. No sabe dónde viven sus tíos pero su padre siempre ha dicho que todos los que en Aranjuez se apellidan como él son familia y que se ayudan, se protegen. Él había presentido que algún día iría a Aranjuez, pero no podía imaginar que sería por decisión propia y solo.

Ve los guardias merodear por los andenes y tiembla. Pueden preguntarle que a dónde va y que por qué viaja solo. Observa a una anciana que va cargada con varios fardos y se arrima a ella. Se ofrece a llevarle uno. La mujer lo mira. No puede desconfiar de un chiquillo a quien ella ve como lo que es: un niño guapo y formal, muy alto, de mirada directa y expresiva, sonrisa abierta y bien vestido para los tiempos que corren. Entran los dos en el tren como si viajaran juntos, como si fueran abuela y nieto y juntos se sientan. Él le cuenta que va a casa de sus tíos de vacaciones, que su padre es de allí, y que sueña con bañarse en el río. El tren emprende su marcha y relajado ahora con el traqueteo el niño cierra los ojos, apoya involuntariamente la cabeza en el hombro de la anciana y se queda medio dormido. La vieja lo estudia, observa su labio roto como por un golpe reciente, y por una razón que nunca sabremos, cuando entra el guardia en el vagón a supervisar a los viajeros, ella le dice que viajan juntos.

El aire que entra por la ventanilla es cálido y le acaricia la cara. El niño se deja llevar por un duermevela que le hace ser consciente de aquello de lo que huye, y anhelante con lo que le espera. La anciana lo despierta, muchacho, tienes que bajarte, ésta es tu estación, y Manuel le dice adiós, como si se despidiera del personaje de un sueño. Sale de la estación y camina un rato. Al llegar a una plaza, le pregunta a un hombre por la familia que lleva su apellido, y el hombre asiente con la cabeza. Echan a andar y cruzan la pequeña ciudad bajo un sol hiriente. Es un lugar más humilde que lo que él esperaba. En su primer paseo, no ve el río, ni los palacios ni los jardines aristocráticos de la postal. Por un momento piensa que están saliendo de los límites urbanos y llegando al campo, y se alarma. Mira al hombre de soslayo por si se trata de un guardia de paisano que lo ha descubierto, pero al momento entran en un barrio de casitas bajas y pobretonas que se dispersan entre las eras. El hombre llama a un chavalín y le dice: oye, chico, lleva a este muchacho a tu casa, que dice que es sobrino de tu padre.

El chavalín, que resultaría ser el primo Lázaro, lo lleva a una casa. La madre le hace sentarse en una silla y escucha incrédula todo cuanto aquel chiquillo le cuenta. Dice el niño que ha venido para quedarse. O que si puede quedarse. No da muchas explicaciones, salvo que ha pasado estos meses esperando colas del Auxilio Social y más solo que la una. Le rodean los primos cuyos nombres en dos días se le harán familiares. Alejandro, Lázaro, Ángel, Isabel, Amado, Lucio, Anselmo. Manuel recordará siempre que ese día comió una ensalada de tomate.

Y allí se quedó nuestro pequeño héroe por un tiempo. ¿Qué pensó la tía de Madrid al leer la nota del sobrino? No lo sabemos. Ni tan siquiera cómo reaccionó su madre cuando recibió la carta de su cuñada desde Aranjuez en la que le decía: vuestro chico está con nosotros. Lo que siempre tuvo claro el niño Manuel, cuando se hizo adulto y encontró a una joven que le entregó un amor que no había experimentado jamás, es que de la misma forma que unas veces uno es arrojado al territorio de la desgracia; otras, gracias a la valentía, la desesperación y la suerte, encuentra uno la tierra prometida.

Contaba mi padre que bajo el sol mesetario e implacable los niños correteaban por aquellas benditas huertas del Edén, que calmaron el hambre de los pobres. Nunca vio el Palacio Real ni el Jardín del Príncipe hasta que regresó a Aranjuez ya convertido en hombre.

378

Desearía dejarte aquí para siempre, Padre mío,
en esta huerta.
Quisiera que éste fuera el final de tu viaje,
que no recuerdes ni veas más allá de esta tierra,
que no te enfrentes al hecho
de que tú también fuiste injusto y duro.
Lo fuiste,
pero ¿cómo no ibas a serlo?

Te observo risueño y confiado,
habitando al fin el universo de tus tiernos
nueve años,
tras convivir con la bestia de la guerra,
aquella guerra
que como bien presentías
en tu aprensiva desconfianza
no había muerto del todo.

Esta tierra debiera ser el territorio
en que el transcurren las vidas
de los inocentes.

No sigas caminando
hacia el futuro, Papá.
Qué mejor lugar que esta huerta
para una vida eterna.
Aquí has de olvidar
lo que nunca debiste haber vivido.

Estás perdiendo ya el calor
de los vivos.
Antes de que me invada el frío
que dejan los muertos a su paso
te beso el dorso de la mano,
esta mano
a veces protectora,
a veces cruel,
tan amada siempre por mí
y te digo adiós.

Qué alegría dejarte aquí,
jugando
entre los otros niños,
con tu nombre pronunciado
a cada momento
por todas sus bocas:
¡Manuel, Manuel, Manuel!

AGRADECIMIENTOS

Siempre quise convertir a mis padres en personajes de novela, porque así los vi, unas veces, admirada, otras, estremecida, desde que era niña. No puedo por menos que agradecer a algunas personas su apoyo en esta íntima indagación que ha durado años, o casi toda una vida. Mi hermana Inma me prestó esa buena memoria que a mí me falta añadiendo detalles valiosos a mis recuerdos, y mi hermano César se mostró siempre dispuesto a acompañarme por los paisajes de nuestra infancia. Mi amiga, la psiquiatra Aurea Lamela, respondió sensiblemente a dudas que albergaba sobre la misma escritura de este libro. Con la psicoanalista, Mariela Michelena, mantuve conversaciones para mí esenciales sobre la naturaleza del delirio y las consecuencias del trauma infantil. El economista, Emilio Ontiveros, hablándome de la importancia no reconocida de los administrativos en las grandes obras públicas, me dio otra perspectiva sobre el trabajo de mi padre. Elena Ramírez, mi editora, ha tenido una paciencia infinita conmigo, sacándome a menudo de una dispersión a la que soy propensa y devolviéndome de nuevo al flujo de esta historia. Y nada sería posible sin la ayuda de mi marido, Antonio Muñoz Molina, no sólo por sus consejos literarios sino por haber cuidado y escuchado a mi padre con tanta generosidad.

Debería nombrar a todos los amigos del barrio de mi padre, los del foro de debate, los viejos colegas de Dragados, que siempre hablan de él con cariño, y todos esos camareros que tras su muerte se acercaban para darme el pésame. Ellos habían perdido a un buen cliente y yo a un padre. Las dos cosas fueron muy importantes para él.

ÍNDICE